「――っ!?」
「大丈夫か」

グレイソン
隣国の第三王子で、
剣の使い手。
シャーロットと同じ
風紀委員会に
属している。
ルーベン
フリューゲル学園の教師。
二年生の魔法学を
担当しているが……？
シャーロット
魔法に関して稀代の
才能を持つ子爵家令嬢。
フリューゲル学園の
一年生で、風紀委員。

ジョシュア
ソレーユ王国の第一王子。
グレイソンの一番上の兄。
賢者の称号を持つ
大魔導師。
アルフォンス
ソレーユ王国の第二王子。
グレイソンの二番目の兄。
最強の武人と
名高い実力者。
スカーレット
シャーロットの姉。
フリューゲル学園の
三年生で、生徒会の
副会長。

「それ以上、近づかないでください」
片膝をついた状態で
シャーロット嬢を背に庇い、
サイラス先生と対面する。
この狭い空間で長物は不利だが、
魔法を使って上手く撃退出来る
自信もないため、剣を構えた。

姉の引き立て役に徹してきましたが、今日でやめます

Vol. 4

あーもんど
ill. まろ

I have been acting
as a foil to my sister,
but I am quitting today.

CONTENTS

序章　完治

I have been acting as a foil to my sister, but I am quitting today.

――夏休みも終盤に差し掛かり、フリューゲル学園へ戻る者がちらほら出てきた頃。

私はメイヤーズ子爵家の屋敷で、魔力回路の診察を受けていた。

体のあちこちに触れる桃髪の美少年と白髪の美丈夫《びじょうふ》は、小声で意見を交わす。

そして、しばらく議論を重ねたあと――こちらに向き直った。

「「今この時をもって、魔法の使用制限を解除する（よー）」」

宮廷魔導師団の2トップであるエルヴィン様とキース様は、『もう大丈夫だ』と太鼓判を押す。

どうやら、林間合宿の件で損傷した魔力回路は無事完治したらしい。

思わず客室で『やった！』と叫ぶ私は、拳を握り締めた。

これで魔法が必要な場面に出くわす度に使用人を呼ぶ日々とも、お別れね！　本当に清々《すがすが》しい気分だわ！

嬉《うれ》し泣きすらしてしまいそうなほどの快感を覚え、私は生き返ったような感覚に陥る。

『昼寝と読書しかやることがない』という苦難を乗り越えた自分に、私は惜しみなく称賛の声を浴びせた。

『あれほどまでに暇を持て余していながら、よく耐えた』と。

魔法の研究は封じられるわ、侍女達《たち》に二十四時間監視されるわ、で散々だったけど……当初の予定より、少し早く回復出来た。それだけが、救いね。

もしも、療養期間が長引いていたらと思うと……心底ゾッとするわ。

『順調に治って良かった』と改めて安堵《あんど》し、私は凄《すさ》まじい解放感を得る。

そして、実家までわざわざ足を運んでくれたエルヴィン様とキース様に、深々と頭を下げた。

「本当にありがとうございます！　無事に完治出来たのも、お二人のおかげです！」

弾んだ声でお礼を言うと、二人は嬉しそうに頬を緩める。

「どういたしましてー！　でも、油断は禁物だからねー！」

「何か異常を感じたら、魔法の使用は直ちに中止しろ。いいな？　決して、無茶はするなよ」

『一応、病み上がりなんだから』と念を押すエルヴィン様とキース様は、僅かに身を乗り出す。

調子に乗って何か仕出かすんじゃないかと、気が気じゃないらしい。

『シャーロット《シャーロット》嬢は自分を顧みない性格だから』と心配してくれる二人に、私は素直に応じた。

『気をつけます』と述べる私の前で、二人は肩の力を抜く。

と同時に、来客用の椅子に座り直した。

「あっ、そうだー！――――林間合宿の件でちょっと報告したいことがあるんだけど、僕達だけで話せなーい？」

『無理にとは言わないけどー』と付け加えつつ、エルヴィン様は部屋の隅っこに視線を向ける。

そこには、給仕役として控える侍女達の姿があり、こちらの様子を見守っている。

普段の様子からは想像もつかないほど大人しい彼女達は、私の指示を待っているようだった。

『来客モードの侍女達は何度見ても、慣れないわね』と苦笑いしつつ、私は口を開く。

「皆、少し席を外してくれる？」

「「「畏《かしこ》まりました」」」

一斉にお辞儀する彼女達は『何かあれば、お呼びください』と言い残し、部屋を出ていった。

パタンと閉まる扉の音を最後に、キース様はこちらに視線を向ける。

「悪いが、防音魔法を掛けてくれないか？」

客室に三人だけとなっても全く警戒心を緩めない彼は、情報流出にかなり気を使っているようだった。

まあ、林間合宿の件は多くの人に注目されているから、当然と言えば当然だが……。

「あれー？　キースってば、防音魔法も使えないのー？　なら、僕が使おうかー？　シャーロットは、病み上がりなんだしー」

「病み上がりだからこそだ、馬鹿！　俺だって、防音魔法くらい使えるっつーの！」

進んで立候補するエルヴィン様に、キース様は声を荒らげる。

『問題なく魔法を発動出来るか、確かめるためだ！』と主張し、ソファの上にふんぞり返った。

実力を疑うような発言に、気分を害したらしい。

きっと、エルヴィン様に悪気はなかったんだろうが……相手からすれば、『防音魔法も使えない無能なんですか？』と聞かれているようなものだから。

侮られていると思われても、おかしくはない。

『今のはエルヴィン様が悪いな』と内心肩を竦《すく》めつつ、私は指先から魔力の糸を出す。

「では、結界で音を遮断するようにしますね。これが一番手っ取り早いので」

「ああ、よろしく頼む」

キース様はエルヴィン様を睨《にら》みつけたまま頷《うなず》き、ボキボキと骨を鳴らした。

かと思えば、エルヴィン様の頭を両拳でグリグリと……いや、ゴリゴリと擦《こす》る。

キース様から鉄拳制裁を受けるエルヴィン様は、『いたーい！』と叫んだ。

自業自得の展開を前に、私は『何も見なかったことにしよう』と決め、手元に視線を落とした。

紫色の細い線を動かし、魔法陣の作成に勤《いそ》しむ私は、久々の魔術に心躍らせる。

そして、完成した魔法陣を見下ろし、僅かに頬を緩めた。

『腕は鈍っていないようね』と安堵しながら、魔法陣を足元に展開する。

部屋全体に広がったソレを一瞥《いちべつ》すると、私はパチンッと指を鳴らした。

刹那《せつな》────白い膜が顕現し、この空間を包み込む。

部屋の壁や床に張り付いたソレは、音のみに作用する結界だった。

「いたたたた……魔法は問題なく、発動出来たみたいだねー！」

キース様にこってり絞られたエルヴィン様は、自身の頭を撫《な》でながらこちらに向き直る。

結界の精度を確認するように耳を澄まし、少しの間沈黙すると、満足そうに微笑《ほほえ》んだ。

どうやら、室外の音は全く聞こえなかったらしい。

今回の結界は内部の音を漏らさない代わりに、外部の音も遮断してしまうため、部屋の外から音が聞こえなければ成功という訳だ。

それにしても、よく分かったわね。

魔法陣の作成中は、ずっと鉄拳制裁を受けていた筈《はず》なのに。

一体、どのタイミングで魔法の詳細を突き止めたのかしら？

「シャーロット嬢、体調に変化はないか？」

「はい、ありません。気にかけて下さり、ありがとうございます」

負担の少ない魔術を使用したということもあり、私は至って健康体だった。むしろ、元気過ぎるくらいである。

『今日から早速研究を再開しよう！』と浮かれる中、キース様は僅かに目元を和らげた。

「問題ないなら、それでいいんだ。手間を掛けさせて、悪かったな」

ガシガシと頭を掻《か》きながら、キース様は小さく頭を下げる。

『いえ、そんな……』と恐縮する私を前に、彼はおもむろに顔を上げた。

「んじゃ、魔法の発動も確認出来たし――――そろそろ本題に入るか」

キース様は両腕を組み、『あんま時間もねぇーし』と呟《つぶや》く。

彼の視線の先には、扉があった。

恐らく、先程退室させた使用人達のことを気に掛けているのだろう。長時間、部屋に籠《こ》もれば心配すると思って……。

まあ、全くもってその通りなのだが……。

林間合宿の件で拍車が掛かった使用人達の過保護と過干渉を思い浮かべ、私は内心苦笑する。

――――と、ここでエルヴィン様が手を挙げた。

「はいはーい！　例の件は、僕から話すよー！」

「はぁ……好きにしろ」

やる気に満ち溢《あふ》れるエルヴィン様を前に、キース様はソファの背もたれに寄り掛かる。

『説明役を譲る』と言葉や態度で示す彼に、エルヴィン様は元気よくお礼を言った。

と同時に、立ち上がる。

「まずは、クラなんとか嬢の件から話していくねー！」

「クラリッサ嬢、な。いい加減、覚えろ」

思わずといった様子でツッコミを入れるキース様に、エルヴィン様は『ごめーん』と謝る。

でも、全くもって悪びれる様子はない。

『この人は相変わらずだな……』と呆《あき》れる中、エルヴィン様はこちらに身を乗り出した。

「一応確認だけど、シャーロットは動物の死体に襲われてから、クラリッサ嬢の姿を一切見掛けてないんだよねー？」

「はい」

証言内容の真偽を問うエルヴィン様に対し、私は間髪《かんはつ》を容《い》れずに頷いた。

あれから何度も当時の記憶を遡《さかのぼ》ってみたが、やはりクラリッサ様の姿は見当たらなかった。

『たまたま』と言えばそこまでだが、護衛の配置を考えると……一切見てないというのは、どうもおかしい。

『疑念を拭い切れない……』と思案する私の前で、エルヴィン様はふと天井を見上げた。

「口の堅い人限定で、再度聞き込み調査をしてみたんだけど――戦闘中にクラリッサ嬢を見掛けた人は、誰も居なかった。動物の死体を倒した後なら、幾つか目撃情報があったんだけどね」

『残念ながら、彼女の動向を摑《つか》めなかった』と言い、エルヴィン様は小さく肩を竦める。

でも、目撃情報0という事実こそがクラリッサ様の異常性を表していた。

「そうですか……ちなみにクラリッサ様一人で、現場から離れていた可能性はありませんか？」

遠回しに『逃げていたのでは？』と尋ねる私に、キース様は首を横に振る。

「いや、それはないだろ。だって、動物の死体を倒した後にクラリッサ嬢は姿を現したんだぞ？もし、本当に逃げていたなら、わざわざ現場に戻ってくる訳がない。安全なところで待機していた筈だ」

「どうかーん。どこかに隠れていたって、考える方が自然だよー」

キース様と同じように逃亡説を否定するエルヴィン様は、小さく肩を竦める。

『誤解である可能性はほとんどない』と主張する彼の前で、私は頭を捻《ひね》った。

「でも、それはそれで不自然ですよね。だって、未知の生物を相手に逃げる訳でも、私達に守ってもらう訳でもなく、隠れるなんて……自らリスクを冒しているようなものじゃないですか」

『合理性に欠ける』と指摘すると、キース様はソファの背もたれから身を起こした。

「ああ、確かにおかしい。しかも、クラリッサ嬢は動物の死体に一切襲われなかった……これじゃあ、まるで――自分は襲われないって、確信しているみたいだ」

難しい顔つきで核心をつくキース様は、『はぁ……』と深い溜《た》め息《いき》を零《こぼ》す。

当初より懸念していた共犯の疑いがより深まり、内心葛藤を繰り広げているのだろう。

「こりゃあ、パーソンズ公爵家と事を構える可能性も視野に入れなきゃなんねぇーな……ったく、これからのことを考えると、頭が痛いぜ」

「えっ！　そう？　めちゃくちゃ楽しそうじゃなーい？　僕はワクワクしているけどー！」

「はぁ……お前はお気楽でいいな」

キラキラと目を輝かせるエルヴィン様に対し、キース様は呆れたように頭《かぶり》を振る。

『面倒なことになった』と言わんばかりに項垂《うなだ》れる彼は、グッと目頭を押さえた。

憂いげな表情を浮かべるキース様の傍《そば》で、エルヴィン様はニコニコと笑う。

「それじゃあ、クラなんとか嬢の件は引き続き、調べるとして――次は木箱の件ねー！」

不安を露《あら》わにするキース様のことなど気にせず、エルヴィン様は二つ目の報告に移った。

『もうクラリッサ嬢の名前を忘れてしまったのか』と苦笑する私を尻目に、彼は人差し指を顎に当てる。

「ルーなんとか先生にそれとなく、聞いてみたんだけど――特に問題はなかったみたーい。普通に野菜が入ってただけだってー」

えっ？　野菜……？　あれは野菜の重さじゃなかった気がするけど……。

でも、中身を確認したルーベン先生がそう証言しているなら……そうなのかな？

顎に手を当てて考え込む私は、ルーベン先生の言い分を何とか信じようとした――――が、どうにも腑《ふ》に落ちない。

別に先生の言葉を疑っている訳じゃないが、それでも何かを見落としているような気がした。

当時の状況やグレイソン殿下の言葉を何度も振り返り、私は熟考を重ねる。

そして、『ルーベン先生でも気づかないような細工が、木箱に施されていたのかもしれない』という結論に至った。

もし、そうなら早く対処しないと。

危ないものだったら、大変だわ。

「あの……木箱は今、どこにありますか？　可能であれば、私の方でも一度調べてみたいのですが……」

おずおずと手を上げる私は、『現物を確認したい』と申し出た。

『念のため、証拠として押収されている筈』と考える私を前に、エルヴィン様は表情を曇らせる。

「あー……実はね、木箱はもう処分しちゃったみたーい。だから、現物はもう手に入らないんだー」

「えっ？　処分……？」

予想外の事実に衝撃を受け、私は思わず聞き返してしまった。

パチパチと瞬《まばた》きを繰り返す私の前で、エルヴィン様は小さく肩を竦める。

「嵩張《かさば》るから、林間合宿初日にルーなんとか先生が燃やしたんだってー」

『釈然としないよねー』と述べるエルヴィン様は、ルーベン先生の証言を疑っているようだった。

それはキース様も同じようで、ルビーの瞳に鋭い光を宿す。

「しかも、燃やしたのは例の木箱だけ……嵩張るっつーなら、普通はもっと燃やすだろ？　一個減らしたところで、大して変わんねぇーんだし。あの箱だけ、サイズが大きいとか変な形をしているとかなら、話は分かるが……」

「いえ、あれは普通の木箱でした。とてつもなく重い、ということ以外は……」

まだ手に残っている木箱の感触を思い出しながら、私はそっと視線を落とす。

自身の手をじっと見つめる私に、キース様は『ソレーユ王国の第三王子も、そう言っていた』と頷いた。

「やっぱ、あの先生の証言には無理があるよなぁ。何か隠しているのは、間違いないだろ」

確信を持った響きで意見を述べるキース様に、私は『そうですね』と頷く。

「問題は何を隠しているか、ですが……」

「今の段階じゃ、断定出来ないよねー」

私の言葉を引き継ぐ形でそう言い、エルヴィン様は『判断材料が足りない』と嘆いた。

そして、掛け時計に目を向けると、ソファに勢いよく腰を下ろす。

「んじゃ、そろそろ報告会はお開きにしよっかー」

「だな。これ以上、話し合っても収穫はなさそうだし」

エルヴィン様の解散宣言に同調するキース様は、すっかり冷めてしまった紅茶を飲み干した。

エルヴィン様も、茶菓子のクッキーやマカロンに手を伸ばす。

ここに来た目的を達成して気が抜けたのか、二人とも我が家のように寛《くつろ》いでいた。

『きっと調査や会議で疲れているんだろうな』と思いつつ、私は部屋に張った結界を解く。

――と同時に、エルヴィン様が立ち上がった。

「さてと、僕達はもう帰るね」

「そろそろ、出発しねぇーと日が暮れちまうからな」

エルヴィン様に続いて、キース様も席を立ち、『紅茶とお菓子、ありがとな』と礼を言う。

『もう行ってしまうのか』と肩を落とす私は、落胆しつつも、笑顔で頷いた。

仕事で忙しい二人を引き止める訳には、いかなかったから。

今回の訪問だって、相当頑張って時間を作ってくれたに違いない。

ワガママを言って、困らせたくなかった。

「では、玄関までお見送りします」

まだ一緒に居たい気持ちをグッと呑《の》み込み、私はゆっくりと立ち上がる。

そして、客人の二人を引き連れてエントランスホールへと向かった。

エルヴィン様とキース様を見送り、私は一息つく――――訳もなく、魔法の研究に励んだ。

これまでの分を取り戻すかのように、寝る時間も惜しんで……。

さすがに三徹した時は侍女達《たち》に怒られたが、実に有意義な時間だった。

どういう訳か、レオナルド皇太子殿下の訪問やクラリッサ様の接触もなかったし……。

あの二人なら、絶対に会いに来ると思ったんだけどね……どうやら、私の思い過ごしだったみたい。

『なんにせよ、いい夏休みだった』と頬を緩める私は、満ち足りた気分になる。

欲を言えば、もう少し研究に没頭したかったが……フリューゲル学園に戻ってきた以上、それは出来ない。

万が一にも、部屋を滅茶苦茶《めちゃくちゃ》にする訳にはいかないから。

『人的被害も出るかもしれないし……』と思案しつつ、私はフリューゲル学園の制服を眺めた。

久々に着用したソレはよく体に馴染《なじ》んでおり、もう入学式の時のような真新しさはない。

でも、学園に溶け込んできた証《あかし》のようで嬉《うれ》しかった。

気づけば、もう二学期だものね。

『時の流れって、早いなぁ』としみじみ思いながら、私はふと顔を上げる。

そして、ステージに視線を向けると、学園長の姿が目に入った。

二学期の抱負などを語る学園長の前には多くの生徒達が居《お》り、みんな粛然としている。

おかげで、始業式は着々と進んで行った。

各役員の挨拶や先生方の叱咤《しった》激励《げきれい》も終わり、確実に閉会へ近づく中、司会者が口を開く。

「続きまして――生徒会長挨拶です。レオナルド・アレス・ドラコニア皇太子殿下、よろしくお願いします」

と、皇太子のフルネームを口にした途端――第二ホールのあちこちから、歓声が上がった。

『待ってました』と言わんばかりに辺りを見回す生徒達は、一気に色めき立つ。

終業式以来、会えていないという生徒も居るからか、皆いつもより興奮しているようだった。

『久々にご尊顔を拝める！』と沸き立つ生徒達を他所《よそ》に、一人の生徒がステージへ上がる。

皆の期待に応えるように姿を現したレオナルド皇太子殿下は、以前と変わらぬ笑顔で一礼した。

かと思えば、艶やかな金髪をふわりと揺らし、一歩前へ出る。

「長いようで短かった夏休みが明け、二学期が始まりました。またこうして、皆さんと顔を合わせられたこと、大変嬉しく思います。まだまだ暑さの厳しい日が続きますが、共に力を合わせ、乗り切りましょう。さて、二学期の生徒会では――」

演台の前に立つレオナルド皇太子殿下は、心地よい声で言葉を紡ぐ。

内容は至って普通なのに、思わず聞き入ってしまった。

他の生徒達も熱心に耳を傾け、一語一句聞き逃さぬよう、集中している。

誰もが息を殺す勢いで静かにしているからか、レオナルド皇太子殿下の声しか聞こえなかった。

くっ……！　ダメだわ……！　こんな時に不謹慎かもしれないけど……とてつもなく眠い！

重力に従って落ちてくる瞼《まぶた》に悪戦苦闘を強いられ、私はウトウトしてしまう。

飛びそうになる意識を何とか繋《つな》ぎ止める中、『そういえば、終業式もこんな感じだったな……』と思い返した。

――――と、ここでレオナルド皇太子殿下が挨拶を終える。

『ご清聴ありがとうございました』とお辞儀する彼は、割れんばかりの拍手に目を細めた。

かと思えば、満足そうに微笑《ほほえ》んで、来た道を引き返す。

あっ、また女子生徒が倒れた。しかも、一気に二十人近く……。

休暇を挟んでいた分、レオナルド皇太子殿下への耐性が薄れて、直《す》ぐに限界を迎えたみたい。

このままだと、保健室のベッドが埋まりそうね。

休み明け早々こき使われる保健室の先生を想像し、私は心の中で合掌する。

『お疲れ様です』と呟《つぶや》く中、階段を降りるレオナルド皇太子殿下と目が合った……ような気がした。

というのも、ほんの一瞬の出来事だったから……確信が持てなかったのだ。

私の気のせいかしら……？　それなら、別にいいのだけど……。

『むしろ、万々歳』と考えつつ、私はレオナルド皇太子殿下の動向をそっと見守る。

でも、特に怪しい動きはなく……体育祭前に戻ったかのように普通だった。無関心と言ってもいい。

林間合宿の時はこれでもかというほど、存在をアピールしてきたのに……。

もしかして、私に興味をなくしたのかしら？　だとしたら、願ったり叶《かな》ったりだけど……。

豹変《ひょうへん》と言っても過言ではないレオナルド皇太子殿下の変わり様に、私はあれこれ思考を巡らせる。

『もしや、何か裏があるのでは？』と疑心暗鬼になる私を他所に、始業式は終わりを迎えた。

◇◆◇◆

――翌朝、久々に教室へ足を踏み入れた私はその綺麗《きれい》さに圧倒された。

夏休み中も頻繁に掃除を行っていたのだろう、椅子の脚までピカピカなのである。

『さすが、フリューゲル学園』と目を見張る中、チャイムが鳴った。

慌てて席に着く私達を他所に、担任のサイラス先生が現れる。

ゆったりとした足取りで前へ進み、教壇の上に立つ彼はおもむろにこちらを向いた。

「やあ、皆久しぶり。夏休みはどうだった？　僕はね、あちこちの山に薬草を採りに行っていたんだ。おかげで、研究が一気に進んだよ」

『実に有意義な時間だった』と語り、サイラス先生はうっとりと目を細める。

当時の状況を思い返しているのか、彼の表情筋は緩み切っていた。

『近々また行きたいな』と零《こぼ》すサイラス先生を前に、私は内心苦笑を漏らす。

林間合宿であんなことがあったのに、サイラス先生は気にせず山へ入っていたのね……。

普通は怯《おび》えたり、身構えたりして山を避ける筈《はず》だけど……。

薬草のことにしか興味がないから、トラウマに近い出来事でも直ぐに忘れてしまうのかしら？

だとしたら、ちょっと羨ましいわね。私は夏休み中、何度か夢に動物の死体が出てきたから……。

『様々なシチュエーションで追いかけ回されて、大変なのよ』と、私は悪夢の内容を振り返る。

忘れたくても忘れられない夏の思い出として刻み込まれたソレを前に、一つ息を吐いた。

サイラス先生の忍耐力……というか、スルー精神に尊敬の念すら抱いていると、彼が視線を下げる。

「それで、えーっと連絡事項は……」

ポケットの中に手を突っ込み、ゴソゴソと音を立てるサイラス先生は『あれ？』と首を傾《かし》げた。

かと思えば、パッと表情を明るくし、ポケットの中から一枚の紙切れを取り出す。

クシャクシャになったソレを広げ、サイラス先生は数秒沈黙した。

『何か不味《まず》いことでも書かれているのか？』と心配になる中、彼はようやく口を開く。

「……一年C組の皆さんへ、二学期早々で申し訳ありませんが、直ぐに文化祭シーズンへ入るため、心の準備をしておいてください。今のうちにクラスの出し物を考えて頂けると幸いです」

棒読みと言うべき声色で連絡事項を伝えるサイラス先生に、私達は震撼《しんかん》した。

『いや、まさかのカンペかよ！』というツッコミを何とか堪《こら》えながら。

言葉遣いからして、カンペを作ったのは恐らくビアンカ先生ね……。

どうにか担任としての責務を果たしてもらえるよう、先生なりに試行錯誤した結果なのだろう。

『いつも、お疲れ様です……』と私は心の中で労《ねぎら》いの言葉を掛け、ビアンカ先生の苦労を讃《たた》えた。

他のクラスメイトたちも同じ気持ちなのか、みんな神妙な面持ちでサイラス先生を見つめている。

『我がクラスの担任の尻拭いをさせて申し訳ない』と肩を落とす中、サイラス先生は顔を上げた。

と同時に、クシャクシャになったカンペ用紙を再びポケットの中へ突っ込む。

「連絡事項は以上だよ、多分。という訳で、今日のところは解散」

適当にホームルームを終わらせると、サイラス先生は『研究があるから』と言って早々に退散する。

夏休みを挟んでも一向に改善されない放置プレイに、私達は苦笑を漏らすしかなかった。

なんというか……こういうのも、久しぶりね。

『二学期が始まった』という実感が、湧いてくるわ。

良くも悪くも夏休み気分が抜けつつある私は、一限目の魔法学に備えて教科書などを机に出す。

——と、ここで離れた席に座るグレイソン殿下がこちらへやって来るのを察知した。

『挨拶に来てくれたのか?』と思いつつ、顔を上げると、ラピスラズリの瞳と目が合う。

「体調はもう大丈夫なのか?」

そう言って、私の机に片手を置くグレイソン殿下は顔を覗《のぞ》き込んでくる。

林間合宿ぶりに見る端整な顔立ちに、私は少しだけドキッとした。

『久しぶりだからか、耐性が……』と狼狽《うろた》える私は、内心動揺しながらも何とか平静を保つ。

「は、はい。もう大丈夫です。宮廷魔導師団の方々にも、『問題ない』と太鼓判を押されましたので」

『ご心配をお掛けしました』と言い、私はニッコリ笑ってみせた。

元気いっぱいだとアピールする私を前に、グレイソン殿下は安堵《あんど》の息を吐く。

『なら、良かった』と呟き、僅かに表情を和らげた。

――――が、ちょっと疲れているように見える。

「そういうグレイソン殿下は、少し元気がないようですね。夜更かしでもしましたか？」

目の下の隈《くま》をやんわり指摘する私は、『まさか夜通し訓練でも……？』と気に掛ける。

すると、グレイソン殿下は気まずそうに視線を逸《そ》らした。

「あー……実は寝る間も惜しんで、本を読んでいたんだ」

体を動かすのが大好きなグレイソン殿下にしては、珍しい理由を口にする。

だが、別に変なことではなかった。

返答を躊躇《ためら》うような事柄ではないと思うけど……何故《なぜ》、あんなに歯切れが悪かったのかしら？

もしかして、ソレーユ王国では読書が恥ずかしいことのように思われているの？

『文化の違いか？』と疑問に思いつつ、私は口を開く。

「読書は一度始めると、なかなか止まりませんものね。ちなみにどんな本をお読みに？」

「……ロマンス小説だ」

「えっ？　意外ですね。グレイソン殿下は実用性のある本しか、読まないイメージを持っていました」

「……まあ、たまにはこういうのもいいと思ってな」

『いい』なんて全然思っていないようなトーンで話し、グレイソン殿下はどこか遠い目をする。

理由は知らないが、きっとロマンス小説を読まざるを得ないような状況に追い込まれたのだろう。

でも、これで態度がおかしかった原因が分かった。

確かに男性のグレイソン殿下が声を大にして、『読んでいる』と言えるようなジャンルの本じゃないものね。

言いづらいのも、よく分かるわ。

『ロマンス小説って、基本女性向けだから』と思いつつ、グレイソン殿下に同情の眼差《まなざ》しを向ける。

『もうこれ以上、気まずい思いをさせまい』と、私は話題の変更に取り掛かった。

「ところで、グレイソン殿下はフリューゲル学園の文化祭がどんなものか、ご存じですか？」

「毎年、盛大に行われているということ以外はあまり知らないな」

武術系の催しである体育祭と違い、文化祭は学問系の催しだからか、詳細を把握していないようだ。

恐らく、あまり興味を引かれる事柄じゃなかったのだろう。

調べる気すらなさそうなグレイソン殿下の様子から、私は『本当に剣術のことしか興味ないのね』と苦笑いした。

「後日、プリントを配られると思うので文化祭の概要だけ簡単に説明しますね」

「ああ、よろしく頼む」

素直に首を縦に振るグレイソン殿下に対し、私は一つ頷《うなず》いた。

「フリューゲル学園の文化祭は各クラスが出し物を決めて、準備の段取りから当日の対応まで行います。基本、教師は手も口も出さないため、生徒達の計画性・柔軟性・協調性が問われます」

「生徒の自主性を重んじる、フリューゲル学園らしいやり方だな」

様々な経験を積めるであろう文化祭の形態に、グレイソン殿下は感心する。

出し物の内容にもよるが、一つの事業を成功させるという過程がどれほど大変なのか知ることによって、今後に役立つと考えたのだろう。

ビジネスで成功を目論《もくろ》む者が現実を知り、将来人の上に立つ者が現場の過酷さを体験する。

机上の空論ではない実情を目の当たりにすることで、変わるものがきっとある筈だ。

そういう意味ではフリューゲル学園の校風って、理に適《かな》っているわよね。

などと思いつつ、私は文化祭の説明を続ける。

「また、出し物の出来栄えを来場者に評価してもらい、一番好評だったクラスが閉会式にて表彰されることになっています」

「文化祭にも一応、競い合うような項目があるんだな」

「個人戦だった体育祭と違い、文化祭は団体戦なので色々大変ですけどね」

と言っても、私もフリューゲル学園の文化祭に参加するのは初めてなのだけど。

お姉様が自慢話のついでに文化祭の内情を色々喋《しゃべ》ってくるから、多少詳しいだけで。

『レオ殿下が、レオ殿下が』とうるさかった姉を思い返し、私は一つ息を吐いた。

――――と、ここでグレイソン殿下が投票システムの難点を口にする。

「でも、たった一日で全ての出し物を回るのは不可能だから、評価が偏りそうだな」

「あっ、すみません。大事なことを伝え忘れていましたね。文化祭は体育祭と違い、七日間行われるんですよ。なので、回ろうと思えば全ての出し物を回れるかと」

『もちろん、本人の意思次第ですが……』と述べつつ、私は小さく肩を竦《すく》めた。

だって、来場者の中には『自分の子供や知り合いの出し物しか行かない』という人も居るから。

『公平に判断を』と考え、全ての出し物を回る人の方が少ない筈だ。

「そうなのか。七日間もお祭り騒ぎとは、大変そうだな」

「そうですね。でも、今年の文化祭はもしかしたら開催期間や規模を縮小するかもしれません。ほら、林間合宿での騒動があったばかりですし」

最後の方は声量を抑えて、グレイソン殿下に伝える。

林間合宿に参加していた生徒達を怖がらせないために。

動物の死体にトラウマを植え付けられた者も、きっと居るだろうから。

『サイラス先生のようにピンピンしている方が異常』と考える中、鐘の音を耳にする。

「そろそろ、時間か。長居して悪かったな、俺は席に戻る」

『また後で』と言い残し、グレイソン殿下は颯爽《さっそう》と自分の席へ戻った。

と同時に、教室の扉が開き、ビアンカ先生が姿を現す。

あら、今日は珍しく大荷物ね。

拳サイズの石や何かの部品を宙に浮かせるビアンカ先生に、私は釘付《くぎづ》けとなる。

他のクラスメイトも同様に彼女を凝視し、教壇に立つ様子をじっと見守っていた。

『今日は一体、何をするのだろう？』と誰もが疑問に思う中、ビアンカ先生は宙に浮く物を全て教卓の上に下ろす。

と同時に、パンパンと軽く手を叩《たた》いた。

「はい。それでは、授業を始めます。皆さん、教科書の278ページを開いてください」

授業の開始宣言をするビアンカ先生に促され、私達は教科書のページを捲《めく》る。

すると、『魔石《ませき》』と書かれたページに行き着いた。

あら？　これって、もしかして……。

「今日から、皆さんにやって頂くのは——魔道具《まどうぐ》やアーティファクトの制作です」

予想通りの言葉を口にしたビアンカ先生は、教卓の上に置いた石を一つ手に取る。

透明度の低いダイヤモンドみたいなソレを掲げ、こちらに見せた。

「これは魔石です。ご存じの方も居ると思いますが、念のため説明しますね。魔石はマナを吸収・放出出来る石のことです。保有出来るマナの量は、ものによって異なります。一般的に透明度が高い魔石ほど、保有するマナの量が多いとされています」

『なので、これには僅かなマナしか含まれていません』と言い、手に持った魔石を置く。

そして、黒板に向かい合うと、チョークで文字を書き始めた。

「基本的に魔石は使い捨てで、保有するマナを出し切ったらただの石になります。でも、稀《まれ》に人間の魔力を込めて再利用出来るものもあるそうです」

『千個に一個くらいの割合ですが』と補足しつつ、ビアンカ先生は魔石の説明を終える。

続いて、魔石の活用方法を話してくれた。

「魔石は主に魔道具の動力として、使われます。それこそ、私達の頭上にある照明とか」

天井に取り付けられた灯《あか》りを指さし、ビアンカ先生はニッコリと微笑む。

身近なところに魔道具があると知った生徒達は、俄《にわか》に目を輝かせた。

まさか、こんなところにあるとは思わなかったのだろう。

魔道具と聞くと、どうしても戦闘兵器の方を思い浮かべちゃうものね。

生活に役立つ魔道具の存在って、世間的にはあまり知られていないから。

「また、魔石には魔法を付与しやすいという特徴があります。定着も他のものと比べて、比較的簡単です。ですが、誰にでも出来るという訳ではありません。なので、魔法を付与・定着させた魔石である――――魔法石はとても貴重です」

『術者以外でも使用可能な魔法石は、特に』と述べ、ビアンカ先生は少し声量を落とす。

「下世話な話になってしまいますが、ものによっては金貨数億枚で取り引きされることもあるそうです」

「「!!」」

『夢がありますよね～』と語るビアンカ先生を前に、クラスメイト達は言葉を失った。

金貨数億枚は貴族でもなかなか手に入らない金額なので、衝撃を受けているのだろう。

平民出身の生徒なんて、動揺のあまり卒倒しかけている。

そんな彼らに追い討ちを掛けるように、ビアンカ先生は言葉を続けた。

「そして、魔法石より更に貴重とされているのが――アーティファクトです。これは魔法石を加工したものの総称で、魔法石を投入した魔道具や細工したアクセサリーを指します。出来栄えによっては、国を買えるほどの価値があるという話です」

「「「！！？」」」

『国を買える……だと!?』と驚愕《きょうがく》するクラスメイト達は、スケールの大きさに目を白黒させる。

驚きすぎて声を出せない生徒まで居り、実に混乱を極めていた。

『アーティファクト、凄《すご》すぎる……』と呟く彼らの前で、ビアンカ先生はパンパンと手を叩く。

「説明は以上になります。早速、実践に移りましょう」

チョークを手に持ったまま、こちらを振り返るビアンカ先生は指を二本立てた。

「魔道具とアーティファクト、どちらを作って頂いても構いません。好きな方をお選びください。また、今回は知識や応用より実技を重んじるため、既存の魔道具やアーティファクトを真似《まね》して作ってもよしとします。とにかく、自分の力で作ることが大事なので」

『二学期の期末テストの実技は魔石の扱いや出来栄えで決めます』と言い、再度黒板に向き直る。

と同時に、チョークで『構想』と書き込んだ。

「まずはどんなものを作るか、どのように組み立てるか、段取りはどうするかなどを考えてくださいね。魔石に関する授業は最低でもあと十回は行う予定なので、焦らなくても大丈夫ですからね」

『じっくり構想を練ってください』と生徒たちに言い聞かせ、ビアンカ先生はチョークを置く。

風に揺れる茶髪を手で押さえ、こちらを振り向いた。

「構想がまとまりましたら、私のところまで来てください。実現可能な内容だったら、魔石や部品を渡しますから」

教卓の上にズラリと並んだ魔石や部品を一瞥《いちべつ》し、ビアンカ先生は『さあ、始めてください』と促す。

ソロソロと視線を下げる私達は、手元の教科書とメモ用の紙を見比べた。

突然課せられた難題に狼狽えつつも、一先《ひとま》ずペンを持つ。

魔石という未知の分野を前に、柔軟に対応出来る者はほとんど居なかった。

教科書に有益な情報が載っていないか、探し回っている者が大半だと思う。

まあ、探せば魔道具の作り方の例くらい幾つかありそうだけど……でも――――私が作りたいのはアーティファクトなのよね。

魔道具なら、何度か作ったことがあるから。と言っても、凄く簡単で安価なものだけど。

『姉の引き立て役に徹してきたため、あまり大掛かりなものは作れなかった』と、過去を振り返る。

幼少期に作ったライトやミニ風車を思い浮かべつつ、私は紙に『アーティファクト』と書き込んだ。

さて、どんなものを作ろうかしら？

最初はやっぱり、殺傷能力の低いものがいいわよね。

万が一、暴走なんてしたら大惨事だし……となると、水系統が好ましい。

ただ水を生成するだけの魔法石を作って、アクセサリーに加工するのはどうだろう？

初めての挑戦ということもあって慎重になっている私は、敢《あ》えてアクセサリー版のアーティファクトを作ろうと画策する。

まだ魔道具版のアーティファクトを作るのは、早いと考えたから。

『まあ、本音を言うと物凄く作りたいけどね』と思いつつ、紙に必要事項を書き込んだ。

そして、一度内容を見直してから、立ち上がる。

向かう先は、当然ビアンカ先生のところだ。

「あら、もう出来たんですか？」

「はい。確認をお願いします」

驚いたように目を見開くビアンカ先生に、私は紙を手渡す。

すると、彼女は戸惑いながらも素直に目を通してくれた。

「あの……アーティファクトを選択していますが、こちらにお間違いは？」

「ありません」

「分かりました。では、魔石の付与について教えますね」

『ちょっと特殊な工程があるので』と言い、ビアンカ先生は魔石を手に取った。

次に、言霊術で結界を展開し、私とビアンカ先生を取り囲む。

恐らく、失敗した時のための措置だろう。

「私の言った通りにやってください」

「分かりました」

間髪を容《い》れずにコクリと頷く私に、ビアンカ先生は魔石を差し出す。

促されるまま受け取ると、彼女は顔の近くまで持ってくるよう身振り手振りで伝えてきた。

両手を皿のようにして魔石を持ち、口元に持っていけば、ビアンカ先生は『それでいい』と頷く。

と同時に、教科書のページを捲り、こちらに見せた。

「魔法石を作る場合、魔石のマナを魔力へエネルギー変換しなければなりません。何故だか、分かりますか？」

教科書に書かれた記述を指で叩き、ビアンカ先生は質問を投げ掛けてくる。

きっと、私の理解度や知識の深さを試しているのだろう。

『なら、期待に応えなければ』と思い、私は瞬時に答えを導き出した。

「付与した魔法と魔石のマナを繋げるため、でしょうか？」

「正解です。魔法石の最大の特徴は、魔石のマナで魔法を使えること。そのためには、術者の魔力と同化しなければなりません。理由は分かりますね？」

「魔術で付与を行う関係上、魔法陣が術者以外の魔力に反応しないからです」

「その通りです。なので、まずは自分の魔力と酸素《吐息》を魔石に注ぎ込み、エネルギー変換を促します。魔石が魔力《自分の魔力》の糸と同じ色になったら、成功です」

具体的な方法を提示するビアンカ先生に、私は『なるほど』と頷いた。

魔石を顔の近くまで持ってくるよう、指示したのは吐息を吹き掛けるためか。

謎の指示の理由が分かってスッキリする私は、真っ白な魔石をじっと見つめる。

これが魔力の糸の色《紫色》になるなんて、想像も出来なくてパチパチと瞬《まばた》きを繰り返した。

――――と、ここでビアンカ先生は更に教科書のページを捲る。

「そこから先は他のものと同じように、用意した魔法陣を魔石に張り付けるだけです。魔石の魔力と魔法陣は自動的に繋がるので、特別な工程を踏む必要はありません。ここまでで質問はありますか？」

「ありません」

赤みがかったオレンジ色の瞳を見つめ返し、私は小さく首を横に振る。

すると、ビアンカ先生は満足そうに頷いた。

「では、早速付与を始めてください。居心地が悪いかもしれませんが、今回は念のため付与に立ち会います」

召喚術の授業でのトラウマがあるせいか、ビアンカ先生は厳戒態勢を敷く。

追加で三枚も結界を張る用心っぷりに、私は苦笑いしか出来なかった。

危険人物認定されている事実に内心落胆していると、背後から無数の視線が突き刺さる。

『あれ……？』と思いながら後ろを振り返ると、そこには不安そうな表情を浮かべるクラスメイト達が居た。

……もうアーティファクト作り、諦めようかな？　でも、せっかくここまでやってもらったのに今更やめるとは言えないよね……。

三重くらいになった結界を一瞥し、私は魔石へ視線を移す。

『ええい、もうどうにでもなれ！』という気持ちで大きく息を吸い込み、体内魔力に意識を向けた。

『炎霊草《えんれいそう》の魔力注入と同じように少しずつやろう』と心に決め、手のひらからじんわり魔力を送る。

と同時に、息を吹きかけた。

その瞬間――白く濁った魔石が、見る見るうちに紫色へ変わっていく。

まるで、白いキャンバスに絵の具を垂らした時のように。

「は、早いですね。普通はもっと時間が掛かるものなんですが……シャーロット嬢の魔力がマナを多く含んでいるからでしょうか？」

『マナに近いほど、エネルギー変換が簡単みたいな……』と述べつつ、ビアンカ先生は困惑を示す。

『息だって、もっと吹き掛けなきゃいけないのに』と呟く彼女を前に、私は指先から魔力の糸を出した。

水を生成するだけの簡単な魔法陣なので、一分も掛からずに完成する。

あとは発動の合図となる動作を決めるだけね。

術者以外も使えるようにするなら、これは必要不可欠。

『無難に魔法石の表面を二回引っ掻《ひか》いたらにするか』と考え、魔法陣にその要素を足す。

最後に術式の確認とサイズの調整を行ってから、魔石に向かい合った。

『無事成功するといいけど……』と願いつつ、魔石に魔法陣を張り付ける。

ポスターを張る時のように、シワが出来ないようゆっくりと付与した。

そのおかげか、魔法陣を弾《はじ》かれることはなく……無事定着する。

あとはちゃんと使えるかどうかだが……。

「《バリア》」

言霊術で結界を展開した私は、半透明の四角い箱を作る。

手のひらサイズのソレを片手で持ち、魔法石を上から翳《かざ》した。

「ビアンカ先生、付与した魔法がちゃんと使えるか試してみてもいいですか？」

「え、ええ……」

おずおずといった様子で頷くビアンカ先生に、私は『ありがとうございます』と礼を言う。

そして、魔法石の表面を二回引っ掻いた。

『無事に水は生成されるだろうか』と見守る中、魔法石が少量の水を出す。

チョロチョロと流れるソレは、結界魔法を応用して作った箱にどんどん溜《た》まって行った。

――――と、ここで水の生成が止まる。

うん、バッチリね。一度に生成出来る水の量も、指定通りだわ。

箱の大きさや水深から量を計算し、私は僅かに頬を緩めた。

成功の喜びに浸る私を前に、ビアンカ先生は後退《あとずさ》る。

「い、一発成功なんて……嘘《うそ》でしょう？　他のものに比べて付与しやすいとはいえ、こんな……」

付与成功の象徴とも言える水を凝視し、ビアンカ先生は小さく頭《かぶり》を振った。

『今回が初めてですよね？』と確認を取ってくる彼女に対し、私はコクリと頷く。

魔石の付与に成功しただけで、こんなに驚くとは思わなかった……。

だって、それを言うならお姉様の方がずっと凄いもの。

ただの石ころに魔法を付与出来たんだから。

林間合宿での一件を思い返す私は、姉の偉大さ……というか、実力に敬意を評した。

まあ、嫌がらせに利用するのはどうかと思うが……。

『才能の無駄遣いよね』と考える中、キーンコーンカーンコーンと鐘が鳴る。

残念だけど、魔法石の加工はまた今度になりそうね。

『さすがに今日一日で完成は無理だったか』と思いつつ、私は自分の席へ戻った。

◇◆◇◆

二学期に突入してから早くも三日経《た》ち、私達は以前の生活を取り戻しつつあった。

そんな時、運命のホームルームを迎える。

「えー……多忙につき、本日もサイラス先生はお休みです。なので、司会進行は私、エミリア・キャンディス・ダーズリーが務めます」

『よろしくお願いします』と言って、頭を下げるエミリア様は何とも言えない表情を浮かべる。

黒板の前に集まった副委員長や会計も、『あはは……』と乾いた笑みを零していた。

毎度お馴染みの展開とはいえ、久々に丸投げを体験したからか、皆どこか気まずそうだ。

しかも、今回は議題が議題だからね……。

『大人の手を借りたいと思うのも仕方ない』と考える中、エミリア様は一つ息を吐く。

そして、副委員長にチョークを手渡すと、こちらに向き直った。

「既にお気づきの方も居るかと思いますが、今回の議題は――文化祭で行うクラスの出し物の決定です」

予想通りの協議内容を語るエミリア様は、『出来ればこの時間で決めたい』と主張する。

今日のように六限目を早めに切り上げて、時間を作ってもらうのは難しいからだろう。

放課後、集まるにしても皆それぞれ予定があるから、長時間議論を重ねるのは不可能だ。

ここで決めないと、ズルズル先延ばしになるのは目に見えているわね。

「とはいえ、いきなり『出し物の案を出せ』と言われても直ぐに思いつきませんよね。なので、毎年どんな出し物をしているのか、幾つか例を挙げて行きます」

『文化祭に初めて参加する子も居るだろうから』と、エミリア様は気を使ってくれた。

実例を話すことで、文化祭の様子を想像しやすくする狙いがあるのだろう。

「出し物は主に展示、パフォーマンス、アトラクションの三つです。展示を選択するクラスはあまりありませんが、去年は皇帝陛下とドラゴンの石像を展示したクラスがあるそうです」

『皇帝陛下ご本人にとても好評だったとか』と語り、エミリア様は教卓の上に手を置いた。

「次にパフォーマンス。こちらは演劇やオペラなど、舞台を使用するものが多いですね。一昨年はシンデレラの演劇をしたクラスが、最優秀賞に選ばれていました」

『観客を飽きさせないよう、オリジナル展開も多々あったそうです』と、エミリア様は補足する。

毎年文化祭に来ているのか、それともわざわざ調べてきたのか、エミリア様は内情にとても詳しかった。

「最後に、アトラクション。こちらは体験型の出し物で、毎年高い人気を誇っています。ちなみに去年最優秀賞に選ばれたクラスの出し物は、アトラクション系の幽霊屋敷でしたね」

『幽霊役の迫真の演技で失神した人も居るそうです』と言い、エミリア様は少し身を乗り出す。

そして、さっきより表情の柔らかいクラスメイト達を見て、ホッと胸を撫《な》で下ろした。

出し物の具体的なイメージを貰《もら》ったおかげで、文化祭に初めて参戦する子達も案が出しやすくなったみたいね。

エミリア様の努力が報われて、本当に良かったわ。

「それでは、クラスの出し物を決めていきましょう。案のある方は、挙手を」

『クラスの出し物』と書かれた黒板を一瞥し、エミリア様は周囲を見回す。

すると、複数人のクラスメイトが一斉に手を挙げた。

期待に満ち溢《あふ》れた様子の彼らを前に、エミリア様は順番に案を聞き出していく。

「今、出ている案は眠り姫の演劇と力比べ大会とクラス全員による演奏会と目隠しで食材を当てるゲームですね。あとは何かありますか？」

『なければ、この中から決めることになります』と告げ、エミリア様は我々の反応を窺《うかが》う。

――――と、ここで一人の女子生徒がおずおずと手を挙げた。

「あ、あの……クラス全員でアーティファクトを作って展示する、というのはどうでしょう?」

緊張した面持ちで案を口にする彼女は、ギュッと手を握り締める。

人気のアトラクション系でもパフォーマンス系でもなく、地味な展示系なので周りにどう思われるか不安なのだろう。

「て、展示なら当日は皆ある程度自由に動けると思うんです……文化祭に初めて参加する子も居る訳ですし、自由時間を多めに取れる方がいいんじゃないかな? と。魔法石作りは、シャーロット嬢に頼ることになりそうですが……」

しどろもどろという表現が似合うほど、狼狽《うろた》える彼女は表情を曇らせる。

そして、発言したことを後悔するように俯《うつむ》いた――――が、周囲の反応は思ったより上々で……?

「俺は賛成! 展示系は毎年不人気だけど、アーティファクトならインパクトあるし、いいと思う!」

「私も! 準備は大変そうだけど、当日の役割はアーティファクトの見張りと説明くらいだし、じっくり文化祭を楽しめそう!」

「あと、魔法学の課題の練習にもなりそうよね! 共同制作なら、色んな人と意見を交換出来るし!」

「そう考えると、アーティファクトの展示は良いことだらけだな!」

クラスメイトの大半が賛成の声を上げ、女子生徒の案を後押しした。

『アーティファクト＝凄い』という認識が広まっているからか、異を唱える者は一人も居ない。

『上手《うま》く行けば、最優秀賞だって取れるんじゃないか』と、皆盛り上がっていた。

いつの間にかアーティファクトの展示をやる流れになる中、エミリア様が声を張り上げる。

「皆さんの気持ちは分かりました。ですが、一番大変なのは間違いなくシャーロット嬢なので、彼女の意見を聞いてから決めることにしましょう」

興奮状態のクラスメイト達を宥《なだ》め、エミリア様はこちらに視線を向ける。

『今のところ魔法石を作れるのは私《シャーロット嬢》しか居ない』という状況を見て、配慮してくれたのだろう。

『相変わらず、真面目だなぁ』と感心していると、クラスメイトの大半が縋《すが》るような目でこちらを見る。

『これ以上、いい出し物なんてないから反対しないで』とでも言うように。

「えっと……皆がそれでいいなら、私は構いませんわ。魔法石の制作、頑張ります」

『安定して何個も作れるか分かりませんが……』と零しつつも、私はアーティファクトの展示を支持した。

すると、クラスメイト達がパッと表情を明るくさせ、喜ぶ。

『良かった！』と口々に言う彼らを前に、エミリア様はパンパンッと手を叩いた。

「シャーロット嬢からの同意も得られたということで、一年C組の出し物はアーティファクトの展示に決まりました。異議のある者は居ませんか？」

『反対意見があるなら今のうちにどうぞ』と促すエミリア様に対し、クラスメイト達は首を左右に振る。

『異議なし』とアピールする彼らの前で、エミリア様はチョークを手に取った。

かと思えば、黒板に書き込まれた『アーティファクトの展示』という文章に丸をつける。

「では、余った時間は役割分担とアーティファクトの性能について話し合いましょう」

こちらに向き直ったエミリア様は掛け時計を一瞥し、早速私達に意見を募る。

皆アーティファクトの展示に乗り気だからか、直ぐに意見は集まり、色々決まった。

そして、今後の方針が決まったところでホームルームは終わりを告げ、解散となる。

帰り支度を済ませ、立ち上がった私はクラスメイトに挨拶してから教室の外に出た。

すると、廊下の壁際にグレイソン殿下を発見し、私は僅かに目を剝《む》く。

別に約束をしていた訳じゃないが、風紀委員会室まで一緒に行ってくれるらしい。

先に行ってくれても、構わないのに……もしかして、また私が迷子になるとでも思っているのかしら？

『だとしたら、ちょっと心外』と思いつつも、グレイソン殿下と共に廊下を歩く。

『こうやって、一緒に行動するのも久しぶりだなぁ』と感じる中、目的地へ辿《たど》り着いた。

中へ入ると、既にメンバーが勢揃《せいぞろ》いしていて私達は慌てて腰を下ろす。

――――と、ここで黒板前に居たディーナ様が身を乗り出した。

「諸君、よく集まってくれた！　今回は文化祭の活動について話し合うため、集合を掛けたんだ！」

いつも通り元気いっぱいのディーナ様に、私はホッとする。

林間合宿での騒動を引き摺《ず》ってないか、少し心配だったのだ。

騒動後に謝罪された時は大分吹っ切れている様子だったけど、責任感の強い人って直ぐに失敗談を思い出して落ち込むから。

単独行動に走った後悔はずっと忘れないでほしいけど、過去に囚《とら》われず前を向いているようで安心したわ。

などと思っていると、ディーナ様が教卓に両手をつく。

「では、早速巡回ルートや交替時間を決めようじゃないか！――――と言いたいところだが……今回、我々は警備から外れることになった」

「「「!?」」」

若干沈んだ声で衝撃の事実を語るディーナ様に対し、我々はこれでもかというほど目を見開く。

驚きすぎて声も出せずにいると、ディーナ様がそっと目を伏せた。

「皆《みな》も忘れた訳ではないだろう？　林間合宿での騒動を」

先程までの明るい雰囲気が嘘のように重苦しい空気を放ち、ディーナ様は神妙な面持ちになる。

「またあのようなことが起きるとは限らないが、万全を期すため文化祭の警備は皇国騎士団に任せる運びとなった」

『職員会議で決まったことだから従うしかない』と語り、彼女は一つ息を吐いた。

「一応、文化祭の自粛や来場者の制限も検討したようだが、弱気な姿勢を見せないためにも例年通りやることになったとのことだ。皇国騎士団の投入は『例年通りやるなら、せめて警備の強化を』という意見により、決まったらしい」

『まあ、懸命な判断だと思う』と自分なりの感想を述べ、ディーナ様は少し肩を落とす。

風紀委員会の役割というか、存在意義を奪われたようでショックなのかもしれない。

ただ、林間合宿での一件を踏まえて『プロに任せるのが一番だ』と判断したのだろう。

それにしても、来場者の制限を設けない学園側の決定には驚きね。

だって、文化祭は体育祭と違って学園内を一般公開するから。

要するに生徒の保護者や学園に許可された者だけじゃなく、本当にただの一般人も来場出来るようになるということ。

もちろん、身体検査や身元の確認を行った上で入場することになるけど……危険人物が紛れ込む可能性は0じゃない。

安全を考えるなら、来場者は制限するべきだと思うわ。

『皇国騎士団に警備してもらうとはいえ、随分強気な体制ね』と、私は困惑を示す。

確かに『悪に屈しない姿勢』は大事だが、トラブルになって一番困るのは学園側なので戸惑いを隠し切れなかった。

『何か秘策でもあるのだろうか』と疑問を抱く中、ディーナ様は僅かに表情を和らげる。

「学園の平和を我々の手で守れないのは悔しいが、警備は皇国騎士団に任せよう！」

「あっ！　でも、トラブルに遭遇した時はいつも通り対応して欲しいッス！　手に余るようなら、信号弾を打ち上げてください！　そしたら、近くの騎士が駆けつけてくれるんで！」

　黒板にあれこれ文章を書き込んでいたジェラール先輩はこちらを振り返り、当日の対応について話した。

『一応、緊急時の戦闘許可も下りているッス！』と説明する彼に、グレイソン殿下は目を輝かせる。

　愛用の武器を手離さずに済んで、安心しているのだろう。

　今も腰に差している剣を一撫でし、グレイソン殿下はスッと目を細めた。

　かと思えば、視線を前に戻して手を挙げる。

「一つ質問しても、いいですか？」

「なんだ？」

「文化祭の警備から外れるなら、風紀委員会の活動はどうなるんですか？　当日までは通常業務をこなすとして、他にやることは？」

『行事限定《イベント》の特別任務みたいなものはないか』と、グレイソン殿下はディーナ様に問う。

　すると、彼女は教卓の上に置いてあったプリントを手に取り、こちらに見せた。

「結論から言うと、我々は文化祭の警備がなくなった代わりに――生徒会の手伝いをすることになった」

『この時期、一番忙しいのはそこだからな』と言い、ディーナ様はヒラヒラとプリントを揺らす。

　委員会活動の変更について書き込まれたソレを前に、風紀委員会のメンバー……特に女子が歓喜した。

憧れの生徒会と接点が出来て、嬉しいのだろう。

『どうにかしてお近付きになりたい！』と画策する彼女たちを前に、ディーナ様は苦笑いする。

――――が、直ぐに気持ちを切り替え、真っ直ぐ前を向いた。

「そういう訳で、早速明日から手伝いに行くぞ」

――――と宣言されたのが、つい昨日のこと……我々風紀委員会はディーナ様とジェラール先輩の指揮で、放課後になるなり生徒会室へ赴いた。

大半の生徒が期待に胸を膨らませ、室内を見回す中、私はキリキリと痛む胃を押さえている。

だって、私にとっての生徒会は危険人物の溜まり場そのものだから。

出来ることなら、この場から逃げ出したかった。

嗚呼《ああ》、どうしよう……？　またスカーレットお姉様の不興を買ってしまうかもしれないわ……。

前みたいに変な誤解をされたら、堪《たま》らないのだけど……。

『私だって来たくて来た訳じゃないのに……』と心の中で弁解しつつ、ソロソロと視線を上げる。

執務机の後ろに立つ姉を目視し、私は『怒っているかな？』と様子を窺った。

――――が、不機嫌な素振りなど一切見えない。

こちらに一瞥もくれずに、ただ書類を眺めているだけ。

あれ？　もしかして、私の存在に気づいてない？

そうなら、いいけど……でも、なんだか変ね。いつもより、顔色が悪いし……。

文化祭の準備で忙しいのか目の下に隈を作る姉に、私は内心首を傾げる。

どことなく切羽詰まったような……必死な姿を前に、少し戸惑った。

――――と、ここで窓から差し込む光が逆光となり、姉の表情を隠す。

おかげで、それ以上のことは分からなかった。

「風紀委員会の皆さんには主に力仕事と在庫の確認、それから設営をやってもらいます。作業自体は簡単だけど、量が多いので無理はしないように。あと、困ったことがあれば必ず僕達に相談してください」

そう言って、出入口付近にズラリと並ぶ風紀委員を見つめるのは会計のアイザック様だった。

どことなく疲れた様子で言葉を紡ぐ彼は、私達に仕事を割り振っていく。

ディーナ様と事前に打ち合わせでもしていたのか、仕事のペアは見回りの時と同じだった。

なので、特に混乱することもなく皆すんなり指示を受け入れる。

『では、早速お願いします』とアイザック様に促され、私達は踵《きびす》を返した。

すると、執務机で作業していたレオナルド皇太子殿下が不意に顔を上げる。

「現場仕事ばかりで申し訳ないけど、よろしく頼むね」

仕事の手は止めずに声を掛けてくるレオナルド皇太子殿下に対し、我々風紀委員は……というか、女子は『はい！』と返事する。

今まで聞いたこともないような大声で。

明らかに浮き立っている様子の彼女たちを前に、私は思わず苦笑いした。

『恋の力って、凄いわね……』と半ば感心しながら退室し、一つ息を吐く。

ん？　そういえば、今日――レオナルド皇太子殿下にも、アイザック様にも絡まれなかったわね。

普通に先輩・後輩として、扱われていたような気がする。

『実に適切な距離感だった』と思い返す私は、生徒会室の扉をじっと見つめた。

私から興味をなくしたのか、それとも何かを企《たくら》んでいるのか……。

前者なら万々歳の結果だが、こうもあっさり手を引かれると、なんだか怪しく見える。

『嵐の前の静けさみたいだ』と考えていると、グレイソン殿下に名前を呼ばれた。

「俺達の仕事は、空き教室の整備だったな」

「あっ、はい。どこかのクラスが出し物に使用するとのことで、荷物の運搬と清掃を頼まれました」

仕事を割り振られた際に言われたことを思い出しつつ、私はグレイソン殿下の方を振り返る。

すると、ラピスラズリの瞳と目が合った。

「じゃあ、荷物の運搬は俺がやるから清掃をやってくれ」

「いえ、私も荷物の運搬をやります。清掃なんて、浄化魔法を使えば一瞬なので」

『明らかにグレイソン殿下の負担の方が大きい』と指摘し、私は分担作業を却下した。

森全体を浄化した実績があるせいか、グレイソン殿下はわりとすんなり同意する。

『そういえば、こいつ規格外だったな』みたいな視線を向けながら。

「とりあえず、その空き教室に行くか」

「そうですね」

他のメンバーと違い、私達は手ぶらで行動を開始した。

まずは目的地へ向かい、荷物の数や種類を確認していく。

万が一、割れ物や危険物があったら大変だから。

案の定、そんなものはなかったが……。

「荷物は全て多目的室に運べば、いいんですよね？」

「ああ。ブライアント令息は、そう説明していたぞ」

一番大きな箱を軽々持ち上げるグレイソン殿下は、『向かい側の教室だな』と指示する。

そして、先陣を切るように多目的室へ向かう彼を前に、私は慌てて箱を持ち上げた。

と同時に、グレイソン殿下の背中を追い掛ける。

――――それから、私達はもくもくと運搬作業を進め、ついに清掃だけとなった。

埃《ほこり》だらけの部屋を前に、私は浄化用の魔法陣を作成する。

別に言霊術や祈願術を使用しても良かったが、きちんと範囲を指定したかったので魔術にしたのだ。

術式はこれでいいかな？

出来上がった魔法陣を前に、私は文字の羅列を確認する。

すっかり物がなくなってしまった空き教室を一瞥し、私は床に魔法陣を広げた。

「浄化魔法なので巻き込まれても大して被害はありませんが、念のため外へ出ていてください」

「分かった」

グレイソン殿下は注意を促す私の言葉に一つ頷き、廊下へ出る。

それを見届けてから、私は魔法陣に魔力を注ぎ込み、発動した。

刹那《せつな》、室内は白い光に包み込まれる。

――――が、それは一瞬の出来事で直ぐに元へ戻った。

「大分綺麗になったな」

埃一つない室内を見回し、グレイソン殿下は素直に感心する。

『本当に一瞬だった』と述べる彼を前に、私は出入り口へ足を向けた。

「これで清掃も終わりですね。生徒会室へ戻って、報告を……っ！」

ツルンと滑って転びそうになる私は、声にならない声を上げる。

張り切って浄化魔法を掛けたせいか、床にツヤが出来たようだ。

『……何事も程々に、ということか』と達観しながら仰《の》け反《ぞ》る私は、諦めの境地へ入る。

『速攻で治癒魔法を掛ければ問題なし』と事後処理に思考を回していると、グレイソン殿下に腰を摑《つか》まれた。

かと思えば、そのまま引き寄せられる。

おかげで後頭部を強打せずに済んだが……突然の急接近に頭の中が真っ白になった。

互いの吐息すら感じられる距離に、私は目を白黒させながら固まる。

でも、『このままじゃダメだ』と思い、頑張って思考を回した。

――――が、それが逆に仇《あだ》となる。

何故なら、グレイソン殿下に抱き締められているという状況を客観視してしまったから。

『更に羞恥心を高めて、どうする！』とツッコミを入れる私は、少しだけ泣きたくなった。

いつも、魔法のことばかり考えているからかしら……？

いざという時、頭が働いてくれない……。

『これからはもっと色んなことを考えるようにしよう』と決意する中、傍《はた》から早鐘のような音が聞こえる。

『随分と早いリズムだな』などと考えていると、グレイソン殿下がそっと体を離した。

その途端、早鐘の音は聞こえなくなる。

「今のは……小説に書いてあった、胸キュンとやらか？」

えっ？　キュン……？　キュンって、言った？　私の聞き間違い……よね？

日常生活じゃあまり使わないような単語に、私は内心首を傾げる。

『ロマンス小説の影響でも受けたのか？』と思いつつ、そろりと視線を上げた。

片手で口元を押さえるグレイソン殿下の姿を視界に捉《とら》え、私はおずおずと口を開く。

「あっ、えっと……助けてくれて、ありがとうございました」

「……ああ」

いつもと変わらない声で返事するグレイソン殿下は、何故かそっぽを向いた。

『怒らせてしまったのだろうか？』と一瞬不安になるものの、表情も雰囲気も普段通りである。

なので、『特に深い意味はないのだろう』と結論づけ、無理やり自分を納得させた。

◇◆◇◆

――それから、しばらく学校の授業と生徒会の手伝いに明け暮れる日が続いた。

まだまだ夏と言ってもおかしくない時期に動き回ったせいか、体は素直に疲労を訴える。

だが、しかし……本当に忙しくなる《本番》のは、これからだった。

「もう知っていると思うけど、今日から文化祭の準備期間に突入するよ。だから、授業はしばらくお休み。クラスの出し物や委員会活動に精を出してね」

朝のホームルームで過労死宣告……じゃなくて、繁忙期宣告をしたサイラス先生は、さっさと教壇から降りる。

そして、当たり前かのように『僕は研究室に籠《こ》もるから』と言い残し、この場を去っていった。

体育祭の時と同様、生徒達を手伝う気は一切ないらしい。

まあ、文化祭の準備は基本生徒のみで行うことになっているから、別に間違った対応じゃないけど……でも、疲労困憊《ひろうこんぱい》の私としてはちょっと恨めしい。

『今日だけでいいから替わってほしい……』と切実に願う私は、小さな溜め息を零す。

――と、ここで学級委員長のエミリア様が席を立ち、教壇の上に立った。

「えー……では、本日よりアーティファクトの制作を始めようと思います。役割分担は先日決めた通りに。各班の班長が指揮を執って、進めてください。困った際は、私にご相談を。では、作業を開始してください」

エミリア様の号令で、私達は一斉に席を立った。

ある者は物資調達のため教室を出ていき、またある者はアーティファクトの設計図を書くため文房具を手に持つ。

それぞれがそれぞれの役割に誇りを持ち、班ごとに集まった。

今回、生徒同士の相性より一人一人の能力を重視して班を分けたため、なかなか珍しい組み合わせが多い。

これを機に、仲良くなれるといいわね。

どこかぎこちない距離感のクラスメイトたちを前に、私はなんだか微笑ましい気持ちになった。

と同時に、少しだけ寂しくなる……。

何故なら、今の私は――――ボッチだから。

役割の関係上、これぱっかりはどうしようもないのだけど……。

だって、魔法石の制作は私一人で充分だから。サポートしてもらわないと、いけないような場面はほとんどない。

強いて言うなら、魔石や魔法石の運搬くらい。

『そのためだけに人員を割《さ》いてもらうのは申し訳ないのよね』と、小さく肩を竦める。

一応、エミリア様には何度か『本当に助手が居なくていいか』と確認されたものの、全て断った。

魔法石の制作過程をただ横から見るだけ、という状況になりかねないから。

そんなの退屈だし、こちらとしても気が散る。

なので、運搬だけ他の班に頼み、私はボッチの道を歩むことにした。

助手の件を断ったことに後悔はないけど、青春っぽい場面をこうも見せつけられると……ちょっと複雑な気持ちになるわね。

教室の隅っこから様子を窺う私は、『皆、楽しそうだなぁ……』と羨む。

――――と、ここで教室を出て行ったクラスメイト達が戻ってきた。

手に持つ資料や部品をエミリア様の指示で配り歩く彼らの中には、グレイソン殿下の姿もある。

「シャーロット嬢、待たせたな。魔石を持ってきたぞ。出来るだけ、マナの保有量が多いものを選んできたから、少し時間が掛かった」

そう言って、近くの席に箱を置いたグレイソン殿下は『予備の分も合わせて十個ある』と補足した。

それに頷きつつ、私は身を乗り出すようにして箱の中身を覗き込む。

授業で使ったものより透明度の高い魔石を前に、『これなら長持ちしそう』と考えた。

「ありがとうございます、グレイソン殿下」

「いや、礼はいい。俺はただ、自分の役目を果たしただけだ」

『大したことはしていない』と言い、グレイソン殿下はこちらをじっと見つめる。

「それより、あまり無理はするなよ。疲れたら、きちんと休んでくれ」

林間合宿での件がまだ尾を引いているのか、グレイソン殿下は心配そうな素振りを見せた。

いつになく過保護な彼を前に、私は思わず苦笑を浮かべる。

「いや、あれは緊急事態だったから多少無茶をしただけで……いつも、限界まで頑張っている訳じゃありませんよ」

「なら、いいが……」

胸の前で手を振り弁解する私に対し、グレイソン殿下は疑いの目を向けた。

信用度0とも言うべき態度を見せる彼に、私は『ちゃんと休みますから』と言い募る。

すると、ようやく納得したのか踵を返した。

班員達のもとへ向かうグレイソン殿下を前に、私はホッと息を吐き出す。

何故だろう？　やましいことなんて何もないのに、冷や汗を掻《か》いちゃったわ。

『浮気をしないよう釘《くぎ》を刺される夫の気分だった』と思いながら、私は魔石へ手を伸ばす。

拳サイズのソレを持ち上げ、グイッと顔に近付けた。

まずは魔石のマナを魔力へエネルギー変換させてしまおう。

――という考えの元、私は魔石に自分の息と魔力を吹き込む。

魔法学の授業で一度やったことがあるからか、すんなりエネルギー変換出来た。

その調子でどんどん魔力化させていき、私は一息つく。

えっと、予備の分は……やらなくていいか。

もしも失敗せずに付与が終わったら、無駄になっちゃうもの。

『他人の魔力に同化した魔石なんて価値ないし』と考え、作業の手を止める。

余った分を買い取ってもいいなら、心置きなくエネルギー変換出来るのだけど……。

これはあくまで学園の所有物だから、手出し出来ないのよね。

ビアンカ先生やエミリア様の話だと、基本的に学園のものを売ったり買ったりは出来ないみたいだし。

トラブル防止云々《うんぬん》といった話を思い返しつつ、『余った分は廃棄か、保管だろうな』と予想する。

予備の魔石をじっと眺める私は、『出来るだけ廃棄は避けたい』と思った。

と同時に、白いままの魔石を箱へ戻す。

さて、そろそろ付与を始めましょうか。

紫色の魔石を一つ手に取り、私は指先から魔力の糸を出した。

魔法陣の詳細は事前にエミリア様と話し合って決めていたため、迷わず術式を組み込んでいく。

そして、あっという間に完成した魔法陣を魔石に張り付けた。

付与及び定着完了……効果や動作に問題なし。

あとは実際に魔道具へ組み込んで、アーティファクトとして使ってみないと分からないけど、多分大丈夫でしょう。

魔法石の出来栄えに満足する私は、直ぐさま次の魔石へ手を伸ばす。

アメジストのように綺麗な魔石を眺めながら、ひたすら作業に没頭した。

周囲の喧騒《けんそう》も気にならないほどに。

でも、そのおかげで――――たった半日で魔法石作りを終える。

「えっ!? もう終わったの!?」

完成した魔法石を手に報告へ伺うと、エミリア様は珍しく声を張り上げた。

一応、予定では数週間掛かることになっていたため、驚いたのだろう。

最悪の場合は、文化祭の二週間前まで待つ覚悟を持っていたようだし。

「い、いくら何でも早すぎる……今回、お願いした魔法石はどれも効果が複雑で難易度の高いものなのに……」

呆然《ぼうぜん》とした様子でこちらを見つめ、エミリア様は目を白黒させる。

『信じられない』と言葉や態度で示す彼女に、私は苦笑を漏らした。

「えっと、とりあえず確認をお願いします。もし、効果内容などに問題があれば作り直しますので」

『まだ予備の魔石もあるし……』と考えつつ、私は教卓の上に魔法石を並べる。

しっかり魔法陣の張り付いたソレを前に、エミリア様は『本当に付与出来たのね……』と呟いた。

ここに来て、ようやく実感が湧いてきたのだろう。

「た、確かに魔法石を拝受したわ。今日中に効果や性能を確認し、追加依頼の有無を伝えるわね」

「はい、よろしくお願いします。ところで、その間私は何をすれば……？」

手持ち無沙汰となってしまった現状について、私は意見を仰ぐ。

するとエミリア様は悩ましげな表情を浮かべた。

「そうね……今のところ人手も足りているし、委員会活動の方に回ってもらっていいかしら？　もうすぐ物資班も今日の仕事を終える筈だから、グレイソン殿下も一緒に」

『休憩を挟んで欲しい』という配慮なのか、エミリア様は敢えてグレイソン殿下の帰還を待つよう促す。

　魔法石の件で混乱しながらも気遣いを忘れない彼女に、私は驚いた。

　少し迷ったものの、『ここは素直に厚意に甘えよう』と思い、首を縦に振る。

　最後に軽く挨拶してから席に戻り、私は束《つか》の間《ま》の休息を楽しんだ。

　ただ窓の外をボーッと眺めるだけだったが、かなり疲労感が薄れた気がする。

『これなら午後も頑張れそうだ』と目を細めつつ、戻ってきたグレイソン殿下に声を掛けた。

　エミリア様の決定をそのまま伝えると、彼は直ぐに納得して生徒会室へ向かう。

　休まなくて平気か少し心配だったものの、体力・気力ともに騎士団長レベルなので問題なかった。

『さ、さすがはソードマスター……』と圧倒される中、私達は目的地へ辿り着く。

　もう既に見慣れてしまった生徒会室の扉を叩き、入室の許可を得ると、私達は中へ足を踏み入れた。

　相変わらず忙しそうな生徒会の面々を前に、『最初に来たのは私達かな？』と推測する。

　文化祭の準備期間中は基本的に委員会の活動より、クラスの出し物が優先されるから。

　ここまで早く手伝いに来られたのは恐らく、私達だけだろう。

『しかも、初日だからね』と思いつつ、唯一の例外として委員会活動を最優先に動く生徒会メンバーを見つめた。

「二人とも、いらっしゃい。クラスの出し物はもういいの？」

大量の資料を胸に抱え、こちらを振り返るアイザック様は『無理してない？』と問い掛けてくる。

クラスの出し物に支障が出ないか、心配してくれているのだろう。

「私達に割り当てられた仕事はもう終わっているので、大丈夫です」

「そう？　なら、ちょっと任せたいことがあるんだけど……」

そう言って、話を切り出すアイザック様は胸に抱えた資料の中から一枚のプリントを取り出す。

「あと十五分くらいで裏門に業者が来るから、品物を受け取ってきてほしい」

「分かりました」

発注リストと書かれたプリントを受け取り、私はサラッと内容を確認する。

『演劇の小物や衣装か』と納得する私は生徒会メンバーにお辞儀してから、早々に踵を返した。

情報共有のため、横を歩くグレイソン殿下にリストの内容を読み上げつつ、裏門へ向かう。

そういえば、今回も特に絡まれなかったわね。レオナルド皇太子殿下に関しては、一言も話してないし。

『驚くほど心地よい距離感だった』と考える中、目的地へ到着する。

まだ約束の五分前だというのに、身体検査を終えた業者が裏門に居た。

さすがは商人とでも言うべきか……時間厳守を徹底しているらしい。

『フリューゲル学園は大事な取り引き先だものね』と考えつつ、傍《そば》まで駆け寄る。

「生徒会に品物の受け取りを頼まれて来ました、シャーロット・ルーナ・メイヤーズです。こちらはグレイソン・リー・ソレーユ殿下。念のため、品物を確認させてください」

私は業務委託書の代わりとして発注リストを提示し、生徒会役員の代理として来たことを証明した。

すると、業者の男性はすんなり納得して品物の入った箱を開けてくれた。

「祈願術の使い手として有名なシャーロット様とソードマスターのグレイソン殿下にお会い出来るとは、運がいいです。さあさあ、どうぞご確認ください」

「ありがとうございます」

「協力、感謝する」

快く品物を見せてくれた業者の男性に礼を言うと、私達は箱の中を覗き込む。

扇、ドレス、杖《つえ》、マント……どれもリストにある品物ね。発注ミスなどはなさそう。

箱を一つ一つ確認して回り、私はチラリとグレイソン殿下に視線を向ける。

すると、ちょうど彼もこちらを見ていたようでバッチリ目が合った。

『品物に何か問題はあったか?』

『いいえ』

『こっちもだ』

――――と、視線だけで会話を交わす私達はどちらからともなく頷き合う。

そして、業者の男性に向き直った。

「確認しました。特に問題のある点は見つかりませんでしたので、受領のサインを持って受け取り完了に……ん？」

視界の端に光る何かが移り、私はそちらへ目を向けた。

「あれ？　今、箱の中に何か……」

「き、気のせいでは？」

ドレスの入った箱を凝視すると、業者の男性がサッと視界を遮《さえぎ》る。

自分の背に箱を隠し、『神経質になりすぎですよ』と冗談めかしに言った。

ニコニコと笑いながら世間話を始める彼の態度に、私はスッと目を細める。

『これ、話をはぐらかされているな』と思案する中、グレイソン殿下が一歩前へ出た。

「悪いが、念のため中身を確認させてくれ」

「確認なら、さっき充分したと思いますが……」

「さっきの確認は、実際の品物と発注リストを見比べていたに過ぎない。今回は箱の奥までしっかり調べさせてもらう」

「そ、そこまでやる必要はないんじゃ……」

一歩も引かぬ姿勢を貫くグレイソン殿下に対し、業者の男性は僅かに焦りを見せる。

――――と、ここでグレイソン殿下が例の箱へ手を伸ばした。

その瞬間、業者の男性は勢いよく箱の蓋を閉める。

「このような対応は、大変不愉快です！　我々の不義理を疑っておられるのですか！　フリューゲル学園とは、長い年月を掛けて築き上げてきた信頼があるというのに！　それをあなた方の判断で壊すつもりですか！」

『疑われるなんて心外だ！』と言い、業者の男性は蓋を手で押さえつけた。

『言葉じゃ、止められないから行動で』ということなのか、断固拒否の姿勢を見せる。

そこまでして、箱の中身を見せたくないのか……ますます、怪しいわね。

何としてでも、調べないと……でも、そのためには業者の男性を避けなきゃいけない。

だけど、暴れる様子もない一般人に触れていいものか分からないのよね……。

ただ箱から遠ざかるだけとはいえ、『実力行使に該当しないか？』と聞かれると、自信がない。

『風紀委員会の特権を悪用したことにならないか』と不安になる私は、判断に迷う。

『やはり、まずは説得を試みた方がいいんじゃないか』と悩む中、背後から足音が聞こえた。

「――――そこで何をしているんだい？」

そう言って、私達のもとへ駆け寄ってきたのは――――ルーベン先生だった。

茶色に近い赤髪を揺らし、業者の男性とグレイソン殿下の間に割って入る彼は眉尻を下げる。

困惑を示すルーベン先生に、手短に事情を説明すると彼は苦笑を浮かべた。

『君達は箱関係のトラブルが多いね』と言いながら。

確かにこの短期間で二回も箱の中身を巡って、揉《も》める人はなかなか居ないわよね。

『ちょうどいいタイミングでルーベン先生が現れるのも同じだし』と思っていると、彼が口を開く。

「じゃあ、今回も僕がこの場を預かるよ」

「えっ？　それは……」

「賛同しかねます」

木箱の一件を通して、ルーベン先生に不信感を抱いていた私とグレイソン殿下は提案を拒否した。するとルーベン先生は僅かに目を見開き、困ったような表情を浮かべる。

「あまり、ワガママを言わないでほしいな」

「ワガママではありません。私達は生徒会役員の代理人として……そして、風紀委員会の一員として当然の権利を行使しているだけですわ」

「大事な取り引き先相手に粗相をするのが、生徒会と風紀委員会の総意なのかい？」

「その表現は不適切です。俺達はただ、箱の中身を確認させてほしいと頼んだだけです。粗相をした訳ではありません」

駄々っ子を相手するような態度を取るルーベン先生に、私とグレイソン殿下は必死に言い返した。

ここで引き下がれば、全て有耶無耶《うやむや》になると思ったから。

何より、自分達の目できちんと真実を確認したかった。

「林間合宿の件で多少過敏になっているのは、認めます。でも……いや、だからこそきちんと安全を確認して、安心したいんです」

「申し訳ないけど、君達の自己満足に付き合う義理はない。分かったら、早く戻りなさい」

「その指示には、従えません。何故、箱の中身を確認するだけの作業が認められないんですか？　納得する理由を提示して頂きたい」

「子供の君達が首を突っ込むと、ややこしくなるからだよ。大人の事情とでも言っておこう」

必死に食い下がる私達に、ルーベン先生は眉を顰《ひそ》める。

そろそろ、鬱陶《うっとう》しく感じてきたのだろう。

『早く話を切り上げたい』という本音が、ヒシヒシと伝わってくる。

――――が、こちらも引き下がる訳にはいかないため、ルーベン先生の判断に委ねることを渋った。

そして、二十分ほど押し問答に近いやり取りを繰り返していると、不意に誰かの影が視界に映る。

「――――じゃあ、彼の代わりに私がこの場を預かろう」

聞き覚えのある声が耳を掠《かす》め、私達は一斉に顔を上げた。

すると――――校舎の屋根の上に立つナイジェル先生の姿が目に入る。

『いや、何故屋根!?』と驚く私達を前に、彼は何食わぬ顔で飛び降りた。

かと思えば、華麗に着地する。

ま、魔法も使わず飛び降りて無傷って……本当に人間？

『普通は骨折してるよ……』と半ば呆《あき》れていると、ナイジェル先生がゆるりと口角を上げた。

「それで構わないね？」

「は、はい……」

「きちんと調べて頂けるのであれば」

「もちろん。隅から隅まで調べると約束しよう」

『私に任せておきなさい』と言い、ナイジェル先生は堂々と胸を張る。

自信満々とも言うべき態度に、私達は少しだけ肩の力を抜いた。

『いざと言う時、頼りになるこの人なら大丈夫』と思ったから。

まあ、欲を言うと、自分の目で真実を確認したかったけどね。

でも、これ以上無理を言って粘っても、きっと時間の無駄にしかならない。

だから、ここら辺で妥協することにした。

林間合宿の際、必死に私達を守ってくれたナイジェル先生は信用出来るし。

『あとは頼みました』と心の中で呟き、ナイジェル先生に全てを託す。

「これ、発注リストです。念のため、渡しておきますね」

「ああ、ありがとう。君達はもう戻っていて、いいよ。まだ仕事が残っているだろう?」

発注リストを受け取ったナイジェル先生は、この場から立ち去るよう促す。

『調査結果は後で伝えるから』と述べる彼を前に、私とグレイソン殿下は校舎へ足を向けた。

とりあえず、生徒会メンバーにこのことを報告しないとダメね。

◇◆◇◆

《ルーベン side》

立ち去っていくシャーロット嬢とグレイソン殿下の背中を見送り、僕は強く手を握り締める。

『何故、こうなった？』と自問しながら……。

どうする？　わざと箱をひっくり返して、こっそりブツを回収する？

品物を拾い集めるフリでもすれば、出来そうだけど……さすがに数が多すぎるか。

何より、箱をひっくり返した際にブツが見える位置に行ってしまったら、アウトだ。

『リスクが高すぎる……』という結論に達し、僕は他の解決策を探る。

――――が、しかし……

「じゃあ、早速調査を始めようか」

こちらの気など知らないカーター伯爵により、時間切れを余儀なくされた。

発注リストを懐に仕舞った彼は、躊躇《ちゅうちょ》することなく箱へ近づく。

「待っ……！　ここは僕が……！」

無策のまま制止の声を掛ける僕に対し、カーター伯爵はスッと目を細める。

血のように真っ赤な瞳からは、こちらを威圧するような雰囲気が感じ取れた。

思わず身を竦める僕の前で、カーター伯爵は形のいい唇を動かす。

「お断りするよ。私は生徒会役員の代理として来た二人から、正式に依頼を受けた立場だからね。せっかく信頼して任せてくれたのに、勝手に役目を放棄することなど出来ない」

『信頼』という言葉をわざと強調するカーター伯爵は、ここぞとばかりに牽制《けんせい》してきた。

恐らく、これは『大人しくしていろ』という警告だろう。

ここまであからさまな態度を取ってくる、ということは僕の正体にもう勘づいているのか？

それとも、林間合宿で不審な行動を取ってしまったから、警戒しているだけ？

いや、それにしては随分と大胆というか、僕に固執しすぎているというか……。

『既に確信を持っているような態度だ』と分析し、僕は不安を募らせる。

以前まで様子見程度だった監視が、ここ最近酷《ひど》くなっているし……。

職員会議で文化祭のことを話し合った際も、やけに突っかかってきた。

そのせいで、文化祭の警備を皇国騎士団に任せることになってしまった。

僕としては、知識も経験も浅い学生に任せて騒動を起こしやすい環境にしたかったんだけどね……。

まあ、一番重要な文化祭の規模や来場者の制限については僕の希望通りになったから、いいけど。

でも、邪魔な存在であることに変わりはない。

『この調子で横槍《よこやり》を入れられたら困る』と苦悩し、ギシッと奥歯を噛《か》み締める。

――と、ここでカーター伯爵が箱の蓋に手を掛けた。

「君、そこから退《ど》いてくれるかい？」

「それは出来かねます……そもそも、私は『調査していい』なんて許可していませんし……」

蓋を上から押し付けて動かない業者の男性に対し、カーター伯爵はニコッと笑う。

「そうか。なら、仕方ないね」

随分とあっさり説得を諦めたカーター伯爵に、僕は一瞬安堵した。

『調査を断念してくれたんだ』と思って。

――――まあ、そんな筈ないのだが……。

「箱は後で弁償するよ」

そう言って、カーター伯爵は腰に差した剣を抜いた。

かと思えば、目にも止まらぬ速さで箱の側面を綺麗に切り取る。

おかげで箱の中身は丸見えだった。

「な、何を……!?」

「あぁ、安心してくれたまえ。中身は傷つけてないから」

『もし、不安ならこちらも弁償する』と言い、我々の反論を封じる。

また、一番の被害者である業者の男性はいきなり刃物を出されたショックで固まっていた。

あれでは、しばらく使い物にならないだろう。

『役立たずめ!』と内心毒づく中、カーター伯爵は屈《かが》んで箱の中を覗き込む。

「これは――――リストにない品物だね」

ドレスを覆い被《かぶ》せて奥の方に隠していたブツを手に取り、カーター伯爵はスッと目を細めた。

「見たところ――――捕縛用の魔道具みたいだけど……何故、これがここに?」

少し変わったデザインの縄をこちらに見せ、カーター伯爵は『どういうことか』と問い質《ただ》す。

穏やかな口調とは裏腹に、表情は真剣で相手を怯《ひる》ませる効果があった。

『ひっ……！』と小さな悲鳴を上げる業者の男性の前で、カーター伯爵はピクッと眉を動かす。

そして、まじまじと捕縛用の魔道具を見つめた。

「……これ、電流が流れるタイプだよね？　騎士団しか使えない筈の魔道具を学園へ持ち込むなんて、何を考えているんだい？」

「す、すみません……こちらの不手際で、騎士団に送る筈の荷物が交ざっていたようです。ご迷惑をお掛けしました……」

カーター伯爵の鋭い指摘に、業者の男性は為《な》す術《すべ》もなく謝罪を口にする。

恐怖と不安で押し潰されそうなのか、カタカタと小刻みに震えていた。

今にも泣き出しそうな彼を前に、僕は『計算が狂った』と考える。

はぁ……参ったな。

捕縛用の魔道具は、事前にたくさん準備しておきたかったんだけど……当日、調達出来る分はたかが知れているし。

でも、バレてしまったものはしょうがない――――この役立たず同様、切り捨てるしかないね。

「長い付き合いの君が、このようなことを仕出かすなんて……僕はとてもショックだよ」

『あれだけ庇《かば》ったのに……』と述べ、僕はわざとらしく肩を落とす。

急に手のひらを返した僕に業者の男性もカーター伯爵も愕然《がくぜん》としているものの、気にせず言葉を続けた。

「単なる手違いだとしても、信頼関係を壊すには充分な問題だ。非常に残念だよ——君には期待していたのに」

これでもかというほど憂いげな表情を浮かべ、僕は『嗚呼《ああ》、なんてことだ』と嘆き悲しむ。

自分に火の粉が降り掛からないように。

まあ、それでも事情聴取くらいはされるだろうけど……かなり大袈裟《おおげさ》に庇ってしまったから。

『無能な手下を持つと大変だな』と思いつつ、僕はそっと顔を上げた。

「カーター伯爵、彼の処遇は……」

「それはまだ分からない。私達の独断で決めていいことじゃないからね。でも、取り引き停止と賠償金の支払いは確実だろう」

『詳しいことは職員会議で』と言い、カーター伯爵は話を切り上げる。

『僕《君》の茶番に付き合う気など、さらさらない』とでも言うように。

「今日のところは、品物を全部持って帰ってくれ」

側面が切り取られた箱を一瞥し、カーター伯爵は『こうなった以上、受け取れない』と述べる。

『分かりました……』と素直に応じる業者の男性は、肩を落としながら来た道を引き返して行った。

恐らく、裏門の向こうで待っている部下達に事情を説明して来るのだろう。

彼一人では、全ての荷物を運べないから。

「無事真実も分かったことだし、君はもう戻ったらどうだい？　信頼している人に裏切られて、傷心中なのだろう？」

カーター伯爵はどこか小馬鹿にしたような口調でそう言い、僕を遠さげようとする。

業者の男性に悪知恵を吹き込んだり、捕縛用の魔道具を持ち去ったりしないか不安なのだろう。

あと、単純に僕と一緒に居たくないのだと思う。

まあ、それはこっちも同じだけど……剣気《オーラ》持ちで、やけに勘が鋭く、騎士団の内情をよく把握しているやつなんて絶対に只者《ただもの》じゃないから。

風の噂《うわさ》によると、禁術の存在も知っているらしいし。

『本当に得体が知れない』と警戒心を強める僕は、改めて考える。

――――この男は一体、何者なのだろう？　と。

『あの方の力を借りてでも、調べておいた方がいいかも』と悩みつつ、僕はルビーの瞳を見つめ返した。

そして、カーター伯爵に軽く挨拶すると、校舎へ足を向ける。

まあ、何者であろうと――――これ以上、邪魔はさせないよ。

あの計画を成功させなければ、僕の命はないからね。

『あの方からすれば、所詮自分も捨て駒だ』と自覚しているため、一歩も引かない覚悟をした。

◇◆◇◆

「――――という訳で、ナイジェル先生にお任せしました」

グレイソン殿下と共に生徒会室へ戻った私は、箱の件を簡潔に説明した。

最後に『ナイジェル先生から、そのうち報告が上がる筈です』と述べ、口を閉ざす。

「なるほど……話は分かったよ。説明、ありがとう」

執務机に並べた書類から顔を上げ、レオナルド皇太子殿下はニッコリと微笑んだ。

『事態を有耶無耶にせず、対応してくれて良かった』と語る彼は、アイザック様から追加の資料を受け取る。

『まだこんなにやることがあるのか』と少し気の毒に思っていると、彼は一度ペンを置いた。

「二人とも、今日はもう帰っていいよ。今、ある仕事は書類関係だけだから。手伝ってくれて、ありがとう」

『助かったよ』とお礼を言うレオナルド皇太子殿下に対し、私とグレイソン殿下はコクリと頷く。

そして、手短に挨拶を済ませると、直ぐに廊下へ出た。

『やることもないのに居座ったら迷惑だろう』と思ったから。

通行の邪魔にならないよう壁際へ寄る私達は、ふと窓の外を見た。

「さて、これからどうしましょうか」

「クラスの出し物の準備も、生徒会の手伝いもないとなると……大人しく帰るしかないんじゃないか？」

「ですよね……じゃあ、今日は寮に帰って早く休むことにします。最近、ちょっと疲れていたので」

「ああ、そうしろ」

『ゆっくり休め』と述べるグレイソン殿下に、私は小さく頷いた。

「グレイソン殿下も、このまま寮へ帰りますか？」

「いや、俺は訓練場へ行く。少し体が鈍《なま》っているから、今のうちに鍛え直したい」

『最近、訓練に時間を避けなかったからな』と零し、グレイソン殿下は胸の前で腕を交差させる。

早くもストレッチを始める彼の前で、私は思わず苦笑いした。

あ、相変わらずストイックな方ね……。

「では、ここでお別れですね。ごきげんよう、グレイソン殿下」

「ああ、また明日」

『迷子にならないように気をつけろ』と言い、グレイソン殿下は歩き出す。

訓練場に近い東階段へ向かう彼の後ろ姿を前に、私は『なりませんよ！』と強く反発した。

『だといいな』とでも言うように片手を挙げるグレイソン殿下に、私は少しムッとする。

確かに何度か道を間違えたことがあるけど、私は方向音痴じゃない……！

ただ、ちょっと抜けているだけ！

『直ぐ迷子になるやつと思われるのは心外だ！』と思いながら、私も移動を始めた。

正面玄関に一番近い中央階段を使って一階へ降り、外に出る。

そして、女子寮へ繋がる道を歩いていると――――向かい側から赤髪の美女がやって来た。

えっ？　クラリッサ様……!?

予想外の人物との遭遇に、動揺する私は思わず足を止めた。

するとクラリッサ様も私の存在に気づく。

「シャーロット嬢……？　どうして、ここに？」

驚いたように目を見開くクラリッサ様は、口元に手を当てて立ち止まった。

どうやらこの再会は仕組まれたものじゃなく、本当に偶然らしい。

今はお互い、文化祭の準備で忙しいものね。

私に接触する暇など、ないだろう。

『ということは、ただ単に私の運が悪かっただけか』と考えつつ、ロードライトガーネットの瞳を見つめ返した。

「ごきげんよう、クラリッサ様。私はこれから、寮に帰るところですわ」

「あら？　文化祭の準備は、もういいの？」

「ええ……今日のところはもう帰っていいと言われまして」

「まあ、そうだったのね」

『余程、いい仕事をしたのでしょう』と述べ、クラリッサ様はニッコリと微笑む。

『狡《ずる》い』と喚《わめ》く訳でも、『サボっているんじゃないか？』と疑う訳でもなく、素直に感心していた。

毒気を抜かれるほど温かい反応に、私は僅かな罪悪感を覚える。

だって、こっちは――――クラリッサ様が林間合宿での騒動に関わっているんじゃないか、と疑っているから。

『なんだか、凄く気まずいな……』と思いつつ、私は必死に表情を取り繕った。

「えっと……長く引き止めてしまうのも申し訳ないので、私はそろそろ失礼しますね」

『ごきげんよう』と言って、私はさっさとこの場を立ち去ろうとする。

だが、しかし……

「待ってちょうだい」

と、クラリッサ様に引き止められてしまった。

さすがにこの距離で『聞こえなかった』は通じないかと思い、仕方なく足を止めると、彼女が真剣な表情を浮かべる。

その途端、この場に重苦しい空気が流れ、私の胃を容赦なく痛めつけた。

『とてつもなく嫌な予感がする……』と冷や汗を流す中、クラリッサ様は一歩前へ出る。

「────取り引きの件、考えてくれた？　あれからもう一ヶ月以上経つし、そろそろ返事を聞かせて欲しいのだけど」

硬い声で話を切り出すクラリッサ様は、真っ直ぐにこちらを見据えた。

概《おおむ》ね予想通りの話題を前に、私は『ここで聞いてくるか』と焦る。

だって、どういう風に返事するか全く考えてなかったから。

林間合宿での騒動に関与しているかもしれない人物という時点で断るのは決定だけど、言葉選びや理由付けがね……。

前回の様子からして、『取り引き出来ません』だけじゃ納得しないだろうし……。

とりあえず、レオナルド皇太子殿下の態度の変化により、取り引きに応じるメリットがなくなったとでも言っておこうかしら？

『これが一番角が立たないだろうし』と考え、私は顔を上げた。

「申し訳ありませんが、取り引きの件はお断りします。私にメリットはなさそうなので」

『すみません』と形ばかりの謝罪をする私に対し、クラリッサ様はスッと目を細める。

「あら、『レオナルド皇太子殿下の接触を減らす』というメリットにもう魅力を感じなくなったの？」

「いえ、そういう訳じゃありません。ただ、レオナルド皇太子殿下の態度が改善されてきたので、接触を減らす必要がなくなっただけです」

まあ、まだ油断は出来ないけど……。

とは言わずに、そっと口を閉ざす。

『これで諦めてくれるといいけど……』と思いつつ、クラリッサ様の反応を窺うと、彼女は固まっていた。

まさか、レオナルド皇太子殿下の態度が改善されるとは思ってなかったらしい。

「そ、そうだったのね……でも、私に協力すれば他にも色々メリットを得られるわよ。例えば、お金とか」

パーソンズ公爵家の最大の武器である富を前面に出すクラリッサ様は、僅かな焦りを見せる。

『レオナルド皇太子殿下の接触を減らす』というカードが使えなくなったことに、かなり動揺しているようだ。

露骨な誘惑を掛ける程度には……。

残念だけど、お金なら実家にたんまりあるのよね。

林間合宿での騒動の功労者として、色んなところから謝礼金を頂いたから。

『おかげで賠償金の支払いも無事に済んだし』と、私は完済証明書のことを思い出す。

改めて借金しなくて済んだことに安堵しながら、ロードライトガーネットの瞳を見つめ返した。

「金銭面で今のところ不自由はしていないので、大丈夫です」

「じゃ、じゃあ貴方《あなた》を社交界の女王にしてあげるわ！」

「結構です。あまり社交界に興味がないので」

「なら、権力は!?　周囲の人々を屈服させることが、出来るわよ！」

「他者を屈服させたいとは思わないので、要りません」

誘惑を諦めてもらおうと、私は淡々とした態度を貫く。

取り付く島もないのだと言動で示す中、クラリッサ様はクシャリと顔を歪《ゆが》めた。

かと思えば、必死の形相でこう叫ぶ。

「お願いだから、考え直して！　これは貴方のためでもあるのよ！」

私のため……？　一体、どういうこと……？

全く理解出来ないクラリッサ様の言い分に、私は首を傾げる。

ただ、その言葉に嘘がないことだけは分かった。

「とにかく、取り引きに応じてちょうだい！　私に出来ることなら、何でもするから！　気に入らない人間の排除とか、暗殺とか！」

勢い余って過激なことを口走るクラリッサ様は、『お願いよ！』と懇願する。

でも――私にとって、その発言は許し難いものだった。

林間合宿の件で彼女のことを疑っている分、余計に……。

『排除』や『暗殺』なんて……普通の人間の口からは出てこない。

興奮している状態なら、尚更《なおさら》。

きっと、クラリッサ様は他人の尊厳や命をとても軽く扱っているのだろう。

『気に入らないやつなら、消せばいい』という考えを持っているくらいだから。

クラリッサ様の人間性を疑う私は、心の中で『不愉快だわ！』と吐き捨てる。

そして、とうとう我慢出来ずに――激怒してしまった。

「他者を害することに躊躇いがない方とは、取り引き出来ません！　きっと、あの件だって貴方の仕業《しわざ》でしょう！」

怒りに任せて捲《まく》し立てる私は、爽快感や達成感を得る。

――が、しかし……直ぐに『不味い！』と焦り、冷や汗を流した。

サァーッと血の気が引いていく感覚と共に、私の思考は冷静になっていく。

こ、このままじゃクラリッサ様を共犯だと疑っていることに気づかれるもしれない！

早く、どうにかしないと！

私だけに迷惑が掛かるならまだしも、宮廷魔導師団や両親にまで被害が及んだら、目も当てられないわ！

『自業自得じゃ終わらない失敗よ！』と自分に言い聞かせつつ、私は必死に思考を巡らせた。

神に祈るような気持ちで頑張ったおかげか、何とか解決策を捻《ひね》り出す。

「い、以前私のクラスメイトを利用し、スカーレットお姉様に濡《ぬ》れ衣《ぎぬ》を着せようとしたのはクラリッサ様ですよね？　どうして、あんなことを……？」

エミリア様の取り巻きに水を掛けられた件を話題に出し、私は『姉を排除したかったのですか』と問う。

すると、クラリッサ様は僅かに目を見開いた。

まさか、ここであの件を蒸し返されるとは思わなかったのだろう。

『それは私も同じだけど……』と内心苦笑いしていると、彼女が口を開く。

「残念だけど、それは私じゃないわ。でも、そうね……もし、私なら――――貴方を味方につけるためにやったんだと思う。あの時は、スカーレット嬢の失墜を願っているのだとばかり思っていたから」

『恩を売っておけば、取り引きに応じてくれる可能性が上がるでしょう』と、クラリッサ様は主張する。

『所謂《いわゆる》、賄賂みたいなものよ』と説明する彼女の前で、私は一つ息を吐いた。

「確かに私はスカーレットお姉様のことをよく思っていませんが、だからといって辛《つら》い目に遭って欲しい訳ではありません」

自分の本心を口にする私は、『全くもってお門違いな考えです』と肩を竦めた。

半ば呆れている私に対し、クラリッサ様はそっと目を伏せる。

「……ええ、そのようね」

沈んだ声で同意するクラリッサ様は、小さな溜め息を零した。

かと思えば、こちらをじっと見つめ、悲しげに微笑む。

「とりあえず、シャーロット嬢の決意が固いことはよく分かったわ。取り引きの件は諦めることにする」

非常に残念そうな様子でこちらの返事を受け入れ、クラリッサ様は俯いた。

同情を誘うつもりなのか、それとも本心なのか……どこか辛そうな素振りを見せる。

その哀愁漂う態度に胸を痛める中、彼女は『もう行くわね』と言って歩き出した。

そして、私の横を通り過ぎた瞬間────ふと足音が止《や》む。

「……その選択を後悔しないことを祈るわ」

独り言に近い声量でそう言い残し、クラリッサ様は今度こそこの場を去っていった。

徐々に遠ざかっていく足音を呆然と聞きながら、私はパチパチと瞬きを繰り返す。

最後のセリフは一体……？

林間合宿でも意味深なセリフを吐いていたから、ちょっと不安ね……。

『近々、また何か起きるのかもしれない』と警戒し、私は皇城のある方角へ目を向けた。

念のため、エルヴィン様たちに伝えておいた方がいいかもしれないわね。

クラリッサ様の言葉に予言めいたものを感じる私は、不安に駆られる。

『ただの考え過ぎで終わればいいのだけど……』と願いつつ、視線を前に戻した。

少し離れた場所にある寮を視認すると、私は再び歩き出す。

――そして、帰宅するなり宮廷魔導師団宛ての手紙を書くのだった。

◇◆◇◆

《グレイソン side》

――始業式から一ヶ月半後の昼下がり。

一年C組の教室にて、ついにアーティファクトが完成した。それも、二つ。

まあ、両方ないと使えないものなのである意味一つとも言えるが……。

「ほ、本当に完成したんだな……アーティファクト」

「魔道具の設計図を一から考え直すことになった時は、正直どうしようかと思ったけどね……」

「シャーロット嬢の知識量とエミリア様の計算力がなければ、間に合わなかったかもしれないな」

「グレイソン殿下の口利きのおかげで、手に入りづらい部品も手に入ったしな」

教室の中央に置かれたアーティファクトを囲むクラスメイトたちは、口々に感想を述べた。

かと思えば、少し涙ぐむ。

一時は本当にどうなるか分からない状況だったため、感激しているのだろう。

文化祭当日まで一応まだ一週間あるが、展示会場の飾り付けや当日の流れの確認なんかを考えると、結構ギリギリだな。

今日で完成して、本当に良かった。

『これでシャーロット嬢も肩の荷が下りる筈だ』と安堵し、俺は一つ息を吐く。

誰よりもアーティファクトの制作に貢献してきたからやつだこそ、少し心配だったのだ。

『もし、間に合わなかったから自分のせいだ』と思いそうで。

『責任感が強すぎるのも考えものだな』と呆れる中、エミリア嬢がコホンッと咳払《せきばら》いする。

「皆さん、本当にお疲れ様でした。あとのことは明日以降にやるので、今日はゆっくり休んでください」

『委員会活動がある方はもう一踏ん張りお願いします』と言って、エミリア嬢は解散を宣言した。

すると、クラスメイト達は一斉に教室を出ていく。

きっと、早く休みたくてしょうがないのだろう。

人によっては徹夜で作業していたから。

祝杯を上げる余裕もないクラスメイト達の様子に、俺は『日頃から鍛えていれば問題ないが』と考えた。

――――と、ここでシャーロット嬢に声を掛けられる。

「生徒会室へ行きましょう、グレイソン殿下」

「ああ」

無表情のまま首を縦に振る俺は、シャーロット嬢と共に廊下へ出た。

目的地である生徒会室を目指して、歩みを進めていく。

クラスの出し物の準備で疲れているため、シャーロット嬢は珍しく無言だった。

顔色の悪い彼女を前に、俺は『あまり話を振らない方が良さそうだな』と判断する。

そして、安全確認や事故防止も兼ねて彼女の様子を静かに見守っていた。

そんな時――――ふとロマンス小説の内容を思い出す。

母上の趣味なのか、勧められた本は意味不明なものばかりだったな。

愛する妻を傷つけられて怒り狂い、反逆する話とか、祖国を捨ててまで真実の愛を貫き通す話とかな。

正直、何故そうなるのか全く理解出来ないが、主人公の心情にところどころ共感出来る部分はあった。

特定の人物に触れただけで胸が高鳴る場面なんて、まさにそうだ。

転びそうになったシャーロット嬢を抱き寄せた時のことを思い出し、俺はそっと胸元に触れる。

『キュンとやらの衝撃はなかなか凄かった』としみじみ思いつつ、階段を上がった。

それにしても、小説の登場人物にここまで親しみを覚えるとは思わなかったな。

所詮は創作、と侮っていた過去の自分を殴りたい。

『実用性は皆無だが、色々勉強になる』と考える中、生徒会室に到着する。

木で作られた観音開きの扉を前に、俺は気持ちを切り替えた。

コンコンコンッと扉を三回ノックし、声を掛ける。

すると、直ぐに『どうぞ』と入室の許可を出された。

『失礼します』と言って、扉を開ける俺はシャーロット嬢を引き連れて中へ入る。

文化祭まであと一週間ということもあって、忙しそうだな。

黙々と作業を進める生徒会の面々に、俺はどこか鬼気迫るものを感じる。

『開戦前の騎士達みたいだな』と思っていると、レオナルド皇太子殿下が顔を上げた。

「やあ、二人ともいらっしゃい。早かったね」

ペンを動かす手は止めずに笑顔で挨拶し、こちらへ来るよう促す。

作業の邪魔にならないよう、出入り口付近に居たため、気を使ってくれたのだろう。

遠慮するのも失礼なので書類の山を掻《か》い潜《くぐ》って執務机の前へ行くと、シャーロット嬢が口を開く。

「クラスの出し物であるアーティファクトが無事完成したので、こちらのお手伝いに来ました」

「そっか。ついに完成したんだね。おめでとう」

「ありがとうございます」

素直に感謝の言葉を述べるシャーロット嬢は、嬉しそうに微笑んだ。

愛想笑いでも苦笑いでもない素の笑顔に、俺は複雑な感情を抱く。

レオナルド皇太子殿下の前でそんな風に笑うことなんて、ほとんどなかったから。

以前なら、絶対に有り得なかったことだ。

レオナルド皇太子殿下とシャーロット嬢の距離が少しずつ縮まっているのも、気になる……。

まだ先輩・後輩の距離感だからいいが、これからもっと親密になったら……ダメだな、考えただけで腹が立つ。

ここ一ヶ月半の間に改善された二人の仲について、俺は言い表せぬほど強い嫌悪感を抱く。

最初の頃は『レオナルド皇太子殿下が節度ある態度を取ってくれて良かった』と安堵していた筈なのに……。

今は『以前のような関係性に戻って欲しい』とすら、思っている。

何故、素直に喜べないんだろう？　あと、この不快感はなんだ？

レオナルド皇太子殿下の顔を見るだけで、殺気立ちそうになるんだが……。

ブラックタイラントに向ける独占欲なんかよりずっと強い感情に、俺は頭を悩ませた。

さすがの俺でも、これが動物愛に近いものじゃないことくらい、分かっている。

でも……いや、だからこそ――――混乱しているのだ、自分自身に。

はぁ……俺の体は……いや、心は一体どうなってしまったんだ？

『明らかに正常じゃないだろ』と困惑しつつ、俺は静かに拳を握り締める。

そして、未《いま》だに談笑を続けるレオナルド皇太子殿下とシャーロット嬢からそっと視線を逸らした。

――アーティファクト完成から、一週間。

無事会場の飾り付けや当日の打ち合わせも済み、私達《たち》はついに本番当日を迎えた。

期待に胸を膨らませる私達はノーベルホールに集まり、文化祭の始まりを待つ。

――と、ここで司会と思《おぼ》しき男性が席を立った。

「――ご来訪の皆様、静粛に願います」

拡声魔法を使った大きな声が会場内に響き、人々のざわめきが一瞬にして収まる。

『待ってました』と言わんばかりに誰もが目を輝かせる中、司会の男性は真《ま》っ直《す》ぐに前を見据えた。

「これより、第四百二十六回フリューゲル学園文化祭の開会式を始めます」

開会の言葉を口にし、司会の男性は緊張したように表情を強《こわ》ばらせる。

多くの人から注目を浴びて、萎縮してしまっているのかもしれない。

「まずは皇帝陛下より、お言葉を頂きます。陛下、よろしくお願いします」

その言葉を合図に、来賓席に座るオズワルド皇帝陛下が立ち上がった。

片手でスイスイと魔法陣を描く彼の前で、私達は一斉に跪《ひざまず》く。

ドラコニア帝国の絶対君主に敬意を表し、じっと言葉を待った。

「面《おもて》を上げよ、楽にしてくれて構わない」

拡声魔法を使用したオズワルド皇帝陛下の声に促され、私達は顔を上げる。

久方ぶりに見る陛下のご尊顔を前に、私達は神妙な表情を浮かべた。

「皇帝オズワルド・ローレンツ・ドラコニアだ。まずは生徒諸君、文化祭の準備ご苦労であった。きっと、慣れないことばかりで大変だっただろう。でも、きちんと自分の役割をこなし、当日に備えたこと、誇りに思う」

『素晴らしい』と手放しで褒め称《たた》え、オズワルド皇帝陛下はスッと目を細めた。

「余は残念ながら初日と最終日しか参加出来ぬが、そなた達の頑張りをこの目に焼き付けておこう――――それでは皆の衆、文化祭を楽しんでくれたまえ」

体育祭の時と同じ言葉で話を締め括《くく》り、オズワルド皇帝陛下は魔法陣を打ち消す。

再度椅子に腰掛ける彼を前に、私達はパチパチと盛大な拍手を送った。

「皇帝陛下、ありがとうございました。続きまして――――」

拍手の音に負けぬよう拡声魔法の効果を上げつつ、司会の男性は次のプログラムへ移る。

そんな彼の頑張りもあってか、式は滞りなく進み、無事幕を下ろした。

順調な滑り出しを見せた文化祭に誰もが胸を高鳴らせる中、我々一年C組は一度集合を掛けられる。

綺麗《きれい》に装飾された展示会場の空き教室で、私達は顔を突き合わせた。

「皆さん、開始早々に集まっていただき、ありがとうございます。フリューゲル学園の一般開放までもう時間がないので、手短に言いますね」

教室の窓側に立つエミリア様は人で溢《あふ》れ返った正門を一瞥《いちべつ》し、こちらに目を向ける。

ついに本番ということもあり緊張しているのか、いつもより硬い表情を浮かべていた。

「昨日も話した通り、当日の仕事は見張りと説明だけです。フリューゲル学園で窃盗や破壊を行う者は居ないと思いますが、念のため警戒してください。また、アーティファクトの説明については先日作成した文章を読み上げるように」

『齟齬《そご》や誤解があっては大変ですから』と言い、エミリア様は注意を促す。

「何か問題が起きた際は、必ず私に報告を。独断で動くようなことはないように。それから、交替の時間は必ず守るようにしてください。せっかくの文化祭で、嫌な思いはして欲しくありませんから」

仲間割れの可能性を危惧するエミリア様は、『時間厳守ですよ』と念を押した。

「お話は以上になります。それでは皆さん、フリューゲル学園の文化祭を心行くまで楽しんでください――解散」

その言葉を皮切りに、クラスメイトの大半が教室を出ていった。

きっと、人気の出し物を見に行くのだろう。

早く行かないと、長蛇の列が出来てしまうから。

『今年の目玉は生徒会メンバーの居る三年A組かな？』と推測しつつ、私は室内を見回す。

この場に残ったのは、当番のクラスメイトも含めて六人程度だった。

「――シャーロット嬢はこれから、どうするんだ？」

そう言って、こちらの予定を尋ねてくるグレイソン殿下は艶やかな黒髪をサラリと揺らす。

相変わらず何の感情も窺《うかが》えないラピスラズリの瞳を前に、私は窓の外へ視線を向けた。

「私は一先《ひとま》ず、両親と伯母夫婦を迎えに行こうと思います。ほぼ毎年来ている伯母夫婦はさておき、両親は今年が初めてなので。親孝行も兼ねて、文化祭を案内しようと思いまして……ほら、どうせ私は暇ですし」

遠回しに当番免除のことを指摘し、私はおどけるように肩を竦《すく》める。

実はアーティファクト制作の一番の功労者ということで、特別待遇を受けることになったのだ。

ちなみに発案者はエミリア様である。

今年はたまたま両親の都合もついて文化祭に来られることになったから、この措置はとても有り難い。

もちろん、体調不良などのどうしようもない理由で代打が必要な場合は引き受けるけど。

などと思いつつ、ラピスラズリの瞳を見つめ返すと、グレイソン殿下が口を開く。

「そうか。なら、一緒に行かないか？　俺も兄上達を迎えに行くところだったんだ」

ということは、ソレーユ王国の第一王子と第二王子も文化祭に来ているのね。

きっと、弟であるグレイソン殿下の活躍を見に来たのだろう。

『もちろん、外交のためでもあるだろうが……』と思案しつつ、私はグレイソン殿下の提案を受け入れた。

特に断る理由もなかったから。

何より、グレイソン殿下のご兄弟をこの目で見てみたかった。

『一体、どんな方たちなのだろう？』と好奇心を働かせる私は、グレイソン殿下と共に廊下へ出る。

そして、軽く談笑を繰り広げながら校門前まで行った。

「よ、予想以上の人集《ひとだか》りですね」

「確かにこれは凄《すご》いな」

人で埋め尽くされた校門を見て、私とグレイソン殿下は圧倒されてしまう。

展示会場から校門の様子を確認していたので、ある程度覚悟はしていたが……実際に来てみると、圧迫感が凄い。

これでは、人が多すぎて目当ての人物と合流するだけで一苦労だ。

『毎年こんなに混むのだろうか』と疑問に思う中、三年生と思しき生徒二名が私達の後ろを通り掛かる。

「なあ、今年の来場者数はちょっと異常じゃないか？」

「確かにそうね」

「去年も一昨年もここまで混まなかったのに、一体どうしちまったんだ？」

「さあ？　私もよく分からないわ」

互いに首を傾《かし》げる二人の男女は、さっさと人混みの中へ消えていった。

思わず二人の去った方角を見つめ、私は『例年より多いのか』と納得する。

だって、もしこれが通常なら混雑状況を緩和するために何か手を打つだろうから。

少なくとも、長年放置は有り得ないだろう。

どうして、今年だけ異様に混雑しているのかしら？

レオナルド皇太子殿下が今年で卒業だから？

『皇族を間近で拝見出来るチャンスなんて、なかなかないものね』と、私は一人納得する。

――――が、林間合宿での一件を考えると、それだけの理由ではないような気がした。

普通は最近トラブルに見舞われた組織に関わろうなんて、思わないから。

『触らぬ神に祟《たた》りなし』という異国の諺《ことわざ》が脳裏を過《よ》ぎる中――――グレイソン殿下がふと顔を上げた。

「来た」

ボソリと独り言を呟《つぶや》き、一点を凝視するグレイソン殿下は一歩前に出る。

それと同時に、銀髪の美青年と黒髪の美男子が人混みから弾《はじ》き出されるように姿を現した。

あら？　もしかして、この二人が――――グレイソン殿下のご兄弟？

銀髪の方はさておき、黒髪の方は凄くグレイソン殿下に似ているわ。

人混みから弾き出されても微動だにしない黒髪の美男子と、『おっとっと』と言って少し前のめりになる銀髪の美青年を見比べ、私は瞬《まばた》きを繰り返す。

――――と、ここで銀髪の美青年が上体を起こし、こちらに目を向けた。

「お待たせ、グレイソン。遅くなって、すまない」

ズレたモノクルを付け直し、謝罪する彼は申し訳なさそうに眉尻を下げる。

『本当はもっと早く合流するつもりだったんだが……』と零《こぼ》す彼に対し、グレイソン殿下は首を左右に振った。

「この人混みでは、仕方ありませんよ。アルフォンス兄上も、お久しぶりです」

「ああ」

グレイソン殿下よりも寡黙なのか、黒髪の美男子は必要以上に言葉を発さない。

表情も無そのもの。しかも目付きが悪いので、グレイソン殿下より怖く見えた。

『上には上が居るものね』とある意味感心していると、銀髪の美青年がこちらを見る。

「ところで、そちらのお嬢さんは？」

「あっ、申し遅れました。私はグレイソン殿下のクラスメイトのシャーロット・ルーナ・メイヤーズと申します。以後お見知りおきを」

『ご家族の再会に水をさしてはいけない』と思い、黙っていた私は慌てて自己紹介する。

『弟君にはいつもお世話になっています』と述べ、ニッコリと微笑《ほほえ》んだ。

その瞬間――――銀髪の美青年が物凄い勢いで、距離を詰めてくる。

「君がシャーロット嬢!?　祈願術の使い手だって言う、あの!?」

「は、はい……」

目と鼻の先にある銀髪の美青年の顔面に狼狽《うろた》えながらも、私はおずおずと首を縦に振った。

ラピスラズリの瞳に映る自分の引き攣《つ》った顔を見つつ、私は少し仰《の》け反《ぞ》る。

そして、『とにかく、距離……距離をどうにかして！』と願うものの……叶《かな》わない。

それどころか、悪化している。

「わぁ……！　会えて、嬉《うれ》しいよ！　僕はグレイソンの兄のジョシュア・マギー・ソレーユ！　これでも、一応賢者の称号を持つ魔導師だ！　仲良くしよう！」

そう言うが早いか、ジョシュア殿下は私の手をギュッと握り締めた。

思わず『ひぇ……』と悲鳴を上げる私に対し、彼はニコニコと笑う。

どうやら、相手を困らせていることに全く気がついていないらしい。

そういう鈍感なところは、グレイソン殿下にそっくりね……さすがは兄弟。

――と半ば感心しながら、私は握られた手を少しずつ動かし、抜き取る。

幸い、相手は手が離れたことに気づいておらず、ニッコニコの笑顔を見せていた。

『とりあえず、不機嫌にならなくて良かった』と安堵《あんど》していると、斜め前からとてつもない視線を感じる。

『今度は何だ？』と思いつつ、私は恐る恐るそちらへ目を向けた。

すると、そこには――黒髪の美男子の姿が……。

「グレイソンと仲のいいシャーロット嬢とやらは、お前か？　それとも、別のシャーロット嬢か？」

私と目が合うなり、質問を投げ掛けてきた黒髪の美男子は少し身を乗り出す。

ジョシュア殿下ほどではないが、それなりに人との距離感は近いようで直ぐそこに顔があった。

『ソレーユ王国の人達は皆こうなのか……？』と辟易《へきえき》しつつ、私は口を開く。

「お、恐らく私かと……『シャーロット』という名前の生徒は、今のところ私しか居ませんので」

「そうか」

随分とすんなり納得する黒髪の美男子は、前のめりになった上半身を起こす。

どうやら、私の名前や身分を疑っていた訳ではないらしい。

ただ確認したかっただけのようだ。

「俺は第二王子のアルフォンス・クローフィ・ソレーユだ。弟と仲良くしてくれて、ありがとう」

「い、いえ、こちらこそ……」

ジョシュア殿下と違い、落ち着いた様子で自己紹介するアルフォンス殿下に、私は目を見開く。

『同じ兄弟でも、こんなに違うんだな』と感心しながら。

アルフォンス殿下は比較的、まともかもしれないわね。

弟思いで紳士的だし、ジョシュア殿下のようにいきなり手を握ってこないから。

常識人っぽい――――と安心したのも束《つか》の間《ま》……アルフォンス殿下は爆弾発言を投下する。

「……俺はお前を見ても、特に異変を感じないな。胸が痛くなるのは、グレイソン特有の症状か？」

まじまじとこちらを見つめ、疑問を呈するアルフォンス殿下は『何なんだ？』と首を捻《ひね》る。

『遅効性か？　それとも、回数の問題？』と零しつつ、顎に手を当てて考え込んだ。

仏頂面のまま無言で凝視してくる彼を前に、私は『あっ、ダメだ……この人もまともじゃない』と気づく。

――――が、時すでに遅し……。

「なあ、女性を見て胸が痛くなるのは何故《なぜ》なんだ？」

自分で考えても分からなかったのか、アルフォンス殿下はついにこちらへ話を振る。

具体的な説明もなしに推測なんて、立てられる訳もないのに。

『言葉が足りない』なんてレベルじゃない会話力に、私はどこか遠い目をする。

『これは……聞こえなかったフリをしてもいいんじゃないか』と真剣に考える中、ジョシュア殿下が乱入してきた。

「そんなことはどうでもいいから、僕と魔法理論の話をしよう！」

「そんなの後でもいいだろ。弟の一大事かもしれないんだぞ」

「いや、一大事なら母上が既に手を打っている筈《はず》だろ！」

「……確かに。でも、万が一ってことが……」

人目も憚《はばか》らず、言い合いを繰り広げるジョシュア殿下とアルフォンス殿下はバチバチと見えない火花を散らす。

一応、ここは他国なのだが……兄弟喧嘩《げんか》に場所など関係ないらしい。

『もう勝手にしてくれ……』と諦めの境地に入っていると、二人が一斉にこちらを向いた。

かと思えば、声を揃《そろ》えてこう言う。

「「シャーロット嬢はどう思う!?」」

えっ……？　私!?

完全に放置を決め込んでいたのにいきなり決定権を委ねられ、私は目を白黒させた。

『これはどっちを選ぶべきなんだ!?』と困惑していると、グレイソン殿下が間に入る。

私を背に庇《かば》う形でジョシュア殿下とアルフォンス殿下の前に立つ彼は、とても頼もしく見えた。

「お二人とも、いい加減にしてください。シャーロット嬢が困っています」

グレイソン殿下は相手が兄弟であろうと関係なく、迷惑になっている事実を伝える。

毅然《きぜん》とした態度で対応したおかげか、ジョシュア殿下もアルフォンス殿下もハッとしたように目を見開いた。

かと思えば、私の困り顔を見て慌て始める。

「す、すまない……嬉しくて、つい我を忘れてしまったようだ」

「悪かった」

『王族だから、これくらい問題ない』と軽視せず、二人ともきちんと謝ってくれた。

頭まで下げようとする二人の王子に、私は慌てて声を掛ける。

「いえ、そこまでして頂く必要は……！　ただ、少し驚いただけですのでお気になさらず！」

グレイソン殿下の後ろから顔を出し、私は『大丈夫ですから』と胸の前で手を振った。

『怪我《けが》した訳でもないのに大袈裟《おおげさ》すぎる！』と焦りながら二人を宥《なだ》め、何とか納得してもらう。

そして、直ぐに話題を変更し、文化祭初日の思い出が最悪にならないよう配慮した。

せっかく来たのなら、楽しんでもらいたいから。

「――――ところで、シャーロット嬢に一つ提案があるんだけど」

そう言って、ニッコリと微笑んだのはジョシュア殿下だった。

何やら楽しそうな様子の彼を前に、私はパチパチと瞬きを繰り返す。

「何でしょう？」

「あくまで『良かったら』の話なんだけど、僕のお嫁に来ないかい？」

「……へっ？」

予想の斜め上を行く提案に、私は思わず素《す》っ頓狂《とんきょう》な声を上げた。

一体、何を言われたのか理解出来ず……ただただ呆然《ぼうぜん》とする。

今頃きっと間抜け面を晒《さら》しているであろう私に対し、ジョシュア殿下は追撃を仕掛けた。

「僕達なら、きっと気が合うと思うんだ。間違いなく、いい夫婦になれるよ。ねっ？　魔法の才能に恵まれた者同士で幸せにな……」

そこで言葉を切ると、ジョシュア殿下は引き攣った顔で固まった。

どこか怯《おび》えたような……驚いたような素振りを見せる彼の視線の先には、グレイソン殿下の姿が……。

もしかして、突然プロポーズしてきたジョシュア殿下を静かに諫《いさ》めてくれたんだろうか？

『そうなら、有り難いな』と思いつつ、私は腕を摩《さす》る。

何故だかよく分からないけど、急に気温が下がったような気がするわね。

他の人達は至って普通……というか、暑そうなのに。

『ここだけ寒くなっている？』と疑問に思う私は、内心首を傾げる。

――と、ここでジョシュア殿下が呆《あき》れたような表情を浮かべた。

「あ――……なるほどね。母上の言っていたことが、ようやく分かったよ」

独り言のように呟き、納得するジョシュア殿下は小さく頭《かぶり》を振る。

そして、青々とした空を見上げた。

「いやぁ、春だねぇ……」

「「「？」」」

ジョシュア殿下のよく分からない発言に、私達はパチパチと瞬きを繰り返す。

春の意味を全く理解していない私達は、『いや、もう夏も終わりだが？』『ですけど？』と首を傾げた。

『他国の環境に慣れなくておかしくなった？』と心配する中、校門前の人集りはより酷《ひど》くなる。

四方八方どこを見ても人が居る状況に、私達はさすがに危機感を覚えた。

「通行人の邪魔になるし、そろそろ移動した方がいいね」

「そうだな」

「とりあえず、休憩出来る場所へ案内します」

ジョシュア殿下、アルフォンス殿下、グレイソン殿下の三人は校舎のある方角へ目を向ける。

前後左右人間で埋め尽くされているため、目印になりそうなものがあれしかなかったのだろう。

「シャーロット嬢。悪いが、俺達は先に行く。家族が到着するまで、一緒に居てやれなくてすまない」

「いえ、お気になさらず。私は一人でも大丈夫ですので。ジョシュア殿下やアルフォンス殿下と一緒に、文化祭を楽しんでください」

「ああ、ありがとう」

快く送り出そうとする私の姿に、グレイソン殿下はどこかホッとしたように目元を和らげる。

そして、別れの挨拶を口にすると、先陣を切る形で歩き出した。

人混みを掻《か》き分けて前へ進んでいく彼を前に、ジョシュア殿下は私に『またね』と手を振ってから動き始める。

アルフォンスも会釈程度に頭を下げ、人混みの中へ消えていった。

はぐれることなく、無事人混みを抜けられるといいけど……。

三人の消えた方角を見つめ、私は『来て早々迷子になったら可哀想《かわいそう》』と心配する。

――――と、ここで誰かに肩を叩《たた》かれた。

「――――シャーロット、お待たせ」

聞き覚えのある声で名前を呼ばれ、私は反射的に後ろを振り向く。

すると、そこには――――両親と伯母夫婦の姿があった。

娘・姪《めい》の晴れ舞台とあってか、四人ともめかし込んでいる。

オシャレ好きの伯母に関しては、『これから舞踏会に行くのか？』と思うほど着飾っていた。

す、凄い気合いの入りようね……そんなに楽しみにしてくれていたのかしら？

だとしたら、嬉しいわ。

一ヶ月半ぶりの再会ということもあり、気分が高揚する私は柔らかい笑みを零す。

「お父様、お母様。そして、伯母様と伯父様も。遠路はるばる足を運んでくださり、ありがとうございます」

「あら、お礼なんていいのよ。私達は娘達の活躍が見たくて、来たんだから」

「たまたま仕事の都合もついて、暇をしていたからな。ちょうどいい」

『思う存分、楽しむぞ』と意気込む両親に続き、伯母夫婦も言葉を紡ぐ。

「私達はほぼ毎年来ているし、半分は仕事のためですから気にしないでください」

「むしろ、感謝するのは我々の方ですよ。ご学友と共有すべき時間を、こちらに回してもらっているんですから」

『友人と文化祭を回る』という選択肢について言及し、伯父は感謝を述べる。

きっと、私のフォローをしたつもりなんだろうが……意図せず、ダメージを受けてしまった。

ごめんなさい、伯父様……私に文化祭を一緒に回るほど、親しい友人は居ないの。

強いて言うなら、グレイソン殿下くらいだけど……彼もご家族の案内役に回っているから。

友人が少ない現実を目の当たりにし、落ち込む私はふとある事実に気づく。

それは――――伯父達が文化祭に来てくれなかったら、一人で過ごす羽目になっていたということ。

『私の交友関係、狭すぎる……』と痛感しながら、見えない涙をそっと拭った。

「……そう言って頂けると、助かります。では、とりあえず人混みから抜け出しましょう」

『ここじゃ、ゆっくり話も出来ないし』と話し、私は彼らに背を向ける。

「迷子にならないよう、しっかり付いてきてくださいね」

「あら、シャーロットってば心配性ね。子供じゃないんだから、大丈夫よ」

『うふふっ』と能天気に笑う母に対し、私は頬を引き攣らせる。

『いや、一番心配なのはお母様なんだけど……』と思いながら。

お母様はいつも、露店で売っている商品とか道端に咲いている花とかに気を取られて、どこかに行ってしまうのよね……。

それでやっと見つけ出したと思ったら、『あら？　皆どこに行っていたの？』と呑気《のんき》に聞いてくる……要するに迷子の自覚がないのだ。

ある意味、一番厄介なタイプかもしれない。

まあ、幸い校門前《ここ》にはお母様の興味を引くようなものはなさそうだし、大丈夫でしょう。

『いざとなったら、お父様が何とかするだろうし』と考え、歩き出す。

と同時に、私は気づいてしまった。

自分の方向音痴……というか、迷子になりやすい体質は母から受け継いだのかもしれない、と。

『血は争えないという訳か……』と項垂《うなだ》れながら、私は人混みを抜けた。

そして、後ろを振り返ると四人全員の姿がある。

どうやら、今回は迷子の捜索をせずに済んだようだ。

『良かった』と安堵する私は四人を日陰へ誘導し、一息つく。

「ところで、行きたい場所はありますか？」

「それはもちろん、シャーロットとスカーレットのクラスの出し物よ」

『当たり前じゃない』と言わんばかりに即答し、母はニッコリと微笑んだ。

学園で頑張っている娘達《私達》の様子なんて、なかなか見られないからワクワクしているのだろう。

「分かりました。じゃあ、先に私のクラスの出し物へ案内しますね。きっと、お姉様のクラスの出し物は混んでいるでしょうから」

生徒会メンバーの揃ったクラスということもあり、三年A組の出し物は期待値が高い。

きっと、いつ行っても混んでいるだろうから、後回しにした方が無難だった。

『初日の午前中なんて、特に混雑している筈』と予想し、私はアーティファクトの展示会場へ向かう。

後ろにピッタリくっついてくる両親と伯母夫婦の姿を度々確認しつつ、前へ進んだ。

間もなくして、目的地に到着する。

人気の出し物は大抵一階のホールや独立した建物にあるから、かなり楽に来られたわね。

道中での様子を思い返しながら、私は展示会場である空き教室へ足を踏み入れた。

それに続く形で、両親や伯母夫婦も入室する。

「「「「!?」」」」

四人は教室の中央にあるアーティファクトを見るなり、固まった。

そりゃあ、そうだ。私達の制作したアーティファクトは――五十四ヘクタールある学園の様子を立体地図で表したものだから。

人の数や位置が現在進行形で分かるため、混雑状況も把握しやすい。

ただ設計上、建物に備え付けられている家具などの位置までは反映されない。

というのも――――人の耳じゃ聞き取れない特殊な高音波を上空から放って、周囲の状況を把握しているから。

音の届かない建物内に関しては、人の動きまでは追うことが出来ても、細かい構造部分を把握するのは不可能だった。

ちなみに高音波の放出と反響の分析をしているのが、風船のように空を飛んでいる丸いアーティファクト。

そして情報を整理し、立体地図として映し出しているのが床に置かれた長方形型のアーティファクトだった。

二つのアーティファクトは電線という名の魔道具で繋《つな》がっており、常に情報を共有している。

「なるほど。これは……非常に面白いですね。コウモリの生態を利用したアーティファクトなんて、どこを探してもありませんよ」

当番のクラスメイトが他の来場者にしていた説明を立ち聞きしたのか、伯父は直ぐに全てを理解した。

と同時に、目の色を変える。

「これほど大掛かりなものとなると……最低でも風魔法、光魔法、土魔法の三つの魔法石が必要になりますね。正直、学生レベルの代物じゃない」

さすがは商人とでも言うべきか……一年C組の生徒しか知らないことでも、あっさり見抜く。

それも、たった数分で。

『伯父様の洞察力には敵《かな》わないわね』としみじみ思う中、彼は限界まで立体地図に近寄った。

かと思えば、ただでさえ細い目を更に細める。

「買い取り可能なら、全財産を賭けてでも手に入れるんですけどねぇ……文化祭の出し物となると、やっぱり無理ですよね」

ほぼ毎年足を運んでいるだけあって、学園のシステムをよく理解している伯父は肩を落とした。

『無念……』とでも言うように。

ここまで悔しがっている伯父様の姿は、見たことないわね。

余程、このアーティファクトを気に入ったみたい。

まあ、制作チームの一員としては嬉しい反応だけど。

珍しく感情を露《あら》わにする伯父に対し、私は誇らしいような……でも、ちょっと恥ずかしいような気持ちになる。

だって、他の人達は伯父の反応や賛辞にポカンとしているだけだから。

きっと、どこが凄いのかいまいち分からないのだろう。

「ねぇ、シャーロット。この円柱みたいなものは何なの？」

「それは人間を表したマークですね」

「へぇー。だから、校門前にたくさんあるのね」

納得したように頷《うなず》く母は、『一目で学内の状況が分かるなんて凄いわね』と微笑む。

商人の伯父に比べると月並み程度の感想だが、私は素直に嬉しかった。

自分の本当の実力を文字や伝聞ではなく、母の目でしっかり見て褒《ほ》めてもらえたから。

「アーティファクトの資産価値は正直よく分からないが、作るのに相当苦労したのは分かる。よく頑張ったな、シャーロット」

「ありがとうございます。でも、こうして無事アーティファクトを完成出来たのは皆のおかげですわ」

『私一人では、ここまで完成度の高いものは作れなかった』と言い、僅かに目を細めた。

一年C組の努力の結晶とも言えるアーティファクトを見つめ、私は微《かす》かに笑う。

誇らしい気持ちでいっぱいになる私を前に、父は『そうか』と満足そうに頷いた。

「それにしても、魔法石なんてよく手に入りましたね。アーティファクトに加工出来るほどの代物は、なかなかないのに」

『どこから仕入れたんですか？』と尋ねる伯母は、ストロベリークォーツの瞳をスッと細める。

魔法石は資産価値もある上、綺麗なのでアクセサリーとして身につけたいのかもしれない。

正直、オシャレのためだけに欲しがっていいような代物じゃないが……美を追求する伯母には、関係なさそうだ。

「実は買った訳じゃないんです」

「えっ……？」

「アーティファクトに使用する魔法石は、全て私が作りました」

別に隠すことでもないので正直に答えると、伯母は困惑を露わにした。

頭の上に『?』マークを浮かべつつ、パチパチと瞬きを繰り返す。

「ひ、一人で……?」

「はい、他に魔法石を作れる人が居なかったので」

「……」

『練習すれば、他の人も出来たかもしれませんが……』と述べる私に対し、伯母は言葉を失う。

珍しい生き物でも見るような目でこちらを見つめ、口元に手を当てた。

「……貴方《あなた》は本当に規格外ですね。こんなに質のいい魔法石を作れる学生なんて、そうそう居ませんよ」

呆れとも感嘆とも言える溜《た》め息《いき》を零し、伯母は小さく頭《かぶり》を振る。

大興奮で、『一緒に新たなビジネスを始めましょう!』と力説する伯父とは大違いだ。

伯母様……お願いだから、姪をそんな目で見ないで。

あと、伯父様。まだ学生の身分である姪に、魔法石の発注依頼は早いわ。

一旦、冷静になりましょう。

『一攫千金《いっかくせんきん》も夢じゃない』と熱弁する伯父を前に、私は一つ息を吐く。

そして、人目も憚らずイチャイチャし始めた両親を見て、気が遠くなった。

『皆、自由すぎる……』と嘆きつつ、私はどうにか軌道修正を図る。

「ウチのクラスの出し物は、もういいでしょう。長居しても邪魔になるだけですし、お姉様のクラスの出し物へ行きますよ」

決定事項として移動を伝え、私は大人四人の引率役……じゃなくて、案内役に徹する。

『ほら、早く早く』と急《せ》き立てるように彼らを教室から追い出し、当番のクラスメイトに挨拶だけした。

他の来場者にも軽く頭を下げ、三年A《姉》組の出し物の会場へ向かう。

場所はパランドームで授業の際何度か訪れたことがあるため、迷う心配はなさそうだった。

両親と伯母夫婦を引き連れて外に出た私は、魔法で体温を調整しつつ、前へ進む。

噂《うわさ》によると、お姉様のクラスの出し物はアトラクション系みたいだけど……どんなものかしら？

ちょっと楽しみね。

でも、様子のおかしいお姉様と対峙《たいじ》するかもしれないと思うと、ちょっと気が重い……。

『生徒会の手伝いで顔を合わせる度、挙動不審だったのよね』と思い返し、私は一抹の不安を抱く。

一瞬、会場に四人を送り届けて自分だけ退散しようかとも思ったが、やめておいた。

あまりにも、不自然すぎるから。

『やっぱり自分も行くしかない』と腹を括る中、会場であるパランドームに着く。

そこは案の定人で溢れ返っており、長蛇の列が出来ていた。

『校門前ほどではないけど、凄いことになっているなぁ』と思いながら、私達も列に並ぶ。

そして、待つこと五十分……ようやく私達の番になった。

受け付けの生徒から出し物の説明をしてもらい、いざパランドームの中へ。

高い壁で仕切られた空間を前に、私は目を剝《む》く。

だって、『スタート』と書かれた入り口の向こうには三つの分かれ道があるから。

また、天井は吹き抜けになっており、上空からこちらを見下ろす形で浮遊する生徒達の姿があった。

「うふふっ。迷路なんて、久しぶりね。皇城の芝生迷路以来かしら？」

「あの時は苦労したな。結局、ゴールするまでに二時間も掛かってしまった」

「あら、それは災難でしたね。でも、今回は制限時間つきなので、長時間彷徨《さまよ》うことはなさそうですよ」

「何かあれば、上に居る係の生徒が回収してくれるらしいので安心ですね」

母、父、伯母、伯父の順番で言葉を紡ぐ四人はどこか楽しそうだ。

迷路というアトラクションを通して、子供心を思い出しているのかもしれない。

「制限時間は十五分です。時間になっても、ゴール出来ない場合は係の者が回収します。リタイアの場合も同様です。それでは――――スタートしてください」

そう言って、係の男子生徒は砂時計をひっくり返した。

サァーッと落ちていく砂を前に、私達は入り口を通り過ぎ、左端の道へ進む。

別にどこの道へ行こうか相談していた訳じゃないが、こういうのは基本運任せのため順番に確認していくのが一番だった。

「あらあら……残念だけど、ここは行き止まりみたいね」

「じゃあ、引き返して真ん中の道へ進もうか」

しばらく直進して角を曲がったところで道が途切れており、父と母は後ろを振り返る。

さっさと引き返そうとする両親を他所《よそ》に、私はふと葉っぱに気づいた。

外に出た際どこかで入り込んだのか、足の甲と靴の間に挟まっている。

『なんというミラクル』と思いつつ、私は壁へ手を伸ばした。

身を屈《かが》めた時の支えとして、利用しようと思ったから。

でも――――私の手は空を切り……体ごと壁を通り抜け、転倒してしまう。

「ぅわ……!?」

私は咄嗟《とっさ》に祈願術で風のクッションを作り、衝撃を吸収した。

おかげで、何とか無事である。

心臓はこれでもかというほど、激しく脈打っているが……。

び、ビックリした……まさか、壁を通り抜けるとは思わなかったわ。

『本来ある筈の道を幻覚魔法で隠していたのか?』と推察しつつ、私は身を起こす。

そして、風のクッションを消すと、頭上に居る係の生徒へ無事を伝えた。

ホッとしたように持ち場へ戻っていく彼を見送り、私は例の壁へ手を伸ばす。

すると、案の定手が通り抜けた。

『隠し扉みたいなものか』と一人納得する中、私の叫び声を聞いた両親と伯母夫婦が駆けつける。

と同時に、絶叫した。

「きゃー!　シャーロットの手がー!」

「い、生き埋めになってしまったのか!?」

「と、とりあえず係の生徒を呼びましょう！」

「僕は医者を呼んでますね……！」

事故に遭った当人より取り乱す両親と伯母夫婦に、私は苦笑を零す。

心配されないよりかはマシだが、ここまで大騒ぎされると、ちょっと恥ずかしかった。

「落ち着いてください。私は無事です」

壁からひょっこり顔を出し、私は『生き埋めになんてなってません』と笑う。

「どうやら、この壁は幻覚魔法で作られた偽物みたいです。まだ先に道があります」

手短に事情を説明すると、私は『こっちに来てみてください』と手招きした。

『百聞は一見にしかず』という異国のことわざを主張する中、両親と伯母夫婦は顔を見合わせる。

ホラー小説の幽霊みたいに壁を通り抜けるなんて、信じられないのかもしれない。

でも、実際に私が行き来しているため、四人は意を決したようにこちら側へ来た。

「本当に通り抜けられたわ」

「なんだか、不思議な感覚だな」

「それより、早く前に進みましょう。時間切れになってしまいますわ」

「とりあえず、道なりに沿って行ってみますか。今のところ、一本道みたいですし」

母、父、伯母、伯父の四人は右へ続く道を見据え、誰からともなく頷き合う。

そして、男性組が先陣を切る形で歩き出した。

恐らく、先程のような事態を防ぐためだろう。

『二人とも、紳士だなぁ』と感動していると、再び行き止まりになる。

「また幻覚魔法で道を隠している……訳ではなさそうだな」

前方の壁に触れ、感触を確かめる父は『本物だな』と呟く。

すると、左右の壁を確認していた伯父が小さく肩を竦めた。

「同じ仕掛けを繰り返すなんて、興醒《きょうざ》めですからね。客を楽しませるつもりなら、別の仕掛けをしているでしょう」

そう言って、伯父は床にしゃがみ込むと、薄く笑った。

「この壁だけ、少し浮いてますね」

右側の壁の下に手を滑り込ませ、伯父はふと顔を上げる。

オレンジ色で統一された壁をじっと見つめ、暫《しば》し沈黙した。

かと思えば、『なるほど』と呟いて立ち上がる。

「壁のここだけ、若干色が違う……恐らく、テープですね」

コンコンッと壁の上の方を手で叩き、伯父は『一目見ただけじゃ分かりませんでした』と述べた。

まるで探偵のように振る舞う彼は、壁の一部を爪でカリカリと引っ掻き────剝がす。

ほ、本当にテープだったんだ……全然気づかなかったわ。

伯父の手に握られたオレンジ色のテープと壁を交互に見つめ、私は目を剝く。

だって、どう見ても全く同じ色だったから。

違いなんて、分からなかった。

『よく気づいたな』と感心する私を他所に、伯父は右の壁をそっと押す。

すると――――キィーと音を立てて、壁が……いや、扉が開いた。

「下にちょっと隙間があったのは、そういうことか……！」

「壁に見せかけた扉だったたって訳ね！」

伯父の行動の意図を理解した父と母は、『凄い凄い』と囃《はや》し立てる。

推理小説なんかに出てくる隠し扉を目の当たりにし、興奮してしまったようだ。

「お褒めに与《あずか》り、光栄です」

芝居がかった所作でお辞儀する伯父は、さりげなく脇に移動する。

そして、道を開けると、『お先にどうぞ』と促してきた。

いや、隠し扉を発見したのは伯父様なんだから、遠慮しなくてもいいのに……。

『こんな時まで接待しなくても……』と苦笑するものの、根っからの商人である伯父に口で勝てる訳もなく……先に隠し扉を通る。

『なんだか申し訳ないな』と罪悪感を募らせつつ、私は隠し扉の向こうにある一本道を進んだ。

前を歩く両親について行くこと二分……またもや、行き止まりになる。

『もうこの流れにも慣れてきたな』と思っていると、母が前方の扉をグッと押した。

かと思えば、横にスライドさせる。

「「「あっ……」」」

普通に動いてしまった壁を前に、私達は目を見開く。

当人の母でさえ、驚いたように肩を震わせた。

「さっきは片開きドアだったから、今度はスライド式かな？　と思ったのだけど……まさか、当たっているとは思わなかったわ」

『単なる当てずっぽうだった』と明かす母は、パチパチと瞬きを繰り返す。

妙な強運というか、勘の良さを発揮する彼女に、私達は半分呆れてしまった。

――――と、ここで係と思しき生徒が扉の向こうから顔を出す。

「おめでとうございます。ここを出れば、ゴールですよ」

あっ、もうゴールなの？

母があっさり仕掛けを見破ったからか、ちょっと物足りなく感じるわね。

『楽しかったけど、呆気《あっけ》なさすぎる』と思いながら、私は扉を通り抜ける。

そして、後ろを振り向くと、係の生徒がちょうど扉を閉めているところだった。

なるほど。ゴールは二つあるのね。

扉をスライドして現れたもう一つの出口に、私は視線を向ける。

恐らく、あっちは通常コースのゴールだろう。

隠しルートという名の特別コースに気づかなければ、私達もあっちからゴールした筈だ。

「無事ゴールした皆さんには、景品としてレオナルド皇太子殿下と十秒間お話し出来る券を差し上げます」

そう言って、係の生徒は人数分の券を差し出してきた。

『有効期限：文化祭最終日まで』と書かれたソレを前に、私は何とも言えない気持ちになる。

レオナルド皇太子殿下の人気をここぞとばかりに利用しているわね……。

これなら、最終日まで大盛況に終わりそう。

人気投票による最優秀賞も、ほぼ確実に取れるでしょうね。

でも、レオナルド皇太子殿下の苦労を考えると、ちょっと複雑。

『三年生は今年で卒業だから、有終の美を飾ろうと必死だなぁ』と他人事《ひとごと》のように思う。

でも、『使えるものは何でも使う』スタイルに異論はないため、文句を呑《の》み込んだ。

無言で券を受け取り、パランドームから出ると、私は伯父に自分の分を譲る。

「おや？　よろしいんですか？」

「はい」

「では、有り難く……」

上手《うま》く行けばビジネスチャンスに繋がるかもしれないので、伯父は遠慮なく券を受け取る。

すると、両親も伯父に券を譲った。

恐らく、レオナルド皇太子殿下にそこまで興味がないのだろう。

この二人は基本家族と領民にしか、関心を示さないから。

もちろん、貴族の一員としてある程度敬う気持ちは持っているだろうが……。

「さて、これからどうしましょうか」

木陰に入って軽く休憩する私は、案内役としての役割を果たそうと問い掛ける。

――が、両親も伯母夫婦も顔を見合わせるだけで何も言わなかった。

恐らく、他に行きたいところがないのだろう。

仕事の繋がりもある伯母夫婦はさておき、両親はここに知り合いも居ないから。

「じゃあ、ここから近いクラスの出し物を適当に見ていきましょうか」

行き当たりばったりに近い方法だが、たまにはこういうのも良いかと思い、提案する。

完全に記憶したパンフレットの内容を思い出す私の前で、四人はコクリと頷いた。

――という訳で、三時間ほど遊び回った。

どのクラスの出し物も完成度が高かったため、暇をすることはなかったと思う。

何より、このメンバーで過ごせて凄く楽しかった。

まあ、お昼を食べ終わるなり解散しちゃったけど……。

両親は浮かれ過ぎて疲れてしまったため、帝都のタウンハウスへ。

伯母夫婦は仕事関係で用事があり、別行動を取ることに。

よって、今の私は――本物のボッチである。

『さっきまであんなに賑《にぎ》やかだったのに、一人になると急に静かだな』と、私は孤独感を抱える。

周囲が家族連れや恋人同士ばかりのため、余計に心を抉《えぐ》られた。

『もう寮に帰ろうかな……？』と悩みつつ、私は一人トボトボと道を歩く。

無意識に人気《ひとけ》の少ない方へ足を進める中、ふと見知った顔を発見した。

えっ？　何であの人がここに……？

驚きのあまり立ち止まる私は、『一体、ここへ何をしに来たの？』と困惑する。

――――と、ここでその人物が男子生徒に声を掛けた。

軽く挨拶と自己紹介をしてから本題に入るその人物は、丸眼鏡を押し上げる。

「メイヤーズ子爵家のシャーロット嬢をご存じですか？」

「ああ、知ってますよ。祈願術の使い手で、伝説クラスの召喚者を呼び出した方ですよね？」

「えっ……？　き、祈願術……？　伝説クラスの召喚者……？」

男子生徒の発言に動揺し、目を白黒させているのは――――家庭教師のレックス先生だった。

情報処理が追い付かない様子の彼は、変な汗を掻いている。

『自分の信じてきたものが一気に崩れるかもしれない』と思って、焦っているのかもしれない。

「……しゃ、シャーロット嬢が一学期の期末テストで総合一位を取ったというのは本当ですか？」

「はい」

間髪《かんはつ》を容《い》れずに頷いた男子生徒に、レックス先生はまたも衝撃を受ける。

まるで当たり前かのように私の実力が認められていて、戸惑っているのだろう。

彼の中では、『姉に比べて平々凡々の妹』という位置付けだから。

『一体、どうなっているんだ？』と目を丸くする彼は、若干表情を強ばらせた。

「……で、では最後に一つだけ。シャーロット嬢のことを天才だと思いますか？」

「もちろんです。あれほど才能に満ち溢れた方は、居ませんよ。どうして、今まで話題にならなかったのか不思議なくらいです」

「そう、ですか……」

男子生徒の惜しみない賛辞に打ち破られたのか、レックス先生はグニャリと顔を歪《ゆが》めた。

忌々しいと言わんばかりの表情だが、初対面の人の前で不機嫌な様子を見せる訳にはいかないため、何とか取り繕う。

そして、質問に答えてくれた男子生徒に礼を言い、解放した。

と同時に、レックス先生は豹変《ひょうへん》する。

苛立《いらだ》ち紛れに親指の爪を嚙《か》み、思い切り眉を顰《ひそ》めた。

「嘘《うそ》だろ……あの出来損ないが天才だと？　何かの間違いじゃないのか？　大体……っ！」

恨み言に近い文句を並べるレックス先生は途中で言葉を切り、絶句する。

どうやら、私の存在にようやく気がついたようだ。

『いや、もう遅いよ……』と呆れる中、彼はギョッとしたような表情を浮かべ、慌て始める。

言い訳の一つでもするのかと思いきや――――全部見なかったことにして、脱兎《だっと》の如《ごと》く逃げ出した。

物凄い速さで遠ざかっていく彼の後ろ姿を前に、私はもはや乾いた笑いしか出ない。

尻尾を巻いて逃げるとは、まさにこのことね。まあ、変に絡まれるよりずっとマシだけど……。

というか、レックス先生は私の評判を確認するためにわざわざ文化祭へ来たの？

もし、そうだとしたら凄《すさ》まじい執念ね。

余程、屋敷を追い出されたことが気に食わなかったのかしら？

『私に一泡吹かせようという魂胆が見え見えね』と思いつつ、深い溜め息を零した。

呆れを通り越してもはや尊敬する私は、『その行動力を別のことに活《い》かしてくれればな……』と心底思う。

だって、元教え子の実力調査のために貴重な時間を無駄にするなんて、馬鹿らしいから。

『もっと有意義な使い方があったでしょう』と呟き、私は空を見上げた。

「……まあ、聞き取り調査しているだけで問題行動を起こしている訳じゃないし、放っておきましょう」

半ば自分に言い聞かせるようにそう述べ、私は寮へ向かう。

そして、帰宅するなりベッドに体を沈め、深い眠りについた。

◇◆◇◆

《スカーレット side》

――――文化祭初日の昼下がり。

クラスの出し物の係を終え、人気のない木陰で休息を挟む私は木の幹に寄り掛かっていた。

心地好いそよ風に吹かれながら、そっと目を閉じる。

すると、程良い眠気が襲ってきて思わず欠伸《あくび》を零した。

ここ最近、文化祭の準備と不安定なメンタルのせいで全然眠れなかったのよね……。

ほぼ毎日、シャーロットと顔を合わせていたせいかしら？

一応、睡眠時間は確保出来ていたのに……。

あの方に掛けられた魔法により、負の感情を抑えられない私は常に気を張っていた。

万が一にも、周りを……シャーロットを傷つけないために。

時には痛みを利用して、必死に理性を保っている。

『私はもう間違えない』と自分の心に誓いながら。

とにかく、今は文化祭を成功させることだけに集中するのよ。

生徒会副会長の失敗は、生徒会長の失敗でもあるから。

愛する人の顔に泥を塗らないためにも、頑張らないと。

『これ以上、レオ殿下の期待を裏切りたくない』と奮起し、疲労と睡眠不足で弱っている体に鞭《むち》を打つ。

眠気を吹き飛ばすようにペチンッと自身の頬を叩くと、私は目を開けた。

澄み渡るように青い空を一瞥し、木の幹から体を起こす。

そして、皆のところへ戻ろうとした瞬間――――

「お待ちください」

――――聞き覚えのある声に呼び止められた。

思わず身動きを止める私は、若干表情を強ばらせながらも後ろを振り返る。

すると、そこには――私に魔法を掛けた張本人が居た。

「こんなところに居たのですね。随分と捜しましたよ」

顔に笑みを貼り付けるその人物は、コツコツと足を音を鳴らしてこちらへやってくる。

『また何かされるかもしれない』と思い、身構える私を前に、相手はスッと表情を打ち消した。

と同時に、私の顔を覗《のぞ》き込んでくる。

「それで――ご自分の考えを改める気には、なりましたか？」

『また妹を目の敵にして虐げる気になりましたか？』と、相手は問う。

こちらの本音を探るような視線を前に、私は顔を歪めた。

魔法で人の考えを変えようとする姿勢もそうだが、たかだか一ヶ月半で音を上げると侮られていたことにも腹が立つ。

確かに私はシャーロットのように優秀じゃないし、感情的になりやすい一面がある。

でも――卑怯《ひきょう》者《もの》の言いなりになるほど、落ちぶれてはいない。

『私が四の五の言わずに付き従うのはレオ殿下だけよ』と思いつつ、相手のことを睨《にら》みつけた。

「そんなことより、私に掛けた魔法を解いてください！　一体何なんですか、これは！」

『国に認可された魔法じゃありませんよね!?』と詰め寄り、私は説明と解除を求める。

――が、そう簡単に行く訳もなく……。

「『そんなことより』ですか……私は至って、真剣な話をしていたつもりなんですけどね」

かなり雑に話を終わらせたからか、相手は大変ご立腹の様子だった。

氷のように冷たい目をこちらに向け、一歩後ろへ下がる。

「どうやら、まだ改心する気はないようですね……残念です。私の考えに賛同してくれれば、貴方だけは助けて差し上げたのに」

『破滅の道を歩むのですね』と言い残し、相手はクルリと身を翻《ひるがえ》した。

思ったよりあっさりとした幕引きに驚きながら、私は相手の背中へ手を伸ばす。

身の安全を考えるなら、このまま放置するべきなんだろうが……どうしても、最後の発言が引っ掛かった。

「待ってください！　『助ける』って、一体どういう……」

「――あっ、居た居た！　スカーレット、早く来て！　ミーティングの時間だよ！」

全く別の方向から声を掛けられ、私は思わず手を止めた。

その隙に、相手はさっさと校舎の裏へ姿を消す。

『あっ……』と思った時にはもう遅くて……前に突き出した自身の手を見つめることしか出来なかった。

キュッと唇を引き結び、追い掛けるべきか否か悩んでいると、アイザックが私の隣に並んだ。

軽く息を整える彼は額に滲《にじ》んだ汗を手で拭いつつ、こちらに目を向ける。

「あれ？　どうしたの？　何かあった？」

さすがはレオ殿下の右腕とでも言うべきか、アイザックは直ぐに私の異変に気づいた。

『顔色が悪いよ?』と言って心配してくる彼を前に、私は正直に全て打ち明けるべきか迷う。

でも、体育祭や林間合宿で取った自分の行動から信頼度が落ちていることは自覚しているため、尻込みしてしまった。

もし、信じてもらえなかったら……と思うと、怖くてしょうがないから。

身から出た錆《さび》であるのは重々承知だが、ただでさえ不安定なメンタルに追い討ちを掛けたくなかった。

「……何でもないわ。それより、早くミーティングに行きましょう」

結局、逃げを選択した私はあの方の追跡を諦め、アイザックのもとへ駆け寄る。

そして、不穏な空気を残したままミーティングへ向かった。

◇◆◇◆

――――文化祭二日目の朝。

結局、朝方まで眠りこけてしまった私は普段より少し早めに起きて、身支度を整えた。

両親と伯母夫婦が来るのは午後からなので、もっとゆっくりしていても良かったが、さすがに怠け過ぎかと思い……。

何より、文化祭という一大イベントを無視して寮に引きこもるのは、なんだか勿体《もったい》ない気がした。

準備を頑張った分、余計に。

二日目なら、ある程度混雑も緩和されているだろうし、下見を兼ねてあちこち回ろうかしら？

『両親や伯母夫婦の好きそうな出し物でも探すか』と思いながら、私は校舎の周辺をうろつく。

まだ早朝ということもあって人が少ないからか、警備中の騎士達から注目を浴びた。

恐らく警戒すべき対象が私しか居ないため、一点集中のような状況に陥っているのだろう。

正直とても気まずいが、当人達は与えられた任務をこなしているだけなのでスルーした。

――と、ここで緑髪の美男子が草むらから姿を現す。

いや、どうして草むらから……？　ちゃんと舗装された道、あるよね!?

「夜空草と日向《ひなた》草の採取完了。これで実験を進められる」

紺色がかった草と黄色の模様が入った草を手に持ち、満足そうに微笑むのは――サイラス先生だった。

見るからに機嫌のいい彼は皇国騎士団の視線など気にせず、歩き出す。

朝から研究に勤《いそ》しむ彼の姿に、私は苦笑を漏らした。

文化祭なんて、眼中にないようね。

まあ、元気そうで何よりだけど。

などと思っていると、サイラス先生が不意にこっちを見る。

そして、私の姿を捉《とら》えるなり……テクテクと、こちらへ歩み寄ってきた。

ここで走らないのが、実にサイラス先生らしい。

「やあ、シャーロット嬢。いいところに来たね。また炎霊草の魔力注入をお願いしてもいいかい？」

『また陛下から支援してもらったんだ』と言い、サイラス先生は嬉しそうに頬を緩める。

研究のサンプルが増えたことに、この上ない喜びを感じているのだろう。

皇帝から支援を受けた以上、結果を出さなきゃいけないのに、本人は実に能天気だ。

ダメだった時のことなど微塵《みじん》も考えていないサイラス先生の前で、私は一つ息を吐く。

「魔力注入は別に構いませんが、研究は上手く行っているのですか？」

午前中、暇ということもあり頼みを引き受ける私は進捗《しんちょく》について尋ねた。

すると、サイラス先生は言《い》い淀《よど》むことなくこう答える。

「もちろん。凄く順調だよ。もうすぐ、治療方法の一つとして実用出来る段階に達すると思う」

「えっ？　凄いですね……実用化まで、最低でもあと数年は掛かると思ってました」

驚異的な研究スピードに目を丸くする私は、まじまじとサイラス先生を見つめる。

別に彼の言葉を疑っている訳じゃないが、あまりにも非現実的で……実感が湧かなかった。

「シャーロット嬢のおかげだよ。いつも、積極的に研究を手伝ってくれて感謝している」

謙遜でも社交辞令でもなく、本気で『助かっている』と述べるサイラス先生に、私は目を剝く。

改まってお礼を言われるとは、思ってもみなかったから。

『日頃の感謝とか、伝えるタイプなんだ……』と衝撃を受けつつ、僅かに頬を紅潮させた。

私は不意討ちに弱いのよ……まあ、嬉しいけど。

「私の力なんて、微々たるものですよ。ここまで頑張ったのは、サイラス先生本人です。もっと、自信を持ってください」

『自分の努力や功績に無頓着すぎます』と注意し、私はサイラス先生の研究室がある方角を向く。

「では、そろそろ行きましょう。時間が勿体ないので」

半ば強引に話を切り上げた私は、さっさと歩き出す。

ずっと、互いを褒《ほ》め合うような状況になったら恥ずかし……いや、気まずいと思って。

火照った体を冷ますため魔法で体温を調整する中、サイラス先生が追い付いてくる。

『そんなに早く魔力注入を行いたかったの？』と見当違いなことを述べる彼の前で、私はふと
――知り合いを発見した。

あら、あの方はもしかして――。

「――あっ、シャーロット嬢。こんなところで会うなんて、奇遇だね」

そう言って、小さく手を振るのは――グレイソン殿下の兄であるジョシュア殿下だった。

昨日に比べて随分と落ち着いた様子の彼は、小走りでこちらへやってくる。

ふわりと揺れる艶やかな銀髪を前に、私は軽くお辞儀した。

「ごきげんよう、ジョシュア殿下。今日はお一人ですか？」

「ああ、今日は二人と別行動。脳筋バカのアルフォンスと剣術バカのグレイソンに、文化系の催しは合わないみたいでね」

『今頃、訓練でもしているんじゃないかな？』と口にし、ジョシュア殿下は小さく肩を竦めた。

『そんなのいつでも出来るのにね』と零す彼に、私は苦笑を漏らす。

二日目で飽きて、速攻訓練か……まあ、グレイソン殿下らしいと言えば、らしいけど。

アルフォンス殿下も、体格からして訓練大好き人間っぽいし。

『あの二人って、本当に似ているなぁ』と考える中、ジョシュア殿下が表情を変える。

まるで、何かを警戒するみたいに。

「ところで、そちらの男性は？」

『ここの生徒ではなさそうだけど……』と不審感を滲ませ、スッと目を細めた。

どこか探るような視線を前に、私は慌てて口を開く。

「すみません。紹介がまだでしたね。こちらは一年生の魔法学を担当している、サイラス・エルド・ラッセル先生です」

共通の知り合いとして仲を取り持つ私は、まずサイラス先生を紹介した。

そして、次はジョシュア殿下を先生に紹介する。

「サイラス先生、こちらの方はソレーユ王国の第一王子である、ジョシュア・マギー・ソレーユ殿下です。念のためお伝えしておきますが、グレイソン殿下の兄君であらせられます」

と言っても、グレイソン殿下のことなんてきっと覚えてないよね……。

サイラス先生の記憶力を全く信用していないため、私は『頼むから相槌《あいづち》だけ打ってくれ』と願う。

ここでボロを出せば、国際問題に発展しかねないから。

身分差を緩和する校則が適用されるグレイソン殿下と違って、ジョシュア殿下は完全にお客様。

要するに、王族として扱われる。粗相なんて、絶対に許されない。

『空気を読む』という高等技術をサイラス先生に求める中、彼はパチパチと瞬きを繰り返す。

「ソレーユ王国って、どんな……」

「――――ねぇ、フリューゲル学園でポーションという回復薬を研究している教師って、もしかして君!?」

『どんな国だっけ？』と続く筈であっただろうサイラス先生の言葉を遮《さえぎ》り、ジョシュア殿下は尋ねる。

きっと、本人に助け船を出した自覚はないだろうが、凄く助かった。

『相手のことより、自分の好奇心を優先する人で良かった！』と心底思う中、サイラス先生が首を縦に振る。

「あぁ、やっぱり！　道理で、名前に聞き覚えがあると思ったんだ！」

ラピスラズリの瞳をこれでもかというほど輝かせ、ジョシュア殿下は少し前のめりになった。

私のことなど眼中にないようで、サイラス先生との距離を縮めていく。

「君の論文は全部、拝読しているよ！　魔法以外の回復方法を生み出そうなんて、実に面白い！斬新だ！」

『素晴らしい！』と手放しで褒め称えるジョシュア殿下は、溢れんばかりの笑みを零した。

かと思えば、怒濤《どとう》の勢いで論文の感想や疑問を口にしていく。

当事者であるサイラス先生すら、口を挟めないほど早口で。

『この人、会話する気あるのか』と呆れること十五分……ようやく、ジョシュア殿下の口数が少し落ち着いてきた。

と言っても二秒以上、間を空けることはないが……。

あっ、ついにサイラス先生が話に飽きてきて薬草を弄《いじ》り始めた。

話題が自分の研究に関することだったから、わりと真面目に聞いていたのに。

ひたすら、褒められるのは嫌なのかしら？

『実にならない会話だからか？』と思案しつつ、サイラス先生の心情を自分なりに分析する。

そんな私を他所に、ジョシュア殿下がポンッと手を叩いた。

「あっ、そうだ。こうして会えたのも何かの縁だし、面白い話をしてあげるよ」

そう言って、人差し指を口元に当てるジョシュア殿下は悪戯《いたずら》っぽく笑う。

ラピスラズリの瞳からは子供のような無邪気さが垣間見《かいまみ》え、単純な厚意……というか、善意を感じた。

「ポーションを研究している君なら、もう知っているかもしれないけど――精霊草と世界樹の葉っぱを組み合わせると、どんな怪我や病気にも効く万能薬を作れるらしいよ」

「!!」

僅かに声量を落として話すジョシュア殿下に対し、サイラス先生は目を輝かせた。

薬草関係……それも、ポーションの改良に役立ちそうな情報を教えてもらって喜んでいるのだろう。

「まあ、神秘の森の奥深くまで侵入して生還した者は居ないから、おとぎ話みたいな話だけど……」

『確証はない』と語るジョシュア殿下に、サイラス先生はガッカリした様子を見せる。

見る見るうちに瞳の輝きを失い、萎《しお》れる彼は新しい玩具《おもちゃ》を取り上げられた子供のようだった。

シュンとしたように肩を落とす彼の前で、私は一つ息を吐く。

と同時に、顔を上げた。

「『生還した者が居ない』は、言い過ぎではないでしょうか？　だって、世界樹や精霊草の存在を広めた人は確実に居ますよね」

少しでも希望を見出《みいだ》そうと、私はこじつけに近い言い分を振りかざす。

すると、ジョシュア殿下が僅かに目を見開いた。

「言われてみれば、そうだね」

『全部作り話ということはなさそう』と言い、おもむろに腕を組む。

「まあ、確認のしようがないから真偽のほどは分からないけど――――ほら、ドラコニア帝国の宮廷魔導師団でさえ、途中で逃げ帰ってきたって話だろう？　だから、安易に調査なんて出来ないんだよ」

『まあ、いつか確かめてみたい気持ちはあるけどね』と述べ、ジョシュア殿下は空を見上げる。

期待に満ち溢れた瞳からは、『神秘の森って、どんな場所なんだろう？』という好奇心を感じ取れた。

興味津々な様子を隠し切れない彼の前で、私は一人衝撃を受ける。

えっ？　『宮廷魔導師団でさえ、途中で逃げ帰ってきた』って、どういうこと……？

というか、いつの話……？　まさか、エルヴィン様やキース様も在籍している頃……じゃないわよね？

嫌な予感を覚える私は、ゴクリと喉を鳴らす。

言いようのない不安に駆られ、冷や汗を垂れ流す中、私は詳細を尋ねようとした。

『そうじゃないよ』と否定してほしくて……。

でも──

「あっ！　もうすぐ、発表会だから行くね！」

──こちらが口を開く前に、ジョシュア殿下は踵《きびす》を返してしまった。

目にも止まらぬ速さで去っていく彼を前に、私は呆然と立ち尽くすことしか出来ない。

さすがはグレイソン殿下の兄とでも言うべきか……実に瞬足だった。

魔法を使えば、何とか追いつけそうだけど……やめておきましょう。

発表会の開始時刻まで、あと十五分しかないから。

引き止めるのは、申し訳ないわ。

希望者を募って行う発表会は、新しい論文や魔道具などを取り扱っており、毎年人気が高い。

文化系の生徒達が存分に自己アピール出来る場であるため、皆気合いを入れているのだ。

なので、ジョシュア殿下には彼らの熱意と努力を是非見てもらいたい。

そして、何より──サイラス先生の我慢がそろそろ、限界を迎えそうだ。

落ち着かない様子で足踏みしている緑髪の美男子を視界に捉《とら》え、私は一つ息を吐く。

どうやら、万能薬の話を聞いて研究したい欲求が一気に高まったようだ。

先程までの意気消沈っぷりが嘘のように活《い》き活《い》きしている彼を前に、私は『まあ、元気になって良かった』と考える。

「それじゃあ、私達も研究室に向かいましょうか」

『ふぅ……』と一つ息を吐きつつ、私は再び歩き出した。

そして、無事サイラス先生の研究室に辿《たど》り着くと、早速魔力注入を行う。

最近採取したばかりなのか、どの炎霊草も実に瑞々《みずみず》しかった。

『人の手で育てられたものと比べて、模様も濃いし』と観察しながら、作業を終える。

余った時間はサイラス先生との雑談や雑用に当て、ちゃっかりお昼も頂いた。

サイラス先生とこんなに深く関わるのは、何気に久しぶりね。

二学期に突入して、直ぐに文化祭の準備へ入ってしまったから。

マイペースで研究以外、いい加減なところは相変わらずだけど、ちょっと楽しかった。

などと思いながら私はサイラス先生と別れ、両親や伯母夫婦と合流する。

――――結局、各クラスの出し物の下見は出来なかったものの……初日と同様、楽しい雰囲気で一日を終えるのだった。

――そして、迎えた文化祭三日目。

私は一人で行動していた。

というのも、両親と伯母夫婦が別行動を申し出たから。

理由はそれぞれ違うが、簡単に言うと疲労回復及び仕事関係。

お父様とお母様ったら、初めての文化祭に浮かれてはしゃぎ過ぎたみたいなの。

だから、今日一日はタウンハウスでお休み。

伯母様と伯父様は人脈を広げるために奮闘中。

恐らく今頃、『レオナルド皇太子殿下と十秒間お話し出来る券』とやらを使っていると思うわ。

『今日は一段とオシャレに気を使っていたし』と伯母夫婦の格好を思い出し、私は確信する。

果たして、二人は一分にも満たない会話時間でビジネスチャンスを摑《つか》めるのかしら？

商人としての腕が試されるわね。

『健闘を祈るわ』と心の中で呟《つぶや》く中、ふと目の前に人が現れる。

まるで、私の行く手を阻むように。

「これは一体、何の真似《まね》ですか？――ルーベン先生」

おもむろに足を止めた私は、オレンジ色の瞳をじっと見つめた。

相手の一挙手一投足も見逃さぬよう気を張り、あからさまに警戒する。

何故《なぜ》なら、箱の件でナイジェル先生より報告を受けているから。

結局、業者への処罰は取引停止と賠償金の支払いで済んだらしい……が、ある日忽然《こつぜん》と姿を消したようだ。

ランスロット先生の時と同じように……。

林間合宿の件にしろ、ルーベン先生の周囲ではトラブルばかり起きている。

偶然で片付けるには、頻度がおかしいわ。

全ての件にルーベン先生が関わっている訳じゃないかもしれないけど、立て続けにトラブルに巻き込まれた第三者とは考えにくい。

何かしらの形で、関与している筈《はず》。

『一瞬たりとも油断しちゃダメ』と自分に言い聞かせ、私は表情を引き締めた。

これでもかというほど身構える私を前に、ルーベン先生は苦笑いしながら両手を上げる。

「いや、そこまで警戒しなくても……僕は何もしないよ。ただ、あっちで君のことを捜している人が居たから、伝えようと思っただけ」

人気《ひとけ》のない方向を指さし、ルーベン先生は『君の実家関係の人だって言っていたけど』と付け足す。

彼の表情や声色に変化はなく、嘘《うそ》をついているようには見えなかった。

本当にただの親切心で、そのことを伝えに来ただけ……？

それとも、顔色一つ変えずにデマカセを言えるほど、嘘が上手《うま》い人？

『前者であってほしいけど……』と願いつつ、口を開く。

「……分かりました。教えていただき、ありがとうございます」

一先《ひとま》ずお礼を言って私はペコリとお辞儀し、この場を離れる。

そして、ルーベン先生の視界から外れるなり、私を捜している人が居るという方角を見た。

あっちにあるのは、乗馬場だけど……自分の馬を預けている訳でもない私が、厩務員《きゆうむいん》に捜されているとは思えない。

ルーベン先生曰《いわ》く、私の実家関係の人らしいし……もちろん、嘘の可能性もあるけど。

何にせよ、実際に行って確かめてみないと分からないわね。

『罠《わな》の可能性が高い』と分かってながらも、私の足は乗馬場を向いていた。

本当に知り合いが自分を捜しているかもしれないという、可能性を捨て切れないから。

何より、これがルーベン先生の尻尾を摑むチャンスになるかもしれない。

本来であれば、単独で乗り込むべきじゃないんでしょうけど……全く関係のない第三者を巻き込む訳にはいかない。

一応、警備に回っている皇国騎士を説得してついて来てもらう手もあるけど……時間が掛かりそうなのよね。

それに戦力になりそうな人を連れていったら、計画を実行しない可能性があるし。

相手を油断させるという意味でも、私一人で行った方がよさそう。

『いざとなったら信号弾を打ち上げればいい』と結論づけ、私は指定された場所へ向かった。

風の音しか聞こえない乗馬場の傍《そば》で、私はキョロキョロと辺りを見回す。

――――と、ここで物置小屋の近くに居る人影を発見した。

あれ？　この人って、もしかして……。

「どうやら、罠ではなさそうね。私の思い過ごしだったみたい」

『本当に私の実家関係の人だった』と零《こぼ》し、肩を竦《すく》める。

『ちょっと疑心暗鬼になり過ぎていたかも』と反省する中、私はその人物のもとまで駆け寄った。

「こんなところで、何をなさっているんですか？　私を捜していると聞きましたが」

特に深く考えることなく声を掛けると、私はその人物の前に立つ。

警戒心など微塵《みじん》も抱いていない私に対し、相手はスッと目を細めた。

かと思えば――――言霊術で土魔法を展開し、私の頭に拳サイズの石をぶつける。

「えっ……？」

完全に無防備な状態で攻撃を受けた私は、まともに受け身も取れず……後ろに倒れた。

脳震盪《のうしんとう》でも起きているのか、それとも突然の暴挙に気が動転しているのか、状況を上手く把握出来ない。

いや、違う……私は理解したくないのだ――――相手に裏切られた事実とルーベン先生に嵌《は》められた現実を。

なん、で……？　どうして、こんなことに……？

額からドクドクと流れる血の感触と痺《しび》れるような痛みを感じながら、私は自問する。

でも、当然答えは出なくて……代わりに涙が溢《あふ》れ出た。

薄れ行く意識の中、私は何とか治癒魔法を展開しようとする。

――――が、しかし……精神的ショックと脳へのダメージのせいで思考と魔力を上手く操れなかった。

『しっかりしなさいよ！』と己を叱咤《しった》していると、相手が私の脇に手を入れる。

そして、軽く上半身を持ち上げると、物置小屋の中までズルズルと引きずって行った。

私は埃《ほこり》っぽい室内に寝かせられ、何の説明もないまま扉を閉められる。

トドメを刺さずに放置した……？　何で……？

『私を殺すことが目的じゃないのか？』と疑問に思いつつ、扉へ手を伸ばした。

でも、体が鉛のように重くて……扉を触ることも出来ずに床へ落ちる。

ふわりと舞い上がる埃を前に、私の体はついに限界を迎え……意識を手放してしまった。

◇◆◇◆

《ルーベン side》

「――――よし、これで準備は整った」

校舎の窓からシャーロット嬢が倒れる一部始終を見ていた僕は、『上手くいった』とほくそ笑む。

と同時に、安堵《あんど》した。

今回の計画を実行するにあたり、ある意味一番厄介な相手を無力化出来たから。

祈願術の使い手で、伝説クラスの召喚者を呼び出せて、最上級魔法も使えるなんて……さすがに規格外すぎるよ。

深掘りすれば、もっと色んな能力を持ってそうだし……計画の成功率を上げるためにも、彼女には大人しくしていてもらわないと。

林間合宿での苦い思い出を振り返りながら、窓の縁《ふち》に手をつく。

僕は足早に物置小屋から去っていく平民を一瞥《いちべつ》すると、一つ息を吐いた。

やはり、訓練を受けてないやつはダメだね。詰めが甘いよ。

放置された血痕に言霊術で浄化魔法を施し、僕は『全く……』と呆《あき》れ返る。

でも、ただの捨て駒に高望みし過ぎかと思い、考えを改めた。

シャーロット嬢の無力化という役目を果たしてくれただけで、充分だ。

むしろ、お釣りが出るくらいだよ。

彼女に警戒されている僕では、ああも簡単に倒せなかっただろうから。

最悪、返り討ちに遭っていたね。

『ただの平民だからと軽んじず、良好な関係を築いておいて良かった』と、心底思う。

過去の自分の判断を称《たた》えた僕は安堵しながら、足元に視線を落とした。

そこには――先程、不意討ちで気絶させたレオナルド皇太子の姿があり、縄で手足を拘束されている。おまけに口にも。

ピクリともせず床に転がる彼は、規則正しい寝息を立てていた。

こちらは今回の黒幕に仕立て上げる予定なので、敢《あ》えて無傷にしている。

出来れば、シャーロット嬢にも怪我《けが》を負わせたくなかったんだけど……実力差がありすぎて、無理だった。

目覚めた時のことも考えて、物理的な弱体化をしておきたい。

『計画遂行まで目覚めないのが一番いいけど』と思いつつ、僕はポケットから笛を取り出した。

空き教室の唯一の家具とも言える掛け時計を横目で捉《とら》え、僕は窓を開ける。

そして、笛に口を当てると、思い切り吹いた。フリューゲル学園全体に響き渡るよう、大きく長く。

きっと、何も知らない人々には鳥の鳴き声に聞こえるだろう。

でも、この音の意味を知っている者達《たち》は――開戦の合図と受け取る。

ドラコニア帝国の歴史を塗り替える時が来たのだと。

「あの方が望む時代を作り上げるためにせいぜい、尽力してくれ」

誰に言うでもなくそう呟くと――結界属性の最上級魔法が展開された。

部下一人の命を犠牲にして。

やっぱり、禁術は凄《すご》いね。

初級魔法しか使えない雑魚《ざこ》でも、最上級魔法を使えるようになるんだから。

学園全体を覆うように広がる結界を前に、僕は薄く笑う。

シャーロット嬢の行使したものと違い、これは人の出入りすら制限する。

完全に内側と外側の空間を隔てるものなのだ。

つまり――――今、学園内に居る生徒や保護者を監禁出来るということ。

それこそが、結界を展開した理由だった。

今にも学園を包囲しそうな光の壁を眺め、僕はスッと目を細める。

「滑り出しは上々だね。さあ、お次は――――攪乱《かくらん》だ」

学園のあちこちに突如出現した獣を見下ろし、僕は『順調順調』と呟いた。

奴《やつ》らの大量転移を行うために禁術で命を落とした捨て駒《部下》のことなんて、気にせずに。

だって、大義を為《な》すために犠牲は付き物だから。

とはいえ――――神秘の森から魔物を連れてくるのは、さすがに骨が折れたけど。

相手は魔法攻撃も兼ね備えた、凶暴な獣だからね。

きっと大量転移を行った者だけじゃなく、護衛として同行させた者達も死んでいるだろう。

『かなり腕の立つ者達ばかりだったのに勿体《もったい》ない』と思いつつも、この決断に後悔はなかった。

何故なら、皇太子に罪を擦《なす》り付ける上で魔物は強力なカードになるから。

皇室が頻繁に神秘の森を訪れているのは、周知の事実……目的はあくまで炎霊草の採取となっているけど、その実態は明らかになっていない。

つまり、『実は魔物の調教を行っていました』とデマを流しても、信じられる可能性の方が高かった。

少なくとも、『無関係』と思われることはないだろう。

足元に転がる皇太子を一瞥し、僕は眼下に広がる地獄絵図を観察した。

黒い毛並みと赤い目が特徴の獣と、訳も分からず逃げ惑う人々……。

数分前までの楽しい雰囲気からは、考えられない光景だ。

辺りを凍らせ、炎を吐き、地面を割る怪物なんて、恐怖そのものだろうね。

しかも、大半の人間は魔物を見たことないなら、正体が分からない。

完全に未知の生物と思っているだろうから、様々な不安を抱えている筈。

とりあえず、逃げるなら今のうち……と言いたいところだけど、もう包囲は完成したようだ。

学園を取り囲む形で展開された光の壁を見つめ、僕は逃げ遅れた者達に同情した。

彼らが辿《たど》る悲惨な末路を想像しながら、チラリと掛け時計に視線を向ける。

「さて――――そろそろかな」

計画の詳細を脳裏に思い浮かべる僕は、魔物の対処に追われる皇国騎士団を眺める。

そして、昼の十二時を告げる鐘が鳴った瞬間、こちら側の人間が一斉に動き出した。

来場者に扮《ふん》して学園を訪れていた者はもちろん――――何年も前から、皇国騎士団に潜入していた者まで。

あの方の野望を叶《かな》えるために、惜しみなく戦力を投入した。

その結果、団員同士で斬り合いになったり、疑心暗鬼になったりして統率が乱れている。

頼みの綱だった皇国騎士団の暴走に、人々は泣き叫んだ。

もう誰を信じればいいのか分からないようで、現場は混沌《こんとん》を極めている。

でも、そのおかげで――――本来の目的である、他国の権力者の拉致がやりやすくなった。

次々と捕獲されていくターゲット達を前に、僕はゆるりと口角を上げる。

皇国騎士団に潜り込ませた戦力を活用して、正解だった。

本当はあの方の最終目標を達成する際に、使いたかったんだけど……皇国騎士団を警備として配置する以上、野放しには出来ないからね。

シャーロット嬢と同様、無力化しなければならなかった。

計画通りに事が運び、内心ホッとしている僕は阿鼻叫喚《あびきょうかん》の嵐となった屋外を見回した。

建物内に逃げ込んでいく者が大半を占める中、勇敢にも立ち向かっていく者達が居る。

その中には、ソレーユ王国の王子達の姿もあった。

一応、彼らも拉致のターゲットに入っているんだけどね……。

などと思いながら、僕は呆れ半分に苦笑を零す。

魔法で魔物を撃破していく第一王子《賢者》と素手で僕の部下を薙《な》ぎ倒していく第二王子《最強の武人》、それから剣で退路を切り開く第三王子《ソードマスター》……まさに無双状態である。

きっと、彼らに狙われている自覚なんてないだろう。

『あの三人の確保は無理だな』と確信し、僕は小さく肩を竦めた。

「まあ、これくらい想定の範囲内だけど」

『結界内に居てくれるだけで充分だ』と考え、僕はそっと窓を閉める。

――と、ここで空き教室の扉を派手に蹴破られた。

カダンッと大きな音を立てて床に転がる二枚の板を一瞥し、僕は視線を上げた。

嗚呼《ああ》、やはりそうか……来るとしたら、君だと思っていたよ。

窓ガラスに反射して見える金髪の美男子を前に、僕はクスリと笑みを漏らす。

ある意味因縁の相手とも言える彼の登場に興奮しながら、後ろを振り向いた。

「――やってくれたね、本当に……」

そう言って、汗に濡《ぬ》れた前髪を掻《か》き上げるのは――ナイジェル・ルーメン・カーター伯爵だった。

僅かに眉を顰《ひそ》める彼は表情こそ笑顔だが、苛立《いらだ》ちを隠し切れていない。

林間合宿に続き、文化祭までもが騒動に見舞われ、責任を感じているのだろう。

だって、彼はこのような事態を防がなければならない人物だから。

「君のせいで、随分と苦労したけどね――皇帝直属の部隊『リュミエール』の隊長」

あの方の力も借りてようやく割り出したカーター伯爵の正体を口にし、僕はニッコリと微笑《ほほえ》んだ。

ピクッと僅かに反応を示す彼の前で、僕は言葉を続ける――相手の動揺と不安を煽《あお》るために。

「『リュミエール』は、主に諜報《ちょうほう》活動を行っている部隊なんだろう？　そして、今回フリューゲル学園内部の事情を調べるため、君が派遣されてきた。しかも、普通に一般応募を勝ち抜いてね」

皇帝から推薦を貰《もら》う訳でも、学園関係者に便宜を図ってもらう訳でもなく、普通に就職したカーター伯爵に僕は少しばかり感心する。

皇室との関係を悟られないためとはいえ、ここまで徹底した仕事ぶりは見たことがない。

出来ることなら、ウチの部下に欲しいくらいだ。

もちろん、裏切らない確証を得られればの話だが……。

「剣気《オーラ》持ちで剣の腕も立つ君が、どうして教師をしているのかずっと疑問だったけど、正体を聞いて納得したよ。僕の邪魔ばかりしてきた理由にも、ね。まあ――全部遅すぎたけど」

僕は気絶している皇太子の髪を摑み、少し持ち上げた。

ブチブチと髪がちぎれていく感覚を覚えながら、口を開く。

「君はもっと早く、僕をマークしておくべきだった」

結果論に過ぎない言い分を突きつけ、僕は摑んだ髪を離した。

その途端、皇太子は床にガンッと頭を打ち付ける。

大した高さではなかったから、出血こそしなかったものの、額にうっすら痣《あざ》が出来ていた。

普通なら飛び起きるほどの衝撃だが、かなり強い睡眠薬を使ったのでまだ意識は取り戻していない。

『うん、ぐっすり眠っているね』と確認が取れたところで、カーター伯爵は青筋を浮かべた。

「我が主君のご子息に手を上げるとは、愚かな……余程、死にたいらしいね」

先程まで何とか保っていた笑顔を崩し、カーター伯爵は殺気立つ。

それに呼応するかのように剣気《オーラ》が漏れ、禍々《まがまが》しい空気を放った。

凍《い》てつくような無表情でこちらを見据え、剣の柄《つか》に手を掛ける彼は赤い瞳に憤怒の炎を宿す。

「念のため、聞いておこうか。大人しく、投降する気はあるかい？」

今にも焼き切れそうな理性を行使し、カーター伯爵は最初で最後の警告を口にした。

まあ、全く投降して欲しそうな雰囲気ではないが……。

林間合宿での騒動の分も含め、僕を叩《たた》きのめさないと気が済まないのだろう。

前回も今回も人の生死に関わる事件だから……。

でも、命が懸かっているのはこちらも同じこと……使えない駒として、あの方に処分されるのは絶対御免だ。

僕は生き残る。どんな悪事に手を染めてでも。

血塗《ちまみ》れになった自身の手を一瞥し、僕は真《ま》っ直《す》ぐに前を見据えた。

生存本能に突き動かされるまま皇太子の《盾》襟首を掴み、ニッコリと微笑む。

「投降はしないよ。どこからでも掛かっておいで。大事な大事な主君の息子を傷つけてもいいなら、の話だけど」

今回の黒幕として利用するから、皇太子を殺すことは出来ないけど、多少の怪我なら問題ない。

もちろん、怪我させないに越したことはないけど……でも、いざとなったら治せばいいし。

まあ、皇帝に仕えるカーター伯爵にとっては大問題だろうけど。

他人を傷つけることに躊躇《ためら》いがない僕は、最低最悪な手段を取る。

でも、特に罪悪感や後悔はなかった。そんなもの――とうの昔に捨てたから。

『他者を気遣えるほど、余裕のある人生を送っていない』と嘆きながら、臨戦態勢に入った。

ピリピリとした空気がこの場を支配する中、カーター伯爵が剣の柄から手を離す。

『早くも戦意喪失か？』と思われた次の瞬間――彼は床を勢いよく踏みつけた。

その衝撃で教室が揺れ、危うく体勢を崩しそうになる。

「おっとっと……かなり大胆なことをするね。君の大事な大事な主君の息子に何かあったら、どうするの？」

「何もないさ。この教室に家具らしい家具はないし、床が抜けるほどの衝撃を与えた訳じゃないからね」

『家具の転倒や床の破壊による落下はない』と言い切り、剣を抜く。

こちらの脅しを本気と捉えていないのか、それとも守り切る自信があるのか……カーター伯爵は堂々と剣を構えた。

戦う前から戦意喪失なんて、とんでもない誤解だったね。

だって、カーター伯爵はとても傲慢で強欲な男だから――皇太子のためにその他大勢を見殺しにすることも、その他大勢のために皇太子を諦めることもない。

必ず両方を選び、騒動の関係者である僕や部下を捕まえる筈だ。

「……本当に気に食わない男だよ」

皇太子の襟首を掴む手に力を入れ、僕は苦々しく吐き捨てた。

自分とは全く違う生き方や在り方に憤りを感じながらも、強い憧れを抱く。

『自分もこんな風に生きたかった』と心底思う中、僕達の戦いは本格的に始まった。

◇◆◇◆

《レジーナ side》

――――同時刻、帝都の高級レストランにて。

貸し切り状態となった煌《きら》びやかな店内で、私は顔見知り程度の相手と顔を突き合わせていた。

まあ、こちらの本意ではないが……。

グレイソンの活躍を見るためにドラコニア帝国へ訪れたというのに、思わぬ足止めを食らってしまったわね。

出来ることなら、今すぐここを立ち去りたいところだけど――――ドラコニア帝国の財政を取り仕切るパーソンズ公爵家の当主が相手じゃ、無下《むげ》にも出来ない。

赤髪碧眼《へきがん》の御仁を前に、私は『はてさて、どうしたものか』と頭を悩ませる。

そして、テーブルの上に並べられた彩り豊かな料理をぼんやり眺めていると、パーソンズ公爵が文化祭の騒動を説明してくれた。

実に滑稽でくだらない話だが、窓から見える結界《光の壁》を見る限り、全て嘘という訳ではなさそうだ。

もちろん、彼の言っていることが全て真実だとは思えないが……。

それにしても、話が長いわね。

そろそろ、結論……というか、私達に対する要求を明かしてほしいのだけれど？――――夫であるヴァイナーが今にも剣を抜きそうだから。

『あと何分持《も》ち堪《こた》えられるかしら？』と他人事《ひとごと》のように考えつつ、私は隣の席へ視線を向ける。

そこには、苛立たしげに体を揺らす黒髪の美丈夫が居《お》り、次男とよく似た仏頂面を晒《さら》していた。

王族の象徴であるラピスラズリの瞳に不満を滲《にじ》ませる彼は剣の柄に手を掛け、チラチラとこちらの顔色を伺う。

一応、妻である私の判断を仰ぐ程度の理性は残っているらしい。

全く……貴方《あなた》って人は、私の前だけ大人しいんだから。

いつもなら問答無用で席を立つか、相手の舌を切り落とすかしているのに。

退屈を嫌いながらも私のために耐えようとするソレーユ王国の国王――――ヴァイナー・ケーニヒ・ソレーユに、少しばかり心を動かされる。

まあ、だからと言って暴走を許可する気は全くないが……。

『帝都で騒ぎを起こせば、面倒なことになる』と判断し、私は小さく首を横に振った。

懐から取り出した扇でパーソンズ公爵から口元を隠し、『我慢なさい』と口の動きのみで伝える。

――――と、ここでパーソンズ公爵が勢いよく席を立った。

「――――と、このように皇室はご子息達を人質に捕らえています！」

『これは由々《ゆゆ》しき事態です！』と力説し、パーソンズ公爵はテーブルに両手をつく。

皇室の悪事に腹を立て、正義に燃える熱い男だと演出するために。

大方我々の情に訴えかけ、交渉を有利に進める腹積もりなのだろう。

残念ながら、私の目には悪事を企てる詐欺師にしか見えないが……。

はぁ……この交渉にはそもそも、無理があるのよね。

だって――ウチのバカ息子達が大人しく人質に捕らえられるとは、考えにくいもの。

むしろ、返り討ちにしている可能性の方が高いわ。

ヴァイナーを横目に捉《とら》える私は、『誰の子供だと思っているのよ』と呆れる。

化け物じみた強さを持つ三人の息子を脳裏に思い浮かべる中、パーソンズ公爵は僅かに身を乗り出した。

「恐らく、皇室はソレーユ王国をはじめとする他国の権力者の安全を盾に、脅迫するつもりです！　実に下劣な行為だ！　許し難い！」

相も変わらず熱弁を振るうパーソンズ公爵は、一度テーブルから離れる。

そして、ヴァイナーの足元までやって来ると、即座に跪《ひざまず》いた。

「私――クロード・デリット・パーソンズは、もうこのような暴挙を看過出来ません。暴力に訴えてでも、皇室を止めてみせます。なので、どうかお力をお貸しください」

ようやく要求を口にしたかと思えば、パーソンズ公爵は恭しく頭《こうべ》を垂れる。

傍《はた》から見ると、国のために……民のために尽くす善人に見えるだろう。

だが、その実態は吐き気を覚えるほど醜悪で低劣だった。

なるほど。公爵の狙いは――――国の乗っ取りね。

でも、ただ反乱を起こすだけでは逆賊と同じだから、大義名分が必要だった……というところかしら？

『反乱もやむなし』と判断され、王として認められなければ破滅するしかないものね。

最悪なのは他国との外交を打ち切られ、戦争に発展すること。

特にソレーユ王国《ウチ》のように血の気が多い国を敵に回すと、厄介でしょうね。

皇帝派の貴族達との内乱だって、あるでしょうし。

『今のうちに周辺諸国を味方につけておきたいという訳か』と分析しつつ、私は微《かす》かに口角を上げた。

だって、ソレーユ王国を懐柔するための餌が息子達の安全なんて……どう考えても、安すぎる。

我々を本気で抱き込みたいなら、属国の一つでも献上するべきだ。

「パーソンズ公爵、申し訳ございません。せっかくの申し出ですが、今回はお断り致します」

パーソンズ公爵からの協力要請を一刀両断し、私はパタンッと扇を閉じる。

『お話はここまで』と示すように。

「ま、待ってください！　ご子息達のことが、心配じゃないんですか!?　今頃、酷《ひど》い扱いを受けているかもしれませんよ!?」

思わずといった様子で顔を上げ、食い下がってくるパーソンズ公爵はとにかく必死だった。

懇願にも似た声色で皇室の非情さを訴え、『ご子息達のために今こそ決断を！』と迫る。

――が、しかし……私の心には全く響かなかった。

「我が息子達の身を案じて頂き、ありがとうございます。でも、あの子達ならきっと大丈夫です。自分達の力で、何とかするでしょう」

毛ほども心配していない私に対し、パーソンズ公爵は『なっ……!?』と言葉を失う。

大抵の母親なら、息子達の窮地に取り乱して協力要請を受け入れてくれると踏んでいたのだろう。

ごめんなさいね、薄情な母親で。

「ゔぁ、ヴァイナー国王陛下はどう思いますか!?」

王妃《私》の説得は無理だと判断したのか、今度は国王《ヴァイナー》に標的を変える。

そんなことをしても、無駄なのに。

何故なら、ヴァイナーは――

「レジーナと同意見だ。息子達がどうなろうと、構わん」

――究極の放任主義者だから。

別に息子達を愛していない訳ではないが、もう善悪の区別がつく年頃なので守る必要はないと考えている。

親として、子供の自立を願っているからこその措置だった。

他人からすれば冷たいように見えるけど、ソレーユ王国の王族として生き抜くには必要なことだった。

所謂《いわゆる》、愛の鞭《むち》ね。

いつまでも、私達の庇護《ひご》下に置いておける訳じゃないから……。

私達が居なくなっても、大丈夫なように厳しい世の中の渡り方を教えてあげないと。

たとえ、その過程で挫折しようとも……甘やかす気など一切ないわ。

『救いの手を差し伸べることだけが愛じゃない』と考える私達夫婦を前に、パーソンズ公爵は驚愕《きょうがく》する。

「なっ……!? ご子息達の命すら、危うい状況なのですよ!? それなのに、ただ自己解決を待つだけなんて……！」

『いくらなんでも冷酷すぎる！』と非難するパーソンズ公爵に対し、ヴァイナーはこう答えた。

「仮に死んだとしても、自己責任だ。どんな困難にも打ち勝てるよう、努力しなかった自分が悪い。よって、貴殿の交渉には応じない」

「まあ、本当に死んだら皇室に対して損害賠償請求を行うことになりますけどね」

全く息子達の心配をしていないからこそ、私も強気に出る。

『何を言われようと、交渉に応じる気はない』と主張するために。

私達の確固たる意志を垣間見《かいまみ》たパーソンズ公爵は、項垂《うなだ》れるようにして俯《うつむ》く。

性懲りもなく悪足掻《わるあが》きを続けてきた彼も、『さすがに無理だ』と観念したらしい。

はぁ……ここまで長かったわね。

『ようやく終わりが見えてきた』と安堵しながら、私はバサリと扇を広げた。

刹那《せつな》――――パーソンズ公爵が悔しそうに顔を歪《ゆが》めた……ような気がする。

なにぶん一瞬の出来事だったので、確信は持てなかった。

逆恨みでもされていたら、厄介ね。この男、粘着質で面倒臭そうだから。

帝国の方々には、是非とも頑張ってもらわなければ……この男を排除するために。

ソレーユ王国に被害が及ぶ前に片を付けてくれると、助かるわ。

『頼むわね』と光の壁で囲まれたフリューゲル学園に念じ、私はそっと扇を閉じた。

◇◆◇◆

《グレイソン side》

――――突如現れた謎の怪物や刺客に襲われてから、二十分ほど経過した頃。

俺は風紀委員長であるディーナ・ホリー・ヘイズの召集命令により、風紀委員会室を訪れた。

そこには風紀委員の他に保護された生徒や保護者の姿があり、全員怯《おび》えている。

一体、いつまで学園に閉じ込められるのか……助けは来るのか……生きてここを出られるのか。

皆、様々な疑問と不安を抱きながら恐怖に震えていた。

何とか安心させてやりたいが……皇国騎士団すら頼りにならない状況で、子供の俺達に何を言われても気休めにしかならないよな。

下手に刺激して、集団パニックを引き起こされても困るし……。

何より、俺はこういったことに向いていない。

自分の苦手分野をよく理解している俺は、『余計なことはしないでおこう』という結論に達する。

『ここにレオナルド皇太子殿下が居ればな……』と思いつつ、窓の外に目を向けた。

そして、今もまだ戦い続けている兄達の様子を眺めていると、不意に委員長に声を掛けられる。

「なあ、シャーロット嬢の居場所を知らないか？」

「えっ……？　まだ合流してないんですか？」

委員長の問い掛けに目を見開き、俺は思わず聞き返した。

動揺を隠し切れない俺の前で、委員長は困ったような表情を浮かべる。

「ああ。それどころか、目撃情報もなくてな……だから、シャーロット嬢と仲のいいグレイソン殿下なら何か知っていると思ったんだが……」

「すみません。文化祭では、ずっと別行動だったので……シャーロット嬢の居場所はおろか、スケジュールすら把握していません」

「そうか……」

沈んだ声で返事する委員長は、これでもかというほど肩を落とす。

風紀委員会……いや、フリューゲル学園にとってシャーロット嬢は大きな戦力なので早めに合流したいのだろう。

それにしても、妙だな……あのお人好《ひとよ》しで、自己犠牲も厭《いと》わないシャーロット嬢が何のアクションも起こさないなんて。

彼女なら、真っ先に人命救助を始める筈なんだが……。

どこかで道に迷っているのか？　いや、それだと目撃情報が一切ない理由を説明出来ない。

フリューゲル学園の敷地は確かに広いが、文化祭の影響で人も多く来ているからな。誰かしらの目には、留まる筈だ。

シャーロット嬢の性格や周囲の状況を思い浮かべ、俺は苦悩する。

一体、何故シャーロット嬢は人命救助どころか、委員長の召集命令に応じないのだろう？

まさか――人を助けられる状態じゃないのか？

『シャーロット嬢の身に何かあったのかもしれない』という可能性に気づき、俺は戦慄した。

言い様のない嫌悪感や不安感が全身を駆け巡り、居ても立ってもいられなくなる。

『今すぐ、シャーロット嬢の無事を確認しなければ』と思い立ち、俺は持ち場へ戻ろうとする委員長を引き止めた。

「シャーロット嬢の捜索許可をください。お願いします」

一応、風紀委員会に所属している立場ということもあり、俺はお伺いを立てる。

無論、『ダメだ』と言われても行くつもりだが。

でも、最低限の筋は通しておきたかった。

「非常事態であることも、人手が足りないことも理解しています。でも、大切な人を放っておけません」

『お願いします』と再度口にして、俺は頭を下げる。

恥も外聞もかなぐり捨て懇願する俺に、委員長は目を剝《む》いた。

そして、俺の旋毛《つむじ》をまじまじと見つめると、ハッとしたように咳払《せきばら》いする。

「か、顔を上げてくれ。私もちょうど、シャーロット嬢を捜索しようか迷っていたところだ」

「!!」

思わぬ好感触に驚きながら、俺は勢いよく顔を上げた。

すると、委員長がこちらに手を差し出す。

「という訳で、グレイソン殿下にシャーロット嬢の捜索を命じる。頼んだぞ」

「はい」

間髪を容《い》れずに頷《うなず》いた俺は、委員長と握手を交わした。

『必ずシャーロット嬢を連れて帰る』と示すように、目いっぱい力を込めて。

まあ、骨を折らないようちゃんと手加減はしたが……。

『こんな時に怪我させたら大戦犯だ』と思いつつ、俺はそっと手を離す。

と同時に、風紀委員会室を飛び出した。

欲を言うと、窓から飛び降りたかったが……敵の注意を引いてしまう可能性があるから、断念した。

ここにたくさんの人間が避難していると知れば、集中的に攻撃を仕掛けてくるかもしれないからな。

シャーロット嬢のことで頭がいっぱいになりながらも、俺は他者の安全を考える。

シャーロット嬢を捜索する過程で死傷者が出れば、彼女はきっと悲しむだろうから。

『そんな姿は見たくない』と思い、正面玄関へ繋《つな》がる最短ルートを辿った。

一応目視出来る範囲の戸締りも確認し、頃合いを見計らって外へ出る。

どこを探す？　この広さだから、闇雲に捜してもきっと見つからないぞ。

『知恵を絞れ、思考を止めるな』と自分に言い聞かせ、俺は今ある情報を思い浮かべた。

――と、ここであることに気づく。

シャーロット嬢の目撃情報がないということは、人目につかない場所に居るんじゃないか？

『もし、そうなら大分場所を絞れるぞ』と、俺は文化祭のパンフレットに載っていた地図を思い出す。

通常時とイベント時では混む場所も違うだろう、と思ったから。

そして、いくつか目星をつけると、俺は一目散に駆け出した。

障害となる謎の怪物や刺客を適当に蹴散らし、人気のない方へどんどん進んでいく。

――と、ここで見知った顔を発見した。

あれは――エミリア嬢か？

思わず足を止めた俺は、謎の怪物と対峙《たいじ》しているクラスメイトを見つめる。

十数人もの生徒や保護者を背に庇《かば》い、結界魔法を展開する彼女は下手に身動きが取れない状況だった。

おまけに場所も悪く……前には謎の怪物、後ろには壁という状態。

これでは、正面突破しか選択肢がない。

俺なら、あの程度の壁は余裕で乗り越えられるが……武術の心得もない初心者達には、難しいだろう。

壁を破壊する手もあるものの、謎の怪物を牽制《けんせい》しながらやるのは骨が折れる。

『下手すれば、瓦礫《がれき》で生き埋め状態になるな』と思案しつつ、俺は剣を抜いた。

『シャーロット嬢を助けなければ』と逸《はや》る気持ちをどうにか抑え、剣気《オーラ》を解放する。

さすがに消耗戦へ突入しつつある彼らを、見殺しにする訳にはいかなかった。

『謎の怪物の注意をこちらに引き付けて、彼らを逃がすか』と考え、俺は剣を振り上げる。

剣気《オーラ》で威力を調整し、謎の怪物に狙いを定めると、俺は地面に剣を叩きつけた。

その瞬間、地面は大きく揺れ、ひび割れる。

剣先から続くその亀裂はやがて、謎の怪物の足元に達した。

かと思えば、奴の左足が縦に裂ける。

「ぐ、グレイソン殿下……!?」

こちらの存在にようやく気がついたエミリア嬢が、大きく目を見開いた。

『何故、ここに!?』と動揺する彼女を前に、俺は剣を握り直す。

「こいつは、俺の方で何とかする。だから、走れ。風紀委員会室に行けば、保護してもらえる筈だ」

言外に囮《おとり》を買って出た俺は、言霊術で水の矢を顕現し、謎の怪物に放つ。

『お前の相手は俺だ』と示すように。

その挑発行為が功を奏したのか、謎の怪物はこちらへ突進してきた。

元居た場所からどんどん離れていく奴を前に、エミリア嬢は生徒や保護者をいち早く避難させる。

そして、殿《しんがり》として最後尾を走る中、彼女は意を決したようにこちらを振り返った。

「グレイソン殿下！　危ないところを助けていただき、ありがとうございます！　でも、お一人で行動するなら充分お気をつけください！　敵は今暴れている謎の怪物《動物》や刺客だけとは、限りません！」

謎の怪物の様子を窺《うかが》いながら、エミリア嬢は警告を促す。

「あくまで噂《うわさ》程度の話ですが、今回の騒動の黒幕はレオナルド皇太子殿下じゃないかと言われています！　また、学園内部に協力者が居るのは確実です！　なので、知り合いでもどうか気を抜かずに！」

凛《りん》とした面持ちでこちらを見据え、エミリア嬢は早口で捲《まく》し立てた。

『教師でも信用してはなりません！』と告げる彼女に、俺は首を縦に振る。

「分かった。情報提供、感謝する」

僅かに声を張り上げて返事すると、俺は謎の怪物を引き連れてこの場から離れる。

『ご武運を！』と叫ぶエミリア嬢の声を聞き流し、訓練場へ急いだ。

ある程度、時間を稼いでから適当な場所で撒《ま》くか。

シャーロット嬢が居るかもしれない場所へ、こいつを誘導する訳にはいかないし。

一応、討伐するという選択肢もあるが……そこまで時間や労力を割《さ》けない。

兄上達ですら、一体倒すのに随分と手間取っていたからな。

共闘していた時の記憶を引っ張り出し、俺は狼《おおかみ》の姿をしている謎の怪物に目を向ける。

と同時に、氷の塊を発射された。

『また魔法攻撃か』と思いつつ、俺は剣気《オーラ》を纏《まと》った剣で真っ二つにする。

シャーロット嬢の魔法に比べればなんてことないが、威力は普通の魔導師より高く感じた。

こんなのが学園内にまだ沢山居るのかと思うと、気が気じゃない。

シャーロット嬢は大丈夫だろうか？

単純な能力値だけなら謎の怪物よりずっと強いが、経験の面ではやはり劣る……。

敵の術中に嵌《はま》っていないといいが……。

人知れず不安を募らせる俺は、周囲に人の気配がないのを確認してから加速する。

剣気《オーラ》で脚力を強化したおかげか、あっさり謎の怪物を撒くことが出来た。

その足で訓練場に向かい、俺は辺りを確認する。

……ここには、居なそうだな。

人の気配を感じないどころか、誰かが来たような痕跡も残っていない。

念のため武器庫の中も確認したが、誰も居なかった。

「となると、乗馬場か？」

訓練場の中央で腕を組む俺は、予《あらかじ》め目星をつけておいた次の候補地へ足を向ける。

『とにかく、虱潰《しらみつぶ》しに行くしかないな』と判断し、再び剣気《オーラ》で脚力を強化した。

風を切るようにして前へ進み、俺はあっという間に乗馬場へ辿り着く。

でも、スピードを出し過ぎたせいか、制止した際にブワッと砂埃《すなぼこり》が舞い上がってしまった。

……やってしまった。これでは、足跡などの痕跡を確認することが出来ない。

気を急《せ》くあまりの凡ミスに、俺は『徐々に減速して止まるべきだった』と反省する。

とはいえ、やってしまったものはどうしようもないので、直ぐに気持ちを切り替えた。

そして注意深く辺りを見回していると、不意に普段使われていない物置小屋が目に入る。

その瞬間、自分でも何故だかよく分からないが、嫌な予感を覚えた。

『もしかしたら……』という思いでそちらへ足を運び、あちこち確認する。

「……開けられたような痕跡があるな」

スライド式の扉を前に、俺は土も埃も溜《た》まっていない綺麗《きれい》な敷居《レール》に違和感を抱いた。

『恐らく、開閉してから一時間も経《た》ってないな』と分析しつつ、扉に手を掛ける。

そして、一思いに開け放った。

「っ……!?」

目に飛び込んできた光景に俺は言葉を失い、愕然《がくぜん》とした。

何故なら、物置小屋の中で――――シャーロット嬢が血を流して、倒れていたから。

しかも、出血箇所は頭……。

「しゃ、シャーロット嬢……」

動揺のあまり上手く声を出せず、まともな呼び掛けも出来ない。

今日ほど、自分を情けないと思ったことはなかった。

『しっかりしろ……！』と自分に言い聞かせながら、俺は片膝をつき、シャーロット嬢に手を伸ばす。

生存確認のため脈を取ろうとしただけなのだが……手が震えてしまい、かなりの時間を要した。

でも、何とか『シャーロット嬢はまだ生きている』という確信を得る。

『良かった……』と心底安堵した俺は、いつもより白い彼女の手をギュッと握り締めた。

と同時に、狂おしいほどの怒りが湧いてくる。

「一体、誰にやられたんだ」

地を這《は》うような低い声でそう呟き、俺は思い切り眉を顰めた。

負傷した場所や状態を見る限り、事故とは思えない……。

物置小屋にわざわざ隠されていたという状況を顧みても、『何者かに襲われた』と考える方が自然だろう。

でも、シャーロット嬢を襲えるやつなんてそうそう居ない。

それこそ、不意討ちでも狙わない限り……。

シャーロット嬢を攻撃した犯人について推理する中、俺はふとエミリア嬢の話を思い出す。

そういえば、『学園内部に共犯者が居るのは確実だ』と言っていたな……。

となると、シャーロット嬢を襲ったのは彼女と親しい人物かもしれない。

クラスメイトや教師を被疑者に加え、俺は頭を悩ませる。

『このままだと、疑心暗鬼になりそうだな』と嘆きつつ、治癒系統の魔法陣を作成した。

『一先ず、シャーロット嬢の怪我を治さなければ』と思い、魔法陣を発動するものの……なかなか上手くいかない。

攻撃魔法ばかり使っていたツケが今、回ってきたのだろう。

負傷したのが腕や足なら、多少手荒でも強い治癒魔法を掛けるんだが……よりによって、頭だからな。

下手な真似は出来ない……。

悪化する可能性を恐れ、及び腰になった俺は知恵を絞る。

どうすれば、安全にシャーロット嬢を助けられるのか、と。

シャーロット嬢を担いで風紀委員会室に行くか？

いや、怪我の状態をきちんと把握出来ている訳でもないから、下手に動かせない……。

じゃあ、一度ここを離れて助けを呼びに行くのはどうだろう？

その間、シャーロット嬢が無事である保証を得られればいいが……現状、何とも言えない。

一人で残していくのは、やはり危険だ。

「っ……！　俺は一体、どうすれば……！」

慎重にならざるを得ない現状に焦りと不安を抱き、俺は苛立つ。

そして無力な自分を呪う中、背後に人の気配を感じた。

「――そんなところで、どうしたんだい？」

そう言って、俺の肩越しに物置小屋を覗《のぞ》き込んできたのは――サイラス先生だった。

不思議そうに首を傾《かし》げた彼は、出血したシャーロット嬢を見るなり硬直する。

『一体、何が……』と動揺する彼を前に、俺は素早く体の向きを変えた。

片膝をついた状態でシャーロット嬢を背に庇い、サイラス先生と対面する。

この狭い空間で長物は不利だが、魔法を使って上手く撃退出来る自信もないため、剣を構えた。

感情が昂《たかぶ》っていたとはいえ、真後ろに立たれるまで気づかなかったなんて……我ながら、情けない。

こういう時こそ、冷静にならなければいけないのに。

未熟な自分を叱咤しながら、俺は敵側の人間かもしれないサイラス先生を警戒する。

「それ以上、近づかないでください。場合によっては、攻撃します」

「えっ？」

突然の警告に戸惑うサイラス先生は、パチパチと瞬《まばた》きを繰り返した。

かと思えば、困ったような表情を浮かべる。

正直敵側の人間には見えないが、万が一のことを考えると油断出来ない。

『もし、演技なら大したものだが……』と思案する中、サイラス先生はそっと両手を挙げた。

「何がどうなっているのかよく分からないけど、君達に危害を加えるつもりはないよ。ただ、シャーロット嬢の怪我を治したいだけ」

『僕は味方だよ』と主張するサイラス先生に対し、俺は一切警戒を緩めない。

産まれたばかりの我が子を守る母猫みたいに、防衛本能を剥き出しにした。

「信用出来ません。お引き取りください」

「それは出来ない。だって、君の力だけじゃ治療出来ないでしょう？」

「っ……！　それは……」

痛いところを衝《つ》かれ、言葉に詰まる俺は強く手を握り締めた。

そんな俺を見て、サイラス先生は僅かに語気を強める。

「ちゃんと治せるなら、僕は退散するよ。で、どうなの？」

真剣味を帯びた瞳でこちらを見つめ、サイラス先生は条件を突きつけてきた。

いつもより硬い表情を浮かべる彼の前で、俺は返答に迷う。

サイラス先生の言う通り、力量不足の俺ではシャーロット嬢を完璧に治せない……。

でも、だからと言って味方だという確証もない人間を無闇に近づけさせる訳には、いかない。

「……頑張って、どうにかします」

「そんな曖昧な返事じゃ、シャーロット嬢を任せられない。大体……」

そこで言葉を切ったサイラス先生は、急に焦ったような表情を浮かべる。

彼の視線の先を辿ると――そこには、先程より明らかに顔色の悪いシャーロット嬢が居た。

「悪いけど、これ以上は待てない。今すぐ治療しないと、後遺症が残る」

「えっ？」

「一命を取り留めるだけなら、もう少し放置してもいいけど――――僕は彼女から、健康な体を取り上げたくない。健やかで居て欲しい」

そう言うが早いか、サイラス先生は物置小屋の中へ足を踏み入れてきた。

覚悟を決めたような顔つきで急接近してくる彼に、俺は剣先を突きつける。

僅かな動作で殺せるよう首元に刃を宛てがい、『近づくな』と警告した。

――――が、本人は全く動揺しない。

「それでいい。僕が怪しい動きをしたら、直ぐに殺すんだ」

淡々とした口調でそう言い、俺の隣に並ぶと、汚れも気にせず腰を下ろした。

かと思えば、懐に手を突っ込み、コルクで蓋のされた試験管を取り出す。

なんだ？　それは……。

「これはポーションと言って、僕の開発している回復薬だ。これを摂取、もしくは患部に振り掛けることでたちまち傷が治る。今回は早く効果を発揮させるために、口内から摂取してもらう」

訝《いぶか》しむ俺の視線に気がついたのか、サイラス先生は手短に試験管の中身を説明してくれた。

『これが噂のポーションか』と観察する俺を他所《よそ》に、彼は革手袋を口で挟む。

と同時に、グイッと後ろへ引っ張り、左手から革手袋を剝ぎ取った。

これでもかというほど真っ白な手を晒す彼は、おもむろに試験管の蓋を開ける。

そして、左手にポーションを数滴垂らすと、少し舐《な》めた。

恐らく、毒味のつもりだろう。

『俺に安全性を証明するためか』と推測する中、サイラス先生はシャーロット嬢の口元にそっと試験管を宛てがう。

でも、そのままだと飲めないので、もう一方の手を使って彼女の唇を薄く開いた。

そこにポーションを少しずつ注ぎ込み、緊張した様子でシャーロット嬢の喉元を見つめる。

ちゃんと飲み込んでくれなければ、意味がないから。

「シャーロット嬢、お願い……飲んで」

懇願に近い声色で呟き、サイラス先生はタラリと冷や汗を流した。

――――と、ここでシャーロット嬢の喉が上下する。

『飲んだ……！』と歓喜の声を上げるサイラス先生は、キラキラと目を輝かせた。

そのまま最後の一滴までシャーロット嬢にポーションを飲ませると、早速変化が表れる。

なんと――――頭の出血が止まったのだ。

『なっ……!?』と驚いて固まる俺を他所に、傷口は見る見るうちに塞がっていく。

そして、五分と経たずに完治した。

サイラス先生が回復薬の研究に明け暮れているのは知っていたが、まさかここまで効果があるとは……。

もし、量産でもされたら世界がひっくり返るな。

医療業界に衝撃を与えるのはもちろん、戦争での人員不足も解消されるかもしれない。

回復役の魔導師を攻撃やサポートに回せるからな。

サイラス・エルド・ラッセルの実力を垣間見た俺は、『素晴らしい研究だ』と絶賛する。

感心や尊敬に近い感情を抱きつつ、俺はそっと剣を下ろした。

と同時に、頭《こうべ》を垂れる。

「シャーロット嬢を治療していただき、ありがとうございました。そして、何の証拠もなくサイラス先生を疑い、無礼な行動に走ったこと、お許しください。本当に申し訳ございませんでした」

シャーロット嬢の無事を確認して、ようやく冷静になった俺は深く反省する。

もちろん、謝った程度で許されるとは思っていないが……。

「このことについては後日、きちんと謝罪致します。ソレーユ王国の第三王子として、出来る限りの償いを……」

「いや、別にいいよ。こんな惨状じゃ、疑心暗鬼になるのも分かるし。君の取った行動は決して、間違っていない」

『シャーロット嬢を守るため、だったんだろう?』と問い、サイラス先生は俺の行いを許容した。

『正常な判断だった』と述べる彼を前に、俺はギュッと剣の柄を握り締める。

どんな理由があったにせよ、サイラス先生に敵意と殺意を向けたのは事実……こうも、あっさり許してもらっていいのか?

『場合によっては本気で殺すつもりだったんだぞ』と、俺は罪悪感に囚《とら》われた。

自分が取った行動の責任を取りたくて、顔を上げる。

「で、ですが……」

「もし、どうしてもと言うならハンカチを貸してくれる？」

「えっ？　は、ハンカチ……ですか？」

食い下がった結果返ってきた要求に、俺は目を白黒させた。

償いとハンカチの因果関係が分からず、困惑していると、サイラス先生がこちらに手を差し出す。

「うん。あっ、もしかして使用済み？」

「いえ、未使用ですが……」

「なら、貸して」

「は、はい」

俺はサイラス先生の押しに負ける形で、ポケットから取り出したハンカチをおずおずと差し出す。

すると、サイラス先生はそのハンカチでシャーロット嬢の血を丁寧に拭き取った。

ハンカチを要求してきた理由はこれか。

血痕の処理にまで頭が回ってなかった俺は、『なるほど』と納得すると同時に己を恥じる。

『もっと気の利く男にならなければ』と思案する中――――シャーロット嬢の睫毛《まつげ》がフルリと震えた。

「ん……」

僅かに身じろぎして、目覚めの兆候を見せるシャーロット嬢はゆっくりと瞼《まぶた》を開ける。

そして、タンザナイトの瞳に俺達の姿を映し出した。

◇◆◇◆

あ、れ……？　ここは……？　何で私、寝て……？

覚醒し切っていない意識の中、私は必死に状況を理解しようとする。

でも、まだ視界もぼんやりしていて自問を繰り返すだけだった。

――と、ここで誰かに肩を揺さぶられる。

「シャー……じょ……シャーロット嬢！」

「僕達のこと、分かる？」

聞き覚えのある二つの声に呼び掛けられ、私は一気に意識を覚醒させた。

先程まで色の識別も出来なかった視界がクリアになり、グレイソン殿下とサイラス先生の姿を捉《とら》える。

と同時に、ここがどこなのか……そして、何故気を失ってしまったのか全て思い出した。

そうだわ！　あの時、私……！

ハッとしたように目を見開く私は慌てて起き上がり、自身の額に手を当てる。

――が、しかし……予想していたような感触はなかった。

「あ、あら……？　怪我が……治っている？」

額に触れた手を見下ろし、私は『出血していた筈じゃ……？』と混乱する。

衝撃のあまり、『あれは夢か幻だったのか？』と疑うものの……床に残った血痕を見て、現実だと確信した。

でも、何故完治しているのか分からず困惑していると、サイラス先生に顔を覗き込まれる。

「うん、顔色は良さそうだね。呼吸も正常だし、意識だってハッキリしている」

満足そうに目を細めるサイラス先生は、手に持った試験管とハンカチを懐に仕舞った。

「目に見える異常はないけど、シャーロット嬢の口から体の調子を教えてくれるかい？　ポーションを使って、一応傷口は塞いだけど、脳のダメージまで完璧に治せているか自信ないから」

あっ、治ったのはポーションのおかげだったのね。

道理で口の中が苦いと思った。

色々謎が解けて納得する私は、頭の傷すら治せるポーションの完成度に瞠目《どうもく》する。

だって、そんなに改良されているとは思ってもみなかったから。

『きっと、一人で頑張ってきたんだろうな』と感心しつつ、サイラス先生に向き合った。

「体調は今のところ、問題ありません。治療していただき、ありがとうございました」

「どういたしまして。とりあえず、無事で良かったよ」

エメラルドの瞳をスッと細めて喜ぶサイラス先生に、私は再度お礼を言う。

もし、彼がここに居合わせなければ……ポーションの改良を進めていなければ、私はまだ眠ったままだったかもしれないから。

『大きな借りが出来てしまったわね』と考える中、ふと辺りを見回す。

「ところで、お二人は何故ここに？」

外の景色を見る限り、まだ文化祭の真っ最中の筈……。

何故、こんな人気《ひとけ》のないところにわざわざ来たのだろう？

たとえ、たまたま通り掛かったとしても、普通は物置小屋の中まで見ないわよね？

『しっかり扉も閉まっていたし……』と気絶する前の記憶を手繰り寄せ、私は思案する。

――――と、ここでグレイソン殿下が僅かに目を見開いた。

「シャーロット嬢は襲撃について、何も知らないのか？」

「えっ？　襲撃？　一体、何のことですか？」

グレイソン殿下の口から飛び出してきた物騒な単語に、私は目を白黒させた。

すると、サイラス先生までもがパチパチと瞬きを繰り返す。

「その様子だと、何も知らないみたいだね」

えっ？　サイラス先生ですら、襲撃のことを知っているの!?

だとしたら、かなりの大事になっているんじゃ……!?

サイラス先生を一つの基準にして物事を考える私は、『結構不味《まず》い状況!?』と危機感を抱いた。

不安のあまり視線を右往左往させる私の前で、グレイソン殿下は外の景色を一瞥する。

「じゃあ、今から説明していく。落ち着いて、聞いて欲しい。実は――――」

真剣な声色で言葉を紡ぐグレイソン殿下は、今フリューゲル学園で何が起きているのか細かく説明してくれた。

なかなか信じられない話に困惑しつつも、私は何とか相槌《あいづち》を打つ。

「な、なるほど……私が気を失っている間に、そんなことが……」

『思ったより状況が悪いな』と顔を顰《しか》め、私は顎に手を当てて考え込んだ。

そして、襲撃の目的や謎の怪物の正体について思考を巡らせていると、グレイソン殿下が僅かに身を乗り出す。

普段何の感情も窺えないラピスラズリの瞳が、珍しく怒りと不満を孕《はら》んでいた。

「なあ、シャーロット嬢。俺からも、一つ聞いていいか？」

「は、はい。何でしょう？」

『急に改まってどうしたんだ？』と疑問に思いつつ、私は話の先を促す。

緊張するあまり少しばかり身構える私を前に、グレイソン殿下は傍目《はため》からでも分かるくらい拳に力を入れた。

「────頭の傷は一体、誰にやられたんだ？」

いつもより低い声でどこか唸《うな》るように質問を投げ掛けてきたグレイソン殿下は、じっと私の頭を……傷のあった場所を見つめる。

『許せない』と言わんばかりの鋭い目つきで。

『きっと、凄く心配してくれたんだろうな』と思いつつ、私は返答を躊躇った。

────が、私を助けるため奔走してくれた彼らに隠し事は出来ないと判断し、口を開く。

「私を攻撃したのは────伯母のヴィクトリアです」

一切顔色を変えることなく攻撃してきた伯母の姿を思い出し、私はそっと目を伏せた。

『あれは偽物なんじゃないか』と否定したくなる弱い自分を叱咤し、辛《つら》い現実と向き合う。

悲しみや虚《むな》しさでいっぱいになる私を前に、グレイソン殿下は動揺を見せた。

「伯母……？」

「はい、私の母の姉に当たる人ですね」

現実逃避の一種なのか、私は『凄く綺麗な人なんですよ』と要らない情報まで述べる。

我ながら意味不明な言動だが、グレイソン殿下は敢えて突っ込まなかった。

ただ、何かを考えるような素振りを見せ、黙り込むだけ。

『反応に困っているのか？』と思い、顔を上げると、優しさの滲んだラピスラズリの瞳と目が合った。

「……それは辛かったな」

たった一言の共感と労《ねぎら》い……気の利いたセリフとは言い難い筈なのに、泣きたくなるほど胸に響く。

それはきっと、グレイソン殿下の気持ちがこれでもかというほど籠《こ》もっているからだろう。

一気に心が温かくなり、笑みを零す私は真っ直ぐに前を見据えた。

「そうですね。でも、近いうちに必ず責任を取ってもらいますのでご安心を。それより、今は事態の収拾に動きましょう」

「分かった。じゃあ、まずは委員長達と合流しよう。きっと、まだ風紀委員会室に居る筈だ」

『そこに避難してきた者達も居る』と告げるグレイソン殿下に一つ頷き、私は立ち上がる。

「サイラス先生も一緒に行きましょう。お一人で行動するのは、危険です」

『放っておいたらあっさり死にそう……』と危機感を抱き、私は手を差し伸べた。

すると、サイラス先生は驚いたように瞬きを繰り返す。

「学園内部に共犯者が居るかもしれない状況で、僕を連れて行っていいの？」

「はい。だって、サイラス先生が共犯者なんて、絶対に有り得ませんから。既に無力化された私を治療したのが、何よりの証拠ですよ」

あと、この自由人に間者は務まらないから。

――――とは言わずに、ニッコリと微笑んだ。

『さあ、行きましょう』と促す私に対し、サイラス先生はコクリと頷く。

と同時に、私の手を摑んで立ち上がった。

傍に居たグレイソン殿下も直ぐさま起立し、物置小屋から出る。

抜刀したまま周囲を見回す彼は、数秒ほどしてから『出てきていいぞ』と指示を出した。

安全確認を終えても警戒心を緩めない彼の姿に、私は危機感を煽られる。

『ここから先はもっと気を引き締めていかなきゃ』と決意しつつ、サイラス先生を連れて外へ出た。

「俺が先導する。シャーロット嬢は最後尾を。サイラス先生は真ん中に居てください」

「「分かった《わかりました》よ」」

直ぐさま了承の意を示す私達に対し、グレイソン殿下は『何かあったら言ってくれ』と伝えてから走り出す。

チラチラと頻繁にこちらを振り返りながら。

恐らく、私達を置いて行ってしまわないか心配なのだろう。

ソードマスターと一般人じゃ、身体能力が違いすぎるものね……。

今回はサイラス先生も一緒だし。

指示通り最後尾を走る私は、『サイラス先生に身体強化魔法を掛けようか』と悩む。

とりあえず本人の意見を聞こうと思い、口を開いた瞬間――――男性の悲鳴が木霊《こだま》した。

えっ？　今の声って、もしかして……。

思わず立ち止まって周囲を見回していると、グレイソン殿下が急に方向を変える。

「こっちだ」

『風紀委員会の一員として見過ごす訳にはいかない』と判断したのか、グレイソン殿下は声の主のもとへ向かった。

緊急性の高い事案なのか、我々のことなど気にせずどんどんスピードを上げていく。

あっという間に点となったグレイソン殿下を前に、私はサイラス先生の隣に並んだ。

「失礼します！」

一応一言断りを入れてから、私はサイラス先生の手を掴む。

「《フライ》！」

間髪を容れずに浮遊魔法を発動した私は、サイラス先生と共に宙を舞った。

『おっとっと……』と体のバランスを崩しそうになる彼を支えながら、私は向かうべき場所に目星をつける。

「《ウインドメンター》！」

言霊術で風魔法を展開し、私は背後から強風を吹かせた。

すると、浮遊魔法のおかげで体重の軽くなった私達は木の葉のように吹き飛ばされていく。

多少手荒な手段だが、グレイソン殿下を一人で行かせるよりはマシだった。

悲鳴を上げた男性の状況にもよるけど、もし謎の怪物とやらに襲われていたら……グレイソン殿下も危ないわ。

賢者の称号を持つジョシュア殿下や最強の武人と名高いアルフォンス殿下ですら、手こずる相手みたいだから。

『直ぐフォローに入れる位置に居ないと』と考えながら、私は空気の流れを操って減速していく。

――――目的地となる場所……いや、人を発見したから。

私は『あぁ……やっぱり、あの人だったか』と苦笑いしつつ、サイラス先生の手を引っ張って着地する。

と同時に、グレイソン殿下が黒い兎《うさぎ》に襲われている男性――――改め、レックス先生を背に庇った。

「あ、貴方は……!?」

「フリューゲル学園一年の生徒で、ソレーユ王国の第三王子だ。こいつを片付けるから、少し下がっていろ」

淡々とした口調で質問に答えるグレイソン殿下に対し、レックス先生は困惑を露《あら》わにした。

『何故、王子が……？』と言わんばかりの表情を浮かべ、目を白黒させる。

――と、ここで黒い兎がダンダンと地面を踏みつける。

その途端、足元に生えている草花が急成長し、彼らを襲った。

まあ、グレイソン殿下の剣技の前ではどうってことないが……。

剣気《オーラ》を纏った剣で草花を細かく切り刻む彼は、レックス先生にもう一度『下がっていろ』と指示する。

『巻き込まれたいのか』と警告する彼を前に、レックス先生は腰を抜かした状態で後退《あとずさ》った。

どうやら、命は惜しいらしい。

それにしても、魔法を操る動物か。

林間合宿で遭遇した、動物の死体と言い……最近、動物を敵に回すことが多いわね。

モフモフ好きとしては、かなり複雑な状況だわ。

『何故、モフモフと戦わねばならないのか』と自問しつつ、私はサイラス先生を連れてレックス先生に近づく。

すると、ようやくあちらも私達の存在に気がついたようで大きく目を見開いた。

動揺のあまり固まる彼を前に、私は言霊術で結界を展開する。

そして、グレイソン殿下以外のメンバーを半透明の壁で覆った。

剣士にとって、結界は邪魔でしかないから。

それにグレイソン殿下なら、自分の身くらい守れるだろうし。

『もし、必要になったら言うでしょう』と結論づける中、黒い兎が細かく切り刻まれた植物を急成長させる。

おかげで、さっきより数が増えてしまった。

まあ、兎も相当無茶をしたらしく、疲れているようだが……。

『微塵《みじん》切り状態の草花を無理やり成長させたらそうなるよね』と納得しつつ、私は手を前に突き出す。

と同時に、言霊術で火炎魔法を発動し、急成長した草花の大半を焼き切った。

無論、グレイソン殿下や他の植物に燃え移らないよう、配慮してある。

こんな時に火傷《やけど》や火事に見舞われたら、大変だから。

「草花の対処はこちらでします。なので、グレイソン殿下は兎の討伐を」

「分かった」

間髪を容れずに頷いたグレイソン殿下は、目にも止まらぬ速さで兎の背後を取った。

ブワッと巻き起こる風を他所に、兎に操られた草花が蠢《うごめ》く。

グレイソン殿下の動きを止めるために。

まあ、そうはさせないけど。

私は細長く変形した炎を鞭のように操り、草花を焼き払った。

あっという間に灰と化す草花を前に、兎はダンダンと地団駄を踏む。

多少無理をして手に入れた手駒の大半が消され、苛立っているのだろう。

再び植物を操れるようになるまで、多少時間が掛かる筈。

出来れば、今のうちに畳み掛けたいところだけど……。

「――――肉弾戦もいけるのね、あの兎《こ》は」

グレイソン殿下の斬撃を軽く躱《かわ》し、蹴りまで入れようとする兎に、私は苦笑を浮かべた。

幸い、兎の足は空を切ったが……まともに食らえば、一溜《ひとたま》りもない威力である。

『下手したら、肋骨《ろっこつ》一本折れていたかも……』と警戒する中、グレイソン殿下は剣を持ち直す。

そして、横に払うような動作で兎に斬り掛かった。

――――が、既のところで回避されてしまう。

ただでさえ的が小さい上、すばしっこいから苦戦しているのね。

未知の生物だから、多少慎重になっているだろうし。

思い切った行動に出られない様子のグレイソン殿下を見つめ、私は思い悩む。

『どうすれば、この事態を好転させられるのか？』と。

長期戦や消耗戦を危惧する私は、『出来るだけ早く決着をつけなければ』と焦った。

風紀委員会室で待っているディーナ様達の姿を思い浮かべながら、新たに急成長した草花を燃やす。

「シャーロット嬢、それは燃やさない方がいいよ。ある一定の温度に達したら、毒ガスを放出する植物だから」

地面にちょこんと座り、足元の植物をいじっているサイラス先生は事もなげに注意を促した。

――――が、もう遅い。

『既に燃やし尽くしちゃったよ！』と心の中で叫ぶ私は、慌てて風魔法を展開する。

ここら一帯の空気の流れを操り、毒ガスを上空へ吹き飛ばした。

祈願術を使って直ぐに対処したおかげか、グレイソン殿下の様子に変化はない。

でも、万が一のことを考えてサイラス先生に毒ガスの成分を聞き出し、グレイソン殿下に解毒用の治癒魔法を施した。

とりあえず、これで大丈夫な筈……。

それにしても、驚いたわね。

あの兎《こ》は毒ガスのことを理解した上で、植物を急成長させたのかしら？

だとしたら、こちらの想定以上に賢いことになるけど。

『ジョシュア殿下やアルフォンス殿下が苦戦するのも納得だわ』と、私は理解を示す。

謎の怪物と言われる所以《ゆえん》を垣間見たような気がして、少しゾッとした。

こんな動物が学園のあちこちに潜んでいるのかと思うと、凄く恐ろしくて……。

戦略的撤退という言葉が脳裏を過《よぎ》る中、グレイソン殿下と兎の戦いは激しさを増していく。

――――と、ここで殿下が兎の左足を斬り落とした。

「「「!!」」」

畳み掛けるなら、今しかないわ……！

バランスを崩して後ろに倒れる兎を前に、私は発動中の炎を操る。

そして、兎の体を素早く縛り上げた。

「グレイソン殿下、トドメを！」

「ああ」

身動きの取れない兎に剣先を向けるグレイソン殿下は、躊躇《ちゅうちょ》なく首を刎《は》ねる。

その瞬間、兎の目は光を失い……赤色から淀《よど》んだような灰色に変わった。

『何これ……？』と驚愕する私を他所に――――今度は兎の体が徐々に消えていく。

比喩表現でも何でもなく、本当に雲散霧消《うんさんむしょう》しているのだ。

まるで、最初から存在してなかったみたいに。

「グレイソン殿下、これは一体……？」

「俺も分からない。ただ、こいつらは死んだら消えるんだ」

『原理など知らない』と述べるグレイソン殿下に、私はただ相槌を打つことしか出来なかった。

何とも言えない不気味さを感じる中、兎の体は完全に消滅してしまう。

残ったのは、拘束用として使用した炎の鞭だけ……。

『本当に謎の生体だな』と思いつつ、私は炎と結界を打ち消す。

「とりあえず、先を急ぎましょう。レックス先生も一緒に来てください。ここに一人で居ては、危険ですから」

『安全な場所に案内します』と申し出る私に対し、レックス先生は目を剝《む》く。

「わ、私もいいのですか……？」

『あれだけ失礼な態度を取ったのに……』と呟くレックス先生は、不安そうな……でも、どこか申し訳なさそうな表情を浮かべた。

どうやら、自分のやったことに負い目や罪悪感を覚えているらしい。

こちらの機嫌を窺うような視線に、私は苦笑を漏らした。

「良いも悪いもありませんわ。緊急事態なんですから、助け合うのが普通でしょう」

『親の仇《かたき》でもない限り、見捨てませんよ』と言い、私は小さく肩を竦める。

すると、レックス先生は驚いたように固まり──────やがて、何かを堪《こら》えるように俯いた。

「……ありがとうございます。そして、今まで本当に申し訳ございませんでした」

素直に己の非を認めるレックス先生は、そろりと顔を上げる。

そして、私の顔を見るなり眩《まぶ》しそうに目を細めた。

「人は成長する生き物だと知っていた筈なのに、貴方の実力を認められなかった……私の落ち度ですね」

『お恥ずかしい』と述べ、そっと眉尻を下げるレックス先生は憑《つ》き物《もの》が落ちたように穏やかだった。

別人を疑うほど変わった彼の前で、グレイソン殿下は剣気《オーラ》を仕舞う。

「よく分からないが、話はまとまったようだな？　じゃあ、出発するぞ。レックスとやらは、俺の真後ろに続け」

「は、はい！」

王族を相手しているからか、レックス先生は緊張した様子で首を縦に振る。

と同時に、立ち上がった。

兎を討伐したことにより恐怖心が薄れたようで、体の動きに異常は見られない。

とてもじゃないが、さっきまで腰が抜けていた人とは思えなかった。

場合によっては、浮遊魔法を使って運ぼうと思っていたけど……必要なさそうね。

『無事復活して良かった』と安堵する中、グレイソン殿下は風紀委員会室を目指して走り出す。

それに続く形で、私達も地面を蹴り上げた。

道中、魔物の対処に追われるビアンカ先生や刺客を倒しまくるアルフォンス殿下と会ったが、お互い会釈だけで干渉しない。

皆、それぞれ目的を持って戦っているからね。

まあ、危機的状況に陥っているとか、避難したいのに出来ないとかだったら助太刀するけど。

などと思いつつ、私は校舎へ繋がる最短ルートを辿り、正面玄関から中に入った。

きちんと警備されているのか、敵に侵入された形跡はなく、あっさり奥へと進める。

そして、ついに────私達は風紀委員会室に到着した。

扉越しに聞こえる人々の話し声を前に、グレイソン殿下は三回ほどノックする。

「グレイソン・リー・ソレーユです。シャーロット嬢並びに避難民二名を連れて、帰還しました」

いつもより大きい声量で喋《しゃべ》るグレイソン殿下は、『扉を開けてください』とお願いした。

――と、ここで勢いよく扉を開け放たれる。

幸い、内開きだったので誰も怪我をすることはなかったが……中から出てきたディーナ様の様子が少しおかしかった。

どこか焦ったような表情を浮かべる彼女は、私の顔をまじまじと見つめた後、後ろを振り返る。

「ほらな！　言っただろう！　シャーロット嬢はそんな人間じゃないって！」

誇らしげに胸を張り、嬉《うれ》しそうに……でも、ちょっとホッとしたように頰を緩めるディーナ様は中の人々に呼び掛けた。

すると、皆おずおずと首を縦に振る。

えっと……これは一体、どういう状況？

訳が分からず首を傾げ、私はチラリとグレイソン殿下に目を向けた。

――が、彼もよく分かっていないようで怪訝《けげん》そうに眉を顰めている。

「委員長、先程の発言の意味を教えてください」

我々四人を代表して質問を投げ掛けるグレイソン殿下に対し、ディーナ様は苦笑いした。

気まずそうに視線を逸《そ》らす中の人々を一瞥し、彼女はこちらに向き直る。

「とりあえず、中に入ってくれ。話はそれからだ」

『防衛の観点で扉を開けたままにするのは不味い』と主張し、ディーナ様は中へ入るよう促してきた。

特に反対する理由もないので大人しく指示に従うと、彼女はパタンと扉を閉める。

しっかり施錠まで行い、こちらを振り返る彼女はコホンッと一回咳払いした。

「四人とも、落ち着いて聞いて欲しいんだが……実はな――――今回の襲撃にシャーロット嬢が関わっているんじゃないか、と少し噂になっていたんだ」

「「「「!?」」」」

ポリポリと頬を掻きながら発言の真意について語るディーナ様に、私達は言葉を失った。

まさか、そんなことになっているなんて夢にも思わなかったから。

「……何故ですか?」

今にも停止しそうな思考を動かし、私は理由を尋ねる。

いきなり襲撃犯との関係性を疑うなんて、明らかにおかしいから。

あまりにも、話が飛躍し過ぎている。

『何者かの悪意を感じるわね』と思案する中、ディーナ様は一つ息を吐いた。

「一番大きな要因はシャーロット嬢が騒動中にも拘《かか》わらず、姿を現さなかったことだな。あとは最上級魔法の結界を操れる実力者が、シャーロット嬢くらいしか思い浮かばなかったこと。それで皆、疑心暗鬼になってしまったんだ」

『でも、わざとじゃないから気を悪くしないでほしい』と言い、ディーナ様はそっと眉尻を下げる。

ここで仲間割れを引き起こす訳にはいかないため、私に怒りを堪えてほしいのだろう。

でも、冤罪《えんざい》を吹っ掛けたような状況なのでこちらからはあまり強く言えない……と、いったところか。

まあ、心配せずとも全く怒っていないが――噂に踊らされた被害者には。

なるほどね……殺さずに敢えて生かしたのは、私を実行犯に仕立て上げるためか。

そうなると――伯母も今回の件に関わってそうね。

だって、タイミングが良すぎるもの。

そう考えれば、わざわざ学園内で私を襲った理由にも説明がつくし。

『身内に共犯者が居るのか……』と辟易《へきえき》する私は、内心溜め息を零す。

でも、落ち込んでいる時間はないため、直ぐに気持ちを切り替えた。

「お話は分かりました。このような状況ですから、疑心暗鬼になるのも仕方ありません。ただ、これだけは言わせてください」

そこで一度言葉を切ると、私は避難してきた一般人に向き直る。

「駆けつけるのが遅くなってしまいましたが、私はこの事態を収拾するために全力を尽くします。ですから、どうか――皆さんを守らせてください」

そう言って、私は深々と頭を下げた。

『信じて欲しい』と懇願する訳でも、『疑うなんて最低だ』と非難する訳でもない私の様子に、周囲の人々は衝撃を受ける。

張り詰めていた緊張の糸が切れたように涙を流し、彼らは『ごめんなさい』と口々に謝った。

僅かながら不安が解消されたのか、この場の空気が軽くなる。

「シャーロット嬢、ありがとう」

――彼らを許してくれて。

とは言わずに、ディーナ様は柔らかく微笑んだ。

号泣する一般人を穏やかな目で眺め、僅かに肩の力を抜く。

そして、琥珀《こはくいろ》色の瞳に安堵を滲ませると、場の空気を変えるようにパンパンと手を叩いた。

「じゃあ、早速で悪いんだが――シャーロット嬢、敵を一掃出来るような魔法はないか？」

『いかんせん、敵の数が多くて対処し切れない状況なんだ』と語り、ディーナ様は意見を募る。

チラリと窓の外に視線を向ける彼女の前で、私は顎に手を当てて考え込んだ。

「……範囲魔法を使えば可能ですが、敵と味方の区別がつかない状況で使用するのは危険かと」

同士討ちになる可能性を危惧する私は、『一掃は難しい』という見解を述べた。

すると、グレイソン殿下が横から口を挟む。

「じゃあ、人間の方は後回しにして――あの怪物を一網打尽にすればいいんじゃないか？」

『怪物に敵も味方もないだろう？』と言い、グレイソン殿下はこちらの顔色を窺う。

あくまで実行するのは私のため、反応が気になるらしい。

「なるほど。謎の怪物のみであれば、姿形を指定して攻撃対象を絞れますね。懸念点を挙げるとすれば、私の魔法に巻き込まれて怪我するかもしれないことですが……こちらは拡声魔法を利用して、皆に合図送れば解決出来そうです。ただ――」

そこで一度言葉を切ると、私は顔色を曇らせた。

「――現場の人達が私の言うことを聞いてくれるかどうか、自信がありません」

遠回しに共犯の疑いが掛けられていることを指摘し、私はそっと眉尻を下げる。

『罠だと思って、信用してもらえなかったら……』と懸念点を述べる私に、ディーナ様はニッコリと微笑んだ。

「じゃあ、合図を送る役は私が引き受けよう。風紀委員長の指示なら、きっと皆従ってくれる筈だ」

解決策を提示するディーナ様に、私は『それなら』と首を縦に振る。

そして、手のひらを上に向けると、指先から魔力の糸を出した。

早速魔法陣を作成する私はまず基本となる術式を組み、攻撃対象の指定項目に動物の特徴を書き込む。

また、念のため人間の特徴を除外項目に追加した。

万が一にも、味方を攻撃したいために。

攻撃の威力は、どのくらいにしようかしら？

どの属性を使うかにもよるけど、強すぎると周りに被害が出るのよね。

出来れば、謎の怪物のみピンポイントで狙いたいところ……。

『そうとなると、二次被害の多い火炎魔法は使えないな』と思案しつつ、魔力の糸を操る。

何故か周囲の注目を浴びるものの、気にせず作業すること一分……魔法陣が完成した。

紫色のソレを見下ろす私は、一度隅々までチェックする。

『術式や計算に狂いはない』と確認が取れたところで、頭上に魔法陣を浮かせた。

と同時に、押し広げる。

フリューゲル学園の上空を覆えるように。

これで発動準備は完了ね。

「ディーナ様、合図をお願いします」

「分かった」

『任せろ』と言わんばかりに大きく頷くディーナ様は、予め用意しておいた拡声用の魔法陣を発動した。

かと思えば、真剣な面持ちで口を開く。

「風紀委員長ディーナ・ホリー・ヘイズだ！　フリューゲル学園で戦っている、紳士淑女諸君！　これより、謎の怪物へ魔法攻撃を行う！　巻き込まれる可能性があるため、三十秒以内に謎の怪物から離れてくれ！　繰り返す――――」

硬い声色で警告を促すディーナ様は、聞き漏らしがないよう三回ほど同じセリフを口にした。

両耳に手を当てて遮音する私達の傍で、彼女は魔法発動までのカウンドダウンをしていく。

それに合わせて少しずつ魔法陣に魔力を注いでいき、私はキュッと唇に力を入れた。

『上手くいくだろうか』という疑問を必死に呑《の》み込む中、不意にディーナ様と目が合う。

「五、四、三、二、一――――発動！」

『今だ！』と合図するディーナ様に、私はコクリと頷いた。

と同時に、魔術を発動させる。

魔力を帯びて輝く魔法陣は一際強い光を放ち――――氷の雨を降らせた。

まあ、雨と言っても槍《やり》の形をしているため、威力もサイズも桁違いだが……。

窓ガラス越しに魔法の効果を確かめる私は、表情を曇らせる。

何故なら――――謎の怪物達が、ほぼ無傷だから。

風紀委員会室から確認出来る範囲内で、氷の槍をまともに食らった者は居ない……。

どの個体も避けるか、壊すかして対処している。

一応、負傷した個体も居るけど……掠《かす》り傷《きず》程度で、行動を制限するほどのものじゃない。

せっかく範囲魔法を使ったのに、大した成果を得られず……私は『困ったわね』と思い悩む。

兎との戦いを思い返し、『あれだけ賢くて強かったから不発に終わるのもしょうがないか』と判断した。

「すみません。次はもっと威力を上げ……」

「いや、多分何度やっても同じだ。無駄に魔力を消費するだけだろう」

『提案者である俺が言うのもなんだが……』と述べつつ、グレイソン殿下はじっと窓の外を見つめる。

「唯一方法があるとすれば、学園全体に攻撃を仕掛けることだが……それだと、味方の命まで危ない。無差別攻撃になってしまうからな」

『やはり、謎の怪物を狙い撃ちする必要がある』と語り、グレイソン殿下は両腕を組んだ。

難しい顔つきで黙り込む彼を前に、私も解決策がないか模索する。

グレイソン殿下の言う通り、謎の怪物にダメージを与えるには逃げ場を奪うしかないと思う。

例えば、ここら一帯を火の海にしたり、強力な酸性雨を降らせたり……ね。

でも、味方を危険に晒す訳にはいかないから使えないわ……人間には無害で、謎の怪物にのみ有効な魔法でもない限り。

『まあ、そんな都合のいいもの存在しないけど』と嘆く私は、小さく肩を竦めた。

『地道に一体ずつ倒していくしかないかな？』と諦めの境地に入る中、謎の怪物と目が合う。

血のように真っ赤な瞳を前に、私はふと────林間合宿で出会った動物の死体を思い出した。

「────浄化魔法……」

無意識に思ったことを口走り、私は周囲の視線も無視して謎の怪物を凝視する。

敵意剝《む》き出しの黒い狼を前に、私は窓辺まで足を運んだ。

ただの憶測……いや、希望的観測に過ぎないけど、謎の怪物と動物の死体には幾つか共通点がある。

だから、もしかしたら……もしかしたら、同じ方法で倒せるかもしれない。

藁《わら》にも縋《すが》るような気持ちで手を前に突き出すと、周囲の人々が困惑を示した。

「しゃ、シャーロット嬢……？」

「一体、どうしたんだ？」

躊躇いがちに声を掛けてくるディーナ様とグレイソン殿下に、私は静かに答える。

「以前、動物の死体を倒した魔法が、有効かどうか試します。浄化系統のものなので、人間に害はありません。ご安心ください」

実験内容について簡潔に説明し、私は言霊術で浄化魔法を発動した。

回避される可能性を考え、広範囲に渡って展開したおかげか、無事標的に命中する。

と同時に、黒い狼が――泡を吹いて、倒れた。

ピクピクと痙攣《けいれん》しながら蹲《うずくま》る狼は、やがて消滅の時を迎える。

跡形もなく消え去った狼を前に、周囲の人々はどよめいた。

「こいつらの弱点は、浄化魔法だったのか！」

「これなら、学園全体……且《か》つ無差別に放っても、問題ないな」

「浄化魔法は人間に無害ですから、遠慮せず使えますね」

「へぇー。そうなんだ」

ディーナ様、グレイソン殿下、レックス先生、サイラス先生の順番で言葉を紡ぐ。

一名ほど状況を理解出来ていないが、ほとんどの者がこの発見に喜んでくれた。

『一網打尽も夢じゃない！』と沸き立つ人々を前に、私は急いで魔法陣を作成する。

そして、術式の内容を確認すると、直ぐさま学園全体に魔法陣を広げた。

「ディーナ様、合図をお願いします！」

「分かった！」

明るい表情で頷くディーナ様は、発動したままの拡声用の魔法陣を口元に近づける。

「風紀委員長ディーナ・ホリー・ヘイズだ！　度々すまない！　これより、学園全体の浄化を行う！　謎の怪物に有効な攻撃手段だと判明したためだ！　前回と違い、人体に影響はないから安心してくれ！　繰り返す――――」

喜びの滲む声色で情報を伝達し、ディーナ様は再びカウンドダウンを始める。

「三十……二十……十……三、二、一――――発動！」

ディーナ様の合図に合わせて、私は魔術を発動した。

すると、紫色の魔法陣から白い光が放たれ、学園全体を浄化する。

最上級魔法の結界さえなければ、もっと広範囲に渡って浄化を施せていただろう。

相手に逃げ場を与えないため、かなり威力を上げたから。

恐らく、これで謎の怪物を一掃出来た筈……奴らの共通の弱点が本当に浄化魔法なら、の話だけど。

『効果を試したのは一体だけだからな……』と不安要素を並べつつ、窓の外に視線を向ける。

謎の怪物の全滅を願いながら、私は辺りを見渡した。

そして、幸いなことに黒い体に赤い目を持った動物は確認出来なかった。

少なくとも、ここから見える範囲では。

まだ断言は出来ないけど、謎の怪物を一掃出来た可能性は高いわね。

仮に全滅へ至らなかったとしても、数を減らせたのは確実。

これで味方も動きやすくなる筈。

窓の縁に手をついた私は、期待の籠《こ》もった目で味方と思《おぼ》しき皇国騎士や学園関係者を見つめる。

『敵側の術中から抜け出し、逆転出来ないか』と考える中、味方達は刺客へ牙を剝いた。

これまでの理不尽な行いを、突き返すように。

と言っても、人命救助と避難誘導を最優先にしているが……。

裏切られた怒りや悲しみに囚われ、冷静さを欠くような真似はしない。

さあ、ここから一気に畳み掛けるわよ。

敵の思い通りには、させないんだから。

ようやく見えてきた勝ち筋を前に、私は奮起する。

こちらの勝利条件は全員生還なので、厳しい状況であることに変わりはないが……それでも
――皆で力を合わせれば成し遂げられる、と私は確信していた。

◇◆◇◆

《ナイジェル side》

――同時刻、校舎の空き教室にて。

ルーベン・シェケル・ギャレットと競り合いに近い戦いを繰り広げている私は、窓の外にチラリと視線を向ける。

そして、謎の怪物の消滅を確認すると、僅かに口元を緩めた。

事態の好転をヒシヒシと感じる中、ルーベンは目に見えて動揺する。

「なっ……!?　何であの化け物達が一掃されて……!?　まさか、シャーロット嬢がもう目覚めたのか!?」

『計算が狂った！』とでも言うように顔を歪め、ルーベンは歯軋《はぎし》りした。

苛立っている様子の彼を前に、私は僅かに眉を顰める。

『シャーロット嬢がもう目覚めた』って、どういう意味だ？

もしや、彼女にも手を出したのかい？

だとしたら、ますます許せないな……。

『レディに手を上げるなんて』と憤慨しながら、私は鋭い目つきでルーベンを睨《にら》みつけた。

――が、相手の詰めの甘さを垣間見て少しだけ笑ってしまう。

だって、彼の話を聞く限りシャーロット嬢のことは敢えて生かしたみたいだから。

「本気でシャーロット嬢を排除するつもりなら、殺すべきだったね」

『気絶だけとは生ぬるい』と言い、私は剣先をルーベンに向けた。

『彼女ほどの実力者を侮るなんて、有り得ない』と非難し、一歩前へ出る。

すると、ルーベンがレオナルド皇太子殿下の顔面に手を翳《かざ》した。

恐らく、これは『それ以上、近づいてくるな』という意思表示……いや、警告だろう。

「確かに彼女の復活は予想外だけど、大した問題じゃない。僕達の目的は現時点で、九割達成している。あとは皇太子を使って、仕上げに移るだけ……」

自分自身を安心させるためか、ルーベンはわざと声に出して計画の到達段階を話した。

『計画に支障はない』と繰り返し呟く彼は、オレンジ色の瞳に不安を滲ませる。

虚勢にしか見えない彼の強がりに、私はスッと目を細めた。

どうやら、シャーロット嬢の復活は彼にとってかなりの痛手みたいだね。

まあ、当然と言えば当然か。

なんてったって、彼女は私の認めた実力者だからね。

きっと、皆を守り切ってくれる筈だ。

だから────私は私の成すべきことをしよう。

囚われの身であるレオナルド皇太子殿下を見つめ、私は『必ず救い出す』と心に誓う。

たった一人の主《あるじ》と定めた皇帝陛下を脳裏に思い浮かべつつ、剣を構えた。

「その計画とやらを成功させるためには、強く賢く美しい私を先に倒さねばならないよ。分かっているのかい？」

『かなりの時間と労力を要するけど』と遠回しに主張し、私は相手の不安を煽る。

すると、ルーベンは一瞬顔を顰めるものの……直ぐに取って付けたような笑みを浮かべた。

「ははっ。もちろん、分かっているよ。でも────そろそろ限界なのでは？　当初に比べて、剣気《オーラ》を使う回数が減ってきているよ」

「そういう君こそ、集中力が切れてきていることに気づいているかい？」

一切言い淀むことなく切り返し、私は剣気《オーラ》で脚力を強化する。

そして、ルーベンの背後に素早く回ると、常時展開されていた結界を攻撃した。

「――――隙だらけだよ」

「っ……!?」

見事亀裂の入った結界を前に、ルーベンは声にならない声を上げる。

でも、今回の騒動の指揮を任されているだけあって実力は確かだ。

どんなに動揺していても、咄嗟《とっさ》に追加の結界を張れるのだから。

もし、一般人ならそのまま硬直して動けなかっただろう。

とはいえ、今の彼を倒すのはそこまで難しくない。

余裕のない人間ほど、隙が生まれるものだから。

ただ一つ懸念点を挙げるとすれば、人質に取られたレオナルド皇太子殿下のことだね。

ルーベンの様子を見る限り、殺す気はなさそうだけど……自暴自棄になって、道連れを企てる可能性は充分ある。

だから、早めに決着を……ん？

あることに違和感を覚えた私は、暫《しば》し考え込み――――ハッとする。

それと同時に、口元を歪めた。

私は『一発勝負だけど、充分勝算はあるな』と考えつつ、敢えて一度後ろへ下がる。

「君、正面戦闘向きの人間じゃないだろう？　どちらかと言えば、そうだね……暗殺を得意とする部類の人間かな？」

相手に揺さぶりを掛け、こちらに意識を向けさせるため、私はとにかく喋る。

それも、相手が不安になりそうな話題をわざと選んで。

「ここは屋内だし、派手な魔法も使えなくて困っているんじゃないか？　おまけに魔導師の苦手な近距離戦だしね。焦りを感じていても、おかしくない」

『限界が近いのは君の方だ』と言い、私はフッと不敵な笑みを浮かべた。

すると、相手は案の定ムキになり、こちらに手のひらを向ける。

『こっちはまだまだ余裕だ！』と示すために、魔法を放つ気だろう。

――全てこちらの思惑通り、とも知らずに。

嗚呼、本当に……余裕のない人間は御しやすくて、いいね。

ゆるりと口角を上げる私は、言霊術により顕現した風の刃を剣で切り裂く。

と同時に――気絶したフリをしていたレオナルド皇太子殿下が目を覚ました。

エメラルドの瞳でしっかりルーベンの姿を捉《とら》え、ブレザーの内側に隠していた魔法陣を発動させる。

これ以上ないタイミングの反撃に、ルーベンは対処出来ず……吹き飛ばされた。

「うっ……！」

自分の張った結界に頭をぶつけるルーベンは、衝撃のあまり目眩《めまい》でも起こしているのか、一瞬固まる。

でも、直ぐに反撃のため口を開いた。

――――が、私の追撃の方が早かった。

「レオナルド皇太子殿下の拘束と言い、シャーロット嬢の完封と言い……君は詰めが甘すぎるよ」

そう言うが早いか、私は剣を叩きつけるようにして床を切り裂いた。

すると、飛び散った床の破片がルーベンに牙を剝く。

まず常時展開されていた結界が破壊され、次に彼の手足を傷つけた。

『っ……！』と声にならない声を上げる彼の前で、私は素早くレオナルド皇太子殿下を保護する。

「ご無事ですか？　レオナルド皇太子殿下」

ルーベンの動きに注意しながら片膝をつき、レオナルド皇太子殿下の口に巻かれた縄を解いた。

少し赤くなった口元を前に、私は罪悪感に駆られる。

『完璧に守り切れなかった……』と責任を感じる中、レオナルド皇太子殿下がエメラルドの瞳をスッと細めた。

「ああ、何とかね……彼には、随分と酷い扱いを受けたけど」

不快感の滲んだ声色でそう述べ、レオナルド皇太子殿下はチラリとルーベンに目を向ける。

主君と同じエメラルドの瞳には手足から血を流し、呆然《ぼうぜん》としているルーベンの姿が映った。

「何故、床の破片がこんな……？　いや、そもそも何で皇太子が起きているんだ……？　かなり強い薬を嗅がせて、眠らせた筈なのに……」

『有り得ない』とでも言うように頭《かぶり》を振るルーベンは、目を白黒させる。

何がどうなっているのか分からない様子の彼を前に、全ての拘束を解かれたレオナルド皇太子殿下が立ち上がった。

「確かにあの薬は強力だったよ。でも、私は少量しか吸わなかった上、そういった薬品にある程度耐性を持っている。だから、早い段階で目覚められた」

『というか、あれだけ雑に扱われれば誰でも起きるよ』と言い、レオナルド皇太子殿下は肩を竦める。

まさにご尤《もっと》もな言い分だが、恐らくルーベンは麻酔に近い睡眠薬を使用したのだろう。

だから、レオナルド皇太子殿下を傷つけることに躊躇いがなかった。

もし、目覚める可能性を危惧していたなら、もう少し方法を考えた筈だ。

「少量且つ耐性を持っているとはいえ、ゾウすら一瞬で眠らせる薬に抗《あらが》うなんて……充分化け物だよ」

『ドラゴンの血が流れる皇族様は特別って訳か？』と嫌味っぽく言うルーベンは、苦々しく笑う。

妬み嫉《そね》みに近い感情を見せる彼の前で、私はスクッと立ち上がり、一歩前へ出た。

と同時に、ルーベンが反撃のため詠唱を口にしようとする。

それを、先程と同じ要領で防いだ。

「いい加減、学習してもらいたいものだね」

そう言って、私は血だらけのルーベンを見下ろす。

すると、飛んできた床の破片で口を切ったルーベンと目が合った。

憎々しげにこちらを睨みつける彼は、手で口元の血を拭う。

歯が欠けてしまったのか、それとも舌を傷つけてしまったのか、ルーベンの滑舌は幼児と大差なかった。

「床の破片は、どういう細工だ……？」

「床《ゆわあ》の破片《はふえん》は、どういう細工《しゃいく》だ……？」

険しい表情との温度差を感じる中、私は傍にある床の破片に剣先を向ける。

「細工と言うほどのものじゃないさ——私はただ部屋全体を剣気《オーラ》で強化しただけ。ほら、ただの瓦礫にしては随分と硬いだろう？」

種明かしついでに剣気《オーラ》を纏っていない剣で、床の破片を突き刺した。

——が、金属音のような甲高い音を立てて弾《はじ》かれる。

これこそが、剣気《オーラ》で強化した動かぬ証拠だった。

剣と同等の硬度を持っている床の破片を前に、ルーベンは困惑する。

「そんなの《ほおんなの》……一体、いつの間に……」

教室全体を見回し、ルーベンは『全く気づかなかった……』と悔しがる。

クッと眉間に皺《しわ》を寄せる彼の前で、私はクスリと笑みを漏らした。

「仕込みは戦闘開始直後——床を踏みつけた時点で、終わっていたよ」

『足に集めた剣気《オーラ》を一気に解き放った』と述べる私に、ルーベンは言葉を失う。

まさか、そんなに早い段階で細工を施しているとは思わなかったのだろう。

傍から見れば、苛立ち任せに床を踏みつけたようにしか見えないから。

まあ、その分こっちも相当苦しかったけどね。だって、戦闘開始直後から使用可能な剣気《オーラ》の大半を失ってしまった訳だから。

正直、これ以上戦闘が長引いていたら厳しかった。

密《ひそ》かに貧血の症状を引き起こしていた私は、軽い目《め》眩《まい》と吐き気に耐える。

まだ倒れる訳にはいかないから。

私は『リュミエール』の隊長として……いや、フリューゲル学園の教師として、皆を守らねばならない。

たった一度の戦闘で離脱など、許されなかった。

生命維持に必要な血液量を計算しながら、私は剣気《オーラ》の残量を測る。

とりあえず、ルーベンを拘束してどこかに閉じ込めようか。

尋問などは後回しにして、レオナルド皇太子殿下の安全確保を優先しなければ。

『その次に人命救助かな？』と考えつつ、私はレオナルド皇太子殿下に使われていた縄を拾い上げる。

────と、ここでルーベンが自分自身の首を鷲《わし》摑《づか》みにした。

『まさか……!?』とハッとし、私は慌てて剣を構えるものの……貧血のせいで目眩が起きる。

おかげで、ルーベンの手首を切り落とすことが出来ず……彼の最後の悪足搔きを許してしまった。

「《ウインドカッター》」

上手く回らない呂《ろ》律《れつ》を動かし、何とか風魔法を発動したルーベンは────自分自身の首を刎ねる。

こちらを嘲笑《あざわら》うような……でも、どこか羨むような表情を浮かべて。

宙を舞う生首が――――『僕も自由に生きたかった』と、呟いたような気がした。

「っ……！」

ゴトンと床に落ちたルーベンの首を前に、私は顔を歪める。

最後の最後で犯人を死なせてしまう、という大失態に苛立ちを覚えた。

『詰めが甘すぎるのは、私の方だったか』と自嘲しつつ、一つ息を吐く。

そして、目眩が治まるのを待ってからルーベンの死体に近づいた。

「手伝おうか？」

恐らくこちらの不調に気づいているであろうレオナルド皇太子殿下の申し出に、私は首を横に振る。

「いえ、レオナルド皇太子殿下はそこから動かないでください。ないとは思いますが、死んだフリをしている可能性も一応ありますから」

『でも、どう考えても普通の死体だよね』と思いつつ、私は胴体の胸元に手を当てた。

案の定心臓が動いているような様子はなく、死亡を確信する。

念のため脈も確認したが、心拍を感じ取れなかった。

ちゃんと人の感触があるから、幻覚を見せられている可能性もないね。

「ルーベン・シェケル・ギャレットの死亡を確認しました」

「そうか。なら、死体は一旦ここに置いていこう。監視に割《さ》ける人員は居ないし、だからといって持ち歩く訳にもいかないからね」

『後で回収に来よう』と主張し、レオナルド皇太子殿下は窓の外に目を向ける。

今もまだ戦っている皇国騎士や学園関係者を見つめ、表情を引き締めた。

ドラコニア帝国の皇太子として……そして、フリューゲル学園の生徒会長として、事態の収拾に動かなければと考えているのだろう。

他国の権力者も巻き込んだ今回の騒動で、一切顔を出さないのは不味いから。

「まずはここから出て、周囲の状況を行おう。それから、今後の方針を……」

「――――レオナルド皇太子殿下、お下がりください」

途中でレオナルド皇太子殿下の言葉を遮《さえぎ》り、私は空き教室の扉に視線を向けた。

そして殿下の傍まで歩み寄り、剣を構えると、接近してくる何者かの気配に集中する。

『新手か？』と警戒心を高める中、扉が開け放たれた。

「――――レオ！」

そう言って、部屋に飛び込んできたのは――――レオナルド皇太子殿下の右腕である、アイザック・ケネス・ブライアントだった。

『やっと見つけた！』と叫ぶ彼は、ちょっと泣きそうな顔でこちらを見つめる。

『無事で良かった！』と心底安堵しながら、彼は再会を喜んだ。

――――が、直ぐに切羽詰まったような表情を浮かべる。

「それより、大変なんだよ！　レオが……って、ルーベン先生!?　もしかして、死んでいる!?」

ルーベンの死体にようやく気づいたブライアント令息は、目を白黒させる。

『何があったの!?　怪我は!?』と矢継ぎ早に質問を投げ掛け、私とレオナルド皇太子殿下を交互に見た。

そして、赤くなった跡や痣を発見するなり青ざめる。

『レオの体に傷が……！』とパニックになる彼を何とか宥《なだ》め、私達は情報交換を行った。

「――――な、なるほど……学園内部に潜んでいた共犯者って、ルーベン先生だったんだね。それなら、色々納得が行くよ」

ブライアント令息は先程より幾分か落ち着いた様子で、ルーベンの死体を眺める。

『毒殺ならまだしも、迷わず自分の首を切るなんて……』と呟き、頬を引き攣《つ》らせた。

普通の精神状態じゃ出来ない蛮行に、困惑しているのだろう。

「それにしても、驚いたよ。私を騒動の黒幕に仕立てあげようとしているとは……」

ブライアント令息から得た情報に戸惑いを示すレオナルド皇太子殿下は、困ったような……でも、ちょっと呆れたような表情を見せる。

『彼らの描いた筋書きはどういう感じかな？』と呟き、おもむろに顎を撫《な》でた。

「犯人の目的はまだ分からないけど、皇室に罪を擦り付けたいところを見ると、今回の件は狼煙《のろし》みたいなものだね」

騒動の理由や相手の心理を分析し、レオナルド皇太子殿下はスッと目を細める。

と同時に、開いたままの扉へ足を向けた。

「なら――尚更《なおさら》、私が表舞台に立たないと」

『敵の思い通りにはさせない』と言い、さっさと歩みを進める。

一瞬の躊躇いもなく出口へ向かうレオナルド皇太子殿下を、ブライアント令息が慌てて引き止めた。

「ちょっ……待って！　それはさすがに危険だよ、レオ！」

レオナルド皇太子殿下の腕を掴み、ブライアント令息は『ダメだよ！』と叫ぶ。

――が、レオナルド皇太子殿下は全く意に介さない。

ニコニコと笑うだけで、首を縦に振ることは決してなかった。

「私も反対です。噂のせいで敵だけじゃなく、味方にまで危害を加えられるかもしれません。やはり、ここはどこかに身を隠すべきでしょう」

ブライアント令息の意見を支持し、私はレオナルド皇太子殿下の前に回る。

『これ以上、行かせない』と通行妨害する私に対し、彼はスッと目を細めた。

「心配してくれて、ありがとう。でもね――皇室の名誉と信用が失墜していくところを、ただ見守る訳にはいかないんだよ。危険だからと尻込みしていては、相手の思う壺《つぼ》だ。私はなんと言われようと、矢面に立つよ」

揺るぎない意志と覚悟を示すレオナルド皇太子殿下は、言外に『止めても無駄だ』と主張する。

思い留《とど》まる気などサラサラない彼の態度に、私とブライアント令息は少し肩を落とす。

だって、今のレオナルド皇太子殿下には恐怖や不安といった感情が全くないから。

『本当は嫌だけど、行く』なら、まだ説得のしようがあったが、悩む素振りすら見せない人間に何を言っても無意味。

馬耳東風に終わる未来しか、見えなかった。

「はぁ……分かったよ。協力する。レオは一度言い出したら、聞かないからね」

「頑固なところは、主君にそっくりですね。あまり気は進みませんが、私も協力します。勝手に一人で動かれるよりは、マシですから」

妥協せざるを得ない状況に追い込まれた私とブライアント令息は、レオナルド皇太子殿下の意志を仕方なく尊重する。

実際問題、この状況でレオナルド皇太子殿下が一切姿を現さないのは不味いからね。

『黒幕かもしれない』という疑いを晴らすためにも矢面に立ち、毅然《きぜん》と対応する必要がある。

淡々とした態度で事態の収拾に当たれば、周囲の人々も『あれはただの噂だった』と思う筈だから。

「二人なら、そう言ってくれると思っていたよ。じゃあ、早速行こうか」

『とりあえず、外へ出よう』と述べ、レオナルド皇太子殿下は私の横を通り過ぎる。

当たり前のように先頭を歩こうとする彼に、私は呆れてしまった。

護衛対象が前を歩いて、どうするんだい……全く。

大体、そういう役は美しい私にこそ相応《ふさわ》しいんだよ。活躍出来る場面が多くて、一番目立つからね。

『悪いけど、他の二人に見せ場を譲る気はないよ』と考えつつ、私は素早く先頭に回る。

そして、レオナルド皇太子殿下に前へ行かないよう苦言を呈すると、廊下に出た。

◇◆◇◆

《スカーレット side》

――一方、その頃の私はと言うと……謎の怪物の消滅を見届けて、人質救出に動いていた。

途中で知り合ったソレーユ王国の第二王子を引き連れて……。

『何故、こうなったのか？』と問われれば、『成り行きで……』と答えるしかない。

だって、それ以外に適当な表現が見当たらないから。

謎の怪物に囲まれているところを助けてもらって、避難所へ誘導されそうになったところを『人質の救出があるから』と断ったのよね。

そしたら、ソレーユ王国の第一王子が『なら、ウチのアルフォンスを貸してあげるよ』って言い出して……あれよあれよという間に、こんなことに。

嫌ならハッキリ断ればいいだけの話だけど、助けてもらった手前強く言い返せなかったのよ……。

あと、正直自分だけで人質を全員救出出来るか不安だったし……。

『しょうがなかったの……』と心の中で弁解しつつ、私は先頭を走る。

本来であれば、魔導師は戦士の後ろに控えるべきなのだが……フリューゲル学園の地理に弱いアルフォンス殿下を前にするのは不安があった。

なので、人質が捕らえられていると思しき場所へ突撃するまでは、後ろに居てもらうことに。

正直、よく知りもしない人に背中を見せるのは抵抗があるけど……グレイソン殿下の兄弟なら、信用出来るわよね。

さっきも助けてくれたし……。

『いきなり、背後から襲うような真似はしない筈……』と信じ、私はとにかく前だけ見る。

そして、建物の角を曲がった瞬間──突然剣先を突きつけられた。

慌てて足を止める私は、刺されないよう必死に仰《の》け反《ぞ》る。

おかげで怪我することはなかったものの、勢い余って後ろに転倒してしまう。

──が、真後ろに居たアルフォンス殿下が咄嗟に支えてくれた。

「大丈夫か？」

「は、はい……ありがとうございます」

『また助けられてしまった……』と思いつつ、私は体勢を立て直す。

と同時に、剣先を突きつけた人物に目を向けた。

「な、ナイジェル先生……!?　それにレオ殿下とアイザックも……！」

『どうして、ここに!?』と驚愕する私は、目を白黒させる。

『なんだ、知り合いか』と言って警戒心を緩めるアルフォンス殿下の前で、私はひたすら混乱していた。

　何がなんだか分からない様子の私を前に、ナイジェル先生は剣を下ろす。

「スカーレット嬢とソレーユ王国の第二王子か。こちらに急接近してくるから、敵かと思ったよ。勘違いして、すまない」

『怪我はないかい？』と言い、こちらを気遣うナイジェル先生は申し訳なさそうに眉尻を下げた。

「だ、大丈夫です……要人の警護に当たっている身なら、警戒するのは当然ですし……って、レオ殿下のお顔に傷が!?」

　ふとナイジェル先生の後ろに控えるレオ殿下へ目を向けた私は、ギョッとする。

　明らかに事故とは思えない怪我の数々に、私は胸を痛めた。

『何者かに暴行を加えられたと見て、間違いない』と確信しながら、傍に駆け寄る。

「直ぐに治療します！」

「いや、これくらい平気だよ。気にしないで」

「ですが……！」

　愛する人の怪我を見過ごせない私に、レオ殿下は困ったような笑みを浮かべた。

　かと思えば、頬の傷にそっと触れ、スッと目を細める。

「それにね、怪我をしている方がこちらとしては好都合なんだ。スカーレットも聞いただろう？　私の噂」

「そ、それは……単なる噂ですよ！　皆、きっと分かっています！」

「通常時なら、ね。でも、非常時もそうとは限らない。だから――――」

そこで一度言葉を切ると、レオ殿下はグッと手を握り締めた。

「――――私も必死に戦っていた、と……騒動の収拾のため直ぐに動けなかったのには理由がある、と示さなければならない。その上で、この傷は都合がいいんだ。だから、まだ消さない」

珍しく……というか、初めて打算的な一面を見せたレオ殿下は強い意志で治療を拒む。

今まで頑《かたく》なに隠し通してきた彼の素を前に、私は目を見開いた。

別にショックを受けた訳じゃない。

むしろ、その逆――――嬉しかったのだ、ようやく自分を仲間と認めてくれたようで。

もちろん、大切な存在になれたとは思っていない。

いざとなったら、切り捨ててもいい程度の立場なのは重々承知している。

それでも、喜びを隠し切れなかった。

否《いや》が応《おう》でも高まる鼓動に、私はそっと目を伏せる。

『嗚呼、本当に好きだな』と再確認する中、アイザックがレオ殿下の後ろからひょっこり顔を出した。

「ところで、どうしてアルフォンス殿下と行動しているの？　面識なかったよね？」

『珍しい組み合わせだ』と頭を捻《ひね》るアイザックに、レオ殿下もナイジェル先生も共感する。

『一体、どういうことだ？』と尋ねてくる彼らを前に、私はチラリと後ろを振り返った。

「アルフォンス殿下には人質救出のため、力を貸して頂いているの。今は人質が軟禁されていると思われる、イルッターナドームに向かっていて……」

出入り口が一つしかなく、謎の怪物も発生していないイルッターナドームは軟禁場所に最適である。

各所からのアクセスもいいため、最も怪しいと踏んでいた。

とはいえ、実際に行って確かめてみないと分からないが……。

「なるほど――そういうことなら、私達も同行しよう」

『人手は多い方がいいだろう？』と言って、人質救出に参戦しようとするのは――他の誰でもない、レオ殿下だった。

『まだ魔力にも、体力にも余裕あるよ』と述べる彼は、自分を連れていった方がいいと主張する。

――が、当然そんなの受け入れられる筈もなく……。

「お言葉ですが、それはあまりにも危険かと……」

やんわりと拒絶の意思を示す私に、レオ殿下はゆるりと口角を上げる。

「他国の王族はいいのに、私はダメなのかい？」

「そ、それは……」

「あの噂を晴らすためにも、私も同行するよ。黒幕と疑われていた人間が傷だらけになりながら、人質を救出……なんて、最高のパフォーマンスだろう？」

『これで身の潔白を証明出来る』と口にし、レオ殿下は一歩も引かない姿勢を見せた。

『例の噂を払拭しなかければ』と焦っているのか、いつになく頑固である。

確かにレオ殿下の身の潔白を証明しないと、皇室のみならず帝国そのものが危ういものね。

それでも、私は安全を取って欲しいけれど……。

『愛する人が危険な目に遭うのを見過ごせない』と考える中、アイザックが困ったように笑う。

「スカーレット。レオは一度言い出したら、聞かないから素直に従っておいた方がいいよ」

「ここで話し合いを続けて無駄に時間を浪費するより、さっさと腹を括《くく》った方がいいだろうね」

アイザックの意見を後押しする形で、ナイジェル先生までもが説得を諦めるよう主張してきた。

どこか遠い目をする二人の前で、私はチラリと後ろを振り返り、アルフォンス殿下に助けを求める。

――――が、しかし……『知らん。勝手にしろ』とでも言うように冷めた目を向けられるだけだった。

どうやら、私の味方をしてくれる者は一人も居ないらしい。

何でよ……私の意見は至って、正しいのに。

などと心の中で文句を言いながらも、諦めの境地に入る。

だって、最側近のアイザックや大人のナイジェル先生にまで『諦めろ』と言われたら、どうしようもないから。

『いざとなったら、この身を盾にしてお守りしよう』と心に決め、私は視線を前に戻した。

「……分かりました。でも、危ない真似はしないでくださいね。ご自分の安全を最優先にお願いします」

「ああ、分かっているよ」

『優先順位は履き違えない』と確約するレオ殿下に、私は少しだけ肩の力を抜く。

『それなら、大丈夫ね』とまでは言わないが、ちょっと安心出来た。

「それでは、気を取り直してイルッターナドームに向かいましょう」

『こうしている間にも、人質が辛い目に遭っているかもしれない』と、私は思い立つ。

そして、ナイジェル先生を先頭にする形で再度隊列を組むと、目的地に向かって走り出した。

身体強化魔法で脚力を上げ、遅れを取らないよう注意すること四分……ついに目的地へ到着する。

と言っても、私達が居るのは出入り口付近ではなく、建物の外壁だが……。

「……建物の中に人の気配があるね」

「数は二十人程度だな」

気配察知能力に優れたナイジェル先生とアルフォンス殿下が、口々に中の情報を伝えてくれた。

出入り口付近に見張りも居ることから、『人質の居る場所はここで間違いなさそうだな』と誰もが確信する。

――――と、ここでナイジェル先生が剣を構えた。

「私が壁を切るから、各自突入を」

「まずは俺が行く」

「じゃあ、僕は後ろからサポートを」

「私は人質を保護するよ」

場数を踏んでいるだけあって、男性陣は即座に自分の役割を見出《みいだ》す。

あまりにもテキパキとした態度に、私は気後れしてしまう。

それでも、何とか役に立ちたくて必死に頭を回転させた。

「えっと、それじゃあ……私は外の見張りを倒しておきますわ」

「分かった。終わり次第、私の方を手伝ってくれると助かるよ」

「は、はい！」

レオ殿下に頼られたことが嬉しくて、私は思わず頰を紅潮させる。

『さっさと見張りを倒して、合流しよう』と奮起する中、ナイジェル先生が剣気《オーラ》を解放した。

「じゃあ、各自配置について」

その言葉を合図に、レオ殿下達は壁から離れて臨戦態勢に入る。

緊張感が高まっていくのを感じながら、私も慌てて曲がり角の傍まで行った。

と同時に、出入り口付近の様子をそっと窺う。

周辺の警戒に勤《いそ》しむ見張りの男性達を前に、私はどうやって無力化するか考えた。

殺害は出来るだけ、避けたいところ……だって、死体から情報はあまり得られないもの。

あと、単純に人を殺すことに抵抗がある……私はそういった血生臭いことに不慣れだから。

自分の弱い部分を自覚しつつ、私は冷静に作戦を練る。

『とりあえず、皆の邪魔をさせなきゃいいのよね』と思案していると、ついにナイジェル先生が動き出した。

手に持った剣に剣気《オーラ》を纏わせ、外壁に斬り掛かる彼は観音開きの扉程度の穴を開ける。

瓦礫を細かく切り刻んだからか、切り取った部分を移動させる必要がなく、直ぐに突入出来た。

実際、露払い役のアルフォンス殿下が速攻で中へ入り、敵に悲鳴を上げさせている。

『あの人、本当に強いな……』と感心する中、アイザックやレオ殿下も中へ突入した。

そして、最後尾に続くナイジェル先生を前に、私も行動開始する。

まず、中の騒ぎを聞きつけて動揺する見張りの男性達の前にわざと現れ、注意を引く。

『貴方達の相手はこの私よ！』と示すために。

万が一にも、中へ入られたら厄介だから。

「《ファイアトルネード》」

手を前に突き出し、破壊力の高い中級魔法を展開する私は炎の竜巻を顕現させた。

——それも、見張りの男性達の周りに。

良かった。目測だから少し不安だったけど、狙ったところにちゃんと魔法を展開出来たわ。

パチパチと火花を散らす炎の竜巻の前で、私はホッと胸を撫で下ろす。

と同時に、言霊術で結界魔法を発動した。

半透明の壁で見張りの男性達を囲い、軟禁。無論、炎の竜巻は消さない。

だって、私の狙いは結界と炎の竜巻で彼らの身動きを完全に封じることだから。

ある意味二重の壁に阻まれている訳だし、変な真似はしないでしょう。

炎の竜巻に対抗出来る手段があれば、話は別だけど……見たところ、反撃する様子はない。

頑張れば、何とか壊れそうな結界にすら触れようとしないわね。

きっと、この結界を失えば灼熱《しゃくねつ》地獄に陥ると分かっているのだろう。

『最後まで足掻《あが》くタイプの人間じゃなくて良かった』と安堵する私は、クルリと身を翻す。

正面玄関は炎の竜巻で塞いでしまったため、ナイジェル先生の開けた穴から突入しようと考えたのだ。

『皆、無事かしら？』と心配しつつ、私は四角く切り取られた部分から中を覗く。

と同時に、絶句した。

何故なら――アルフォンス殿下が最後の敵を蹴り飛ばしているところに、ちょうど遭遇したから。

えっ……？　えっ？　もう終わり？　突入から、まだ五分も経ってないのだけど……？

『強すぎない？』と困惑する私は、手足を縛り上げられた敵の姿に唖然《あぜん》とした。

あまりにも早すぎる展開に幻覚を疑う中、アルフォンス殿下はテキパキと最後の敵を拘束する。

『凄い手慣れている……』と若干引き気味の私のことなど露知らず、彼はトドメの鳩尾《みぞおち》をお見舞いした。

そのおかげで最後の敵も気を失い、バタンと床に倒れる。

「せ、制圧完了……？」

パチパチと瞬きを繰り返しながら辺りを見回し、私はボソリと呟いた。

すると、一番近くに居たアイザックが首を縦に振る。

「そうだね……物陰に隠れていた敵も全部見つけ出して、気絶させたから残党の心配はないと思う」

「す、凄いわね」

「うん。本当に強くてビックリしたよ。僕の手助けなんて、ほとんど必要なかったし」

『だから、人質の守りに徹していた』と語り、アイザックは小さく肩を竦めた。

かと思えば、何かを思い出したかのようにこちらを振り返る。

「あっ、そうそう。人質は全員無事だよ。今、レオが事情説明と避難誘導を行っている」

『ほら、あっち』と言って、アイザックは奥の方を指さした。

促されるままそちらへ視線を向けると、人質達に優しく接するレオ殿下の姿が目に入る。

周囲の不安を和らげるよう、柔らかい笑みを浮かべる彼は相も変わらずキラキラして見えた。

『もう大丈夫だ』と言葉や態度で表す彼を前に、私は表情を和らげる。

『人質の対応はレオ殿下に任せよう』と決め、私はアイザックに視線を戻した。

「それで、これからどうするの？」

「とりあえず、人質を安全な場所に連れて行って……そのあとは、外部の人間との接触かな？　結構派手に暴れてくれたから、皇室も異常を感じ取っているだろうし。誰かしら、様子を見に来ている筈」

『外部と連携を取って、事態の収拾に当たりたい』と語るアイザックに、私は共感を示す。

正直、学園内に居る者達だけで何とか出来るレベルの騒動ではないから。

『プロの手を借りるべきね』と考えつつ、私は人質救出達成の喜びを静かに噛《か》み締めた。

◇◆◇◆

――――時は少し遡《さかのぼ》り、浄化魔法の使用から十分ほど経過した頃。

私達は風紀委員会室にて、グレイソン殿下の兄であるジョシュア殿下と顔を合わせていた。

「謎の怪物が消えたから、こっちを手伝いに来たよ。僕に出来ることがあれば、何でも言って」

開口一番に協力を申し出たジョシュア殿下は、『まだ魔力も半分以上、余っているから』と述べる。

ずっと謎の怪物と戦ってきたにも拘わらず、余力のありそうな彼の様子に、私達は目を見張った。

『賢者の名は伊達《だて》じゃない』と感心しつつ、頼もしい助《すけ》っ人《と》の登場に表情を和らげる。

これなら作戦の幅が広がるぞ、と。

「ご協力感謝します、ジョシュア殿下」

この場を代表してディーナ様はお礼を言い、サッとお辞儀した。

かと思えば、真剣な顔付きでジョシュア殿下を見つめ、口を開く。

「まずはこちらの状況をお話しします。現在、我々は人質の救出と結界の解除について議論を重ねています。最終的にはどちらの目標も達成するつもりですが、人員不足の点から同時に行うのは難しく……どちらを優先するべきか、決め兼ねているところです」

話し合いの内容を説明し、ディーナ様は『貴殿の見解もお聞きしたい』と申し出る。

それに続く形で、私は幾つか情報を補足した。

「人命救助を優先するなら、迷わず人質の救出に動くべきですが……素人だけでどこまで出来るか。万全を期すためにも、結界を解除して外部から応援を呼んだ方がいいんじゃないかと考えたり……でも、人質の命が無事である保証はどこにもないと思ったりしているのです」

『慎重になるべきか、思い切って行動するべきか』という二択を、ジョシュア殿下に突きつける。

無論、彼の意見一つで全てが決まる訳じゃないが、賢者の選択を参考に考えたかった。

正直、行き詰まっていたからね……私も含めて、皆どっちつかずの意見だったし。

『人の命が懸かっている分、決断を躊躇ってしまうのよね』と、私は悩む。

そして、ジョシュア殿下の反応をそっと窺うと、彼の呆《ほう》けた顔が目に入った。

パチパチと瞬きを繰り返すジョシュア殿下は、暫しの沈黙の後、何かを思い出したかのように手を叩く。

「あっ、人質救出の方は問題ないと思うよ——弟のアルフォンスと……なんだっけ？　スカーレット嬢？　が人質の救出に当たっているから」

ジョシュア殿下は意気揚々とした様子で、『そっちは二人に任せよう』と述べる。

初耳の情報に啞然とする私達を前に、彼は『伝えるのが遅くなってごめんね』と謝った。

かと思えば、明るい声色でこう言う。

「だから、僕達は結界をどうやって解除するか考えよう」

ピンッと人差し指を立て、ジョシュア殿下は今後の方針について定めた。

『今までの議論《時間》は何だったんだ？』と言いたくなるほど、あっさり決まってしまい……私達は脱力感というか、虚無感に襲われる。

でも、話し合いにこれ以上時間を割かずに済んだのは幸いだった。

『とりあえず、これで本格的に動けるわね』と安堵していると、ディーナ様が顔色を曇らせる。

「失礼ですが……我が校の生徒であるスカーレット嬢はさておき、他国の王族であるアルフォンス殿下に人質救出を任せるのは不安があります」

アルフォンス殿下の実力や人柄を知らないディーナ様は、至極当然の懸念を述べた。

下手すれば、死人が出る重大任務なので部外者を頼っていいのか分からないのだろう。

私達の指揮下に居るならともかく、完全に別行動だものね。

スカーレット嬢《お姉様》がついているとはいえ、安心は出来ない……と思っている筈。

「あの、アルフォンス殿下なら大丈夫だと思いますよ。深く関わった訳ではありませんが、裏表のない性格で非常に好感を持てました。少なくとも、敵に寝返る可能性はないかと」

私はおずおずと手を挙げ、『アルフォンス殿下は信用出来る人物だ』と太鼓判を押した。

すると、グレイソン殿下が畳み掛けるように言葉を紡ぐ。

「兄上の実力は、俺以上です。恐らく、父上に匹敵するほどの強さを持っています」

「何より、戦闘経験豊富で非常時の判断力に長《た》けている。アルフォンスほどの適任者は居ないと思うよ」

『だから、安心してほしい』と口にすると、ジョシュア殿下はディーナ様の目を真っ直ぐ見つめた。自分達は失敗する可能性など微塵も考えていない、とでも言うように。

絶対的信頼と成功の確信を見せる彼の前で、ディーナ様は僅かに目を見開く。

身内とはいえ、ソードマスターと賢者にここまで言わせるほど凄い人物なのかと衝撃を受けているのだろう。

「……分かりました。そこまで仰《おつしや》るなら、人質救出はアルフォンス殿下とスカーレット嬢にお任せします」

我々の後押しを受けて承諾したディーナ様は、『あなた方の判断を信じます』と述べた。

先程の不安げな表情から一変……何かを決意したかのような顔つきになると、グルッと室内を見回す。

そして、一人一人の目を見つめていき、最後に真正面を向いた。

「これより、我々は結界の解除を目指して動く。きっと何もしなくても、術者の魔力切れで自然と解除されるだろうが、それでは遅い。一秒でも早く、この地獄から皆《みな》を救い出せるよう力を貸してくれ」

「「はい！」」

熱弁を振るうディーナ様の呼び掛けに、私達は即座に応じた。

『自分の出来ることを精一杯こなし、結界の解除に貢献しよう』と胸に誓いながら。

凛とした面持ちで前を見据える私達に対し、ディーナ様は一度お礼を述べ、コホンッと咳払いする。

「では、早速で悪いが、結界の解除方法について意見を募りたい。案がある者は居るか？」

そう言って、ディーナ様は我々の反応を窺った。

――が、皆困ったように顔を見合わせるだけで案が出てこない。

まあ、最上級魔法の結界を破壊する方法なんて……普通、直ぐに思いつかないわよね。

特に今回のものは攻撃だけでなく、生物の行き来すら制限するものだから。

『林間合宿の時は敢えて制限を緩めたのよね』と思い返しつつ、私は口を開く。

「案と呼べるほど大層なものじゃありませんが……今、考えられる解除方法は主に二つですね
――力技で結界を破壊するか、術者に発動を中断させるか」

沈黙という名の気まずい空気を変えるため、私は話し始めた。

きっと、賢者のジョシュア殿下なら知っていると思うが、ここは学園関係者である私から話した方がスムーズだろう。

外部の人間だと、どうしても発言力が弱まってしまうから。

先程のアルフォンス殿下の件みたいに。

「まず、前者の方法についてですが、こちらは正直とても危険です。何故なら、最上級魔法の結界を破るにはこちらも最上級魔法を使わなくてはならないから……それだけ強力な攻撃魔法を放てば、当然周囲にも被害が及びます」

最上級魔法同士のぶつかり合いは、最終的に魔力量勝負になる……要するにどれだけ長く魔法を

維持出来るか、の戦いになってくるのだ。

当然、長期戦になれば被害は拡大する。

力の余波だけでも、人を殺すには充分な威力だから。

林間合宿の時のように皆固まって動いているならまだしも、残念ながらバラバラなのよね。

無闇に攻撃魔法を打てない状況に辟易しながら、私は一つ息を吐いた。

「また、後者の方法はあまり現実的じゃありません。我々は術者の年齢や性別すら、分からない状況なので。捜索の手間や時間を考えると、術者の魔力切れを待った方が良さそうです」

『かなりの幸運に恵まれなければ、早期発見は困難』と説明し、そっと眉尻を下げる。

実現不可能に近い案を提示する私に、周囲の人々は肩を落とした。

『何かいい案を出してくれる筈』と期待していた分、落胆も大きいのだろう。

申し訳ないけど、これが現実なのよね……魔法はとても便利で強力だけど、万能じゃないから。

結局のところ、何かを成し遂げるための手段であり、道具でしかないの。

などと、しみじみ思っていると――グレイソン殿下がおもむろに手を挙げる。

「これはあくまで素人意見だから、話半分に聞いて欲しいんだが――シャーロット嬢」

「は、はい」

突然名前を呼ばれた私は慌てて顔を上げ、グレイソン殿下に目を向けた。

『何を言われるのか』と緊張する中、彼は少し躊躇ってから口を開く。

「――体育祭や期末テストの際に見せた、時間逆行魔法で結界周辺の時間を巻き戻し、打ち消すことは出来ないのか？」

直接攻撃ではなく、間接的に解除する方法を提示し、こちらの反応を窺う。

『やはり、無理だろうか』と顎に手を当てて考え込む彼を前に、ジョシュア殿下が目を輝かせた。

「時間逆行魔法って、言った!?　まさか、アレを復活させたのかい!?」

結界のことなど頭からすっぽり抜け落ちたのか、ジョシュア殿下は物凄い速さで質問を投げ掛けてくる。

「グリュプス王国の文献に載っていたの!?　それとも、独自の方法で!?　魔力の消費量は大体、どのくらい!?　やっぱり、多いのかな!?」

一直線にこちらへ向かってくるジョシュア殿下は、周りの目など気にならない様子だった。

私を含め、皆『えっ？　何？』と困惑しているのに……。

時間逆行魔法の復活に興奮するのは、よく分かる。

私も逆の立場だったら、質問責めにしていたかもしれない……でも、一旦落ち着きましょう？

時間逆行魔法の詳細を説明している暇は今、ないから。

『時と場所を考えてくれ』と切に願う中、グレイソン殿下がジョシュア殿下の肩を掴む。

「兄上、そういうことは後にしてください」

「あっ……すまない、また暴走してしまった」

ハッとしたように目を見開き、両手を挙げるジョシュア殿下は素早く後ろへ下がった。

私を始め、周囲の人々に謝りながら元の場所へ戻っていく。

申し訳なさそうな表情を浮かべ、身を縮める彼の前で、私は苦笑いした。

『この空気、どうしよう……？』と思いつつ、一先ず口を開く。

「えっと……先程頂いたグレイソン殿下の質問についてですが――――理論上は実現可能だと思います」

『実際やってみないと、分かりませんけど』と断言を避ける私は、チラリと窓の外へ視線を向けた。

「最上級魔法の結界は空間を隔てるだけで、内外の影響を全く受けない訳ではありませんから。まあ、次元を超えた攻撃が結界の判定に引っ掛かる可能性もありますが……」

生物や攻撃を通さない特性について考え、私は不安要素を洗い出す。

「とはいえ、試してみる価値はあると思います。最初に提案した二つの方法より、成功する可能性は高そうですし」

『リスクもある程度抑えられる』とメリットを話し、私は時間逆行魔法の使用に前向きな姿勢を見せる。

――――が、しかし……時間逆行魔法による結界の解除を実現する上で、一つ問題があった。

「ただ、一つだけ不安な点がありまして――――私一人で、時間逆行魔法に必要な魔力を補えるかどうか……自信がありません。効果範囲を結界の周辺のみに絞るにしても、結構広いですから」

結界の一部だけ、時間を巻き戻す方法もあるが……それこそ、判定に引っ掛からないか不安だ。

だって、傍から見れば結界に穴を開けているようにしか見えないから。

もし、その穴を利用して行き来でもすれば、『生物や攻撃を通さない』という特性に反してしまう。

だから、時間逆行魔法を使用するなら一度に全ての結界の時間を巻き戻さなければならない。

魔力消費の問題で、実験を行う余裕もないから。

『私の魔力を全部差し出して、足りるかどうかのレベルなのよね』と、頭を悩ませる。

正確に計算した訳じゃないため、多少の誤差はあるだろうが……それでも、かなりギリギリなのは間違いなかった。

『はてさて、どうしたものか』と思案していると、不意にジョシュア殿下が手を挙げる。

「ここ！　ここに賢者が居るよ！　遠慮せず、顎で使って！」

期待の籠《こ》もった目でこちらを見つめ、ジョシュア殿下は身を乗り出してきた。

『時間逆行魔法の発動方法を知るチャンス！』とあってか、かなり必死である。

王族としての威厳や賢者としてのプライドも忘れ、食らいついてくる彼を前に――私は一瞬固まった。

だって、『誰かに頼る』という選択肢がなかったから。

皆で力を合わせる意識がなかった訳じゃない。

ただ、魔法に関することは全部自分の分野で……一人でやらなければならない、と無意識に思っていた。

私の扱う魔法は大抵派手で、大掛かりなものだから……負担を分け合える人が居なかった。

でも、今回は違う。いや、今までだって違った筈だ。

ただ、私が『一人でやらなきゃ』と気負っていただけで、手を伸ばせばきっと……その手を摑んでくれる人が居た。

林間合宿の時、グレイソン殿下が言った『無茶をするな』の一言が……今になって、心に染みる。

彼が本当に言いたかったのは、恐らく――――『もっと人を頼れ』ということだと思う。

数ヶ月越しに気づいた言葉の真意を嚙み締め、私は真っ直ぐに前を見据える。

そして、深々と頭を下げた。

「是非お願いします！」

「こちらこそ！」

力強く頷くジョシュア殿下は、『やった！』と手を握り締める。

ラピスラズリの瞳に歓喜を滲ませ、ニッコニコの笑顔でこちらを見つめた。

今すぐにでも時間逆行魔法の発動方法を聞き出したい様子の彼を他所に、私はディーナ様に向き直る。

「フリューゲル学園全体を描いた地図や資料は、ありませんか？　魔法の効果範囲を計算したいので、出来るだけ正確な情報が載っているといいのですが……」

『具体的な数字が書かれたものが望ましい』と主張する私に対し、ディーナ様は考えるような素振りを見せる。

「恐らく、職員室か図書室に行けばあると思うが……具体的な数字が書かれたものは、ないかもしれない」

『そういったものは厳重に保管されているから』と述べ、困ったように眉尻を下げる。

力になれないことを申し訳なく思っているのか、ちょっと元気がなかった。

一応、他の者達にも知らないか呼び掛けたが……反応なし。

そりゃあ、そうよね……敷地の地図や資料なんて、皆興味ないだろうし。

かなりの本好きか、建築業者の方でもなければ読まない類のものだから。

『早速、問題発生か』と嘆息する私は、大雑把な情報だけでも集めるべきか迷う。

『まあ、ないよりはマシだよね……』と考える中、ふと――――空中を漂う風船を目にした。

どこかのクラスの出し物で使用されたものが、何かの拍子に飛んできたのかしら？

などと思いながら、ぼんやり眺めていると――――不意にアーティファクトの存在を思い出す。

恐らく、風船から連想しただけだろうが……まさに絶妙なタイミングだった。

飛んできた風船に、『ありがとう！』とお礼を言いたいくらいには。

だって――――一年C組のアーティファクトを使えば、この問題は解決出来るから。

「あの、一年C組のアーティファクトを使うのはどうでしょうか？　あれは学園全体の様子を立体地図にして映し出しているので、詳しい情報を得られるかと。その代わり、場所を移すことになりますが……最低でも、私とジョシュア殿下は」

アーティファクトの運搬や設置に掛かる時間を考え、私は移動を提案した。

本来であれば、クラスメイト達に許可を取ってから使うべきなんだろうけど……非常事態ということで、許して欲しい。

『後でちゃんと謝るから！』と心の中で弁解しつつ、私は周りの様子を窺う。

するとと、アーティファクトの性能を理解しているグレイソン殿下が真っ先に反応を示した。

「なるほど。それなら、より正確に範囲を計算出来るな」

『名案だ』と褒《ほ》め称えるグレイソン殿下は、私の意見を支持する。

それに続く形で、一年C組の出し物に来てくれたであろう人達も賛成の声を上げた。

反対者が全く居ない状況を前に、ディーナ様は『アーティファクトか』と呟く。

あまり馴染《なじ》みのないものなので、どういったことを出来るのか想像がつかないのだろう。

「とりあえず、シャーロット嬢の意見は分かった。時間逆行魔法の発動を担う二人さえ良ければ、移動を許可しよう」

周囲の後押しもあり、ディーナ様は結構すんなりとアーティファクトの使用を許してくれた。

一年C組の出し物が校舎内にある、というのも大きかったかもしれない。

何かあった時、直ぐに駆けつけられるから。

それに校舎内は比較的安全なので、怪我や誘拐のリスクをかなり下げられた。

「ありがとうございます。ジョシュア殿下も、それでよろしいですか？」

「ああ。時間逆行魔法の使用に必要な情報を手に入れるためなら、たとえ火の中水の中、どこへだってついて行くよ」

冗談なのか、本気なのか分からない口調と笑顔で決意を語り、ジョシュア殿下は『さあ、行こう』と促す。

一秒でも早く、時間逆行魔法の発動方法を知りたいらしい。

『この人、魔法の研究のためなら何でもしそうだな』と苦笑いする中、私は扉へ足を向けた。

「では、ジョシュア殿下の同意も得られたので私達は早速アーティファクトの展示会場に……」

「――――俺も行く」

私の言葉を遮《さえぎ》るようにして、同行を申し出たのは――――グレイソン殿下だった。

鞘《さや》に収めた剣にそっと手を掛け、こちらを見つめる彼は自分の立場をよく理解していないようだ。

気持ちは嬉しいけど、貴重な戦力であるソードマスターを連れて行ける訳ないじゃない。

私とジョシュア殿下が風紀委員会室の警護から外れるだけでも、かなりの痛手なのに。

ディーナ様達の実力を疑っている訳じゃないけど、護衛対象の人数が多いから戦力を分散させるのは極力避けたい。

『合理性に欠ける』と判断し、私は同行を断ることにした。

それを察したのか、グレイソン殿下が先に口を開く。

「魔法の発動中は、どうしても無防備な状態になるだろ。あと、無事結界を解除出来たとしても外部の人間が敵を捕らえるまで時間が掛かるし……もし、その間に襲われたらどうするんだ？　場合によっては、二人とも魔力切れの状態で肉弾戦を強いられるかもしれないんだぞ？」

『魔法なしでちゃんと撃退出来るのか？』と問うグレイソン殿下に、私は何も言い返せなかった。

『痛いところを衝《つ》いてくるな……』と苦笑していると、ディーナ様が悩ましげに眉を顰める。

「魔導師の二人で、肉弾戦はさすがに不味いな……よし、分かった！　グレイソン殿下の同行を許可する！　二人の護衛をよろしく頼むぞ！」

「はい」

指揮官であるディーナ様から正式に護衛任務を言い渡され、グレイソン殿下は即座に頷いた。

どこかホッとしたように肩の力を抜く彼の前で、私は『ディーナ様の判断なら疑うしかない』と諦める。

多少の不安は残るものの、グレイソン殿下の同行は正直とても有り難かったため、不満はなかった。

魔力切れ云々《うんぬん》を抜きにしても、肉弾戦も行ける人が前衛に居てくれた方が心強いから。

「じゃあ、話もまとまったようだし、そろそろ行こうか」

そう言って、ジョシュア殿下は扉に手を掛ける。

――――が、グレイソン殿下に『先頭は俺が行きます』と言われ、引き下がった。

大人しく後衛に収まる私達を他所に、グレイソン殿下は扉を開け放つ。

そして、周囲の様子を確認すると、アーティファクトの展示会場に向かって走り出した。

私とジョシュア殿下もその後ろに続き、廊下を駆け抜ける。

一応敵が潜んでいる可能性を考え、慎重に進んだものの……結局、誰とも遭遇することなく目的地に辿り着いた。

「アーティファクトの状態を確認するので、少々お待ちください」

扉付近で二人を制止し、私はアーティファクトの点検に入る。

まず床に設置した方を確認し、『動作に異常はなさそうだ』と判断した。

続いて、空に浮いている方を風魔法で手繰り寄せ、あちこち見たり触ったりする。

巻き添えを食らったのか、多少傷はついているけど、頑丈に作ったおかげで何とか無事ね。

少なくとも、動作に問題はない。

ホッと息を吐き出す私は、風魔法でアーティファクトの位置を元に戻した。

空に浮くソレを一瞥し、扉付近で待機しているグレイソン殿下達に向き直る。

「アーティファクトに異常は見受けられませんでした。恐らく、正常に作動しています」

点検結果を報告し、私は立体地図の傍まで足を運んだ。

フリューゲル学園の現在の様子を映し出すソレに目を向け、人差し指から魔力の糸を出す。

「という訳で、計算を始めましょう。グレイソン殿下は引き続き、我々の護衛をお願いします」

「「分かった」」

即座に首を縦に振るグレイソン殿下とジョシュア殿下は、各々作業を始めた。

途端に無言になる彼らの前で、私は学園の距離や面積を割り出していく。

そして、計算の合間に時間逆行魔法の発動方法をジョシュア殿下に教え、どのくらい時間を巻き戻すか話し合う。

騒動が起きた正確な時刻は分からないものの、まだ一時間と少ししか経っていないとのことで、二時間ほど巻き戻すことにした。

グレイソン殿下とジョシュア殿下の体感でしか経過時間を計れない以上、ギリギリを責めるより少し余裕を持った方がいいから。

幸い、ジョシュア殿下の助太刀のおかげで魔力に多少余裕もあるし。

わざわざ、危ない橋を渡る必要はないわ。

一発勝負だからこそ慎重になる私は、何とか計算を終えた。

何度も間違いがないかチェックし、ジョシュア殿下の計算結果と照らし合わせると、魔法陣の作成に移る。

魔力の糸で書き留めた計算結果を見ながら、私達は術式を組み立てて行った。

無事完成した魔法陣を前に、私達は互いのものを確認する。

さすがは賢者の称号を持つお方ね。

たった一回……それも、口頭だけの説明で完璧に時間逆行魔法のことを理解しているわ。

習得の早さに驚く私はジョシュア殿下の魔法陣の出来を褒め、『問題ない』と太鼓判を押した。

すると、彼は嬉しそうに頬を緩めながら、『こっちも異常は見つからなかった』と述べる。

「それでは、時間逆行魔法の展開に移りましょう」

手にした魔法陣を頭上に浮かべ、私は学園全体に押し広げた。

それに続く形で、ジョシュア殿下も自分の魔法陣を拡大する。

空を覆い尽くすほど巨大な銀と紫の魔法陣だが、効果範囲はあくまで結界の周辺のみ。

「学園全体に魔法陣を展開しましたら、今度は魔力を注ぎ込んでください」

次の段階に移ることを宣言し、私は焦らずゆっくり魔力を流した。

ジョシュア殿下も同様に魔力を注ぎ込んでいく。

やがて、重なった二つの魔法陣は眩《まばゆ》く輝き、姿を変える。

以前と同じように時計盤と化した魔法陣を前に、私達は人差し指を突き出した。

「ジョシュア殿下、打ち合わせ通りにお願いします」

「分かっている。長い針を二周させれば、いいんだよね」

「はい」

念のため最後の手順をおさらいし、私達は人差し指で大きな丸を描く。

時計の針を動かすようなイメージをしながら。

すると、空いっぱいに広がった魔法陣《時計盤》の針が私達の動きと連動するように動いた。

『ここまでは打ち合わせ通り！』と歓喜する中、時計の針を二周させる作業が終わる。

ふと顔を見合わせる私達はどちらからともなく頷き合い、前に突き出した人差し指を下ろした。

その瞬間、時計盤が一際強い光を放ち――――指定した範囲の逆行を始める。

「おっと、これは……思ったより、魔力消費が激しいね」

自身の手のひらに目を向け、苦笑いするジョシュア殿下は『秒単位でどんどん魔力が失われていく』と述べた。

事前に注意喚起を受けていたとはいえ、ここまで激しい消耗だとは思わなかったのだろう。

「この調子だと、逆行が終わる頃には魔力切れを起こしているかもしれないなぁ」

「グレイソン殿下についてきてもらって、正解でしたね」

『護衛を固辞しなくて良かった』と思いつつ、私はじっと窓の外を……というか、光の壁を見つめる。

『お願いだから、消えて』と祈りながら。

魔力の消耗により、何とも言えない喪失感を覚えること一分……光の壁に変化が現れる。

「「「――――消えている……！」」」

興奮気味に同じセリフを叫ぶ私達は、外の光景に釘付《くぎづ》けとなった。

上から下に解けていく最上級魔法の結界を前に、歓喜と安堵を覚える。

成功を確信して僅かに頬を緩める中、光の壁が完全に消滅した。

と同時に、無事役目を終えた魔法陣《時計盤》が弾けるように消える。

「結界の解除、達成だな」

「魔力の残量は、ほぼ0に近いけどね」

「でも、これでやっと外部から助けを呼べますね」

グレイソン殿下、ジョシュア殿下、私の三人は各々感想を述べた。

まだ油断は出来ないと分かっていながらも、少し肩の力を抜いてしまう。

ようやく、悪夢の終わりが見えたから。

林間合宿の騒動のおかげでトラブルに多少耐性がついたとはいえ、やはり不安を感じていたのだろう。

ホッとするあまり、涙ぐむくらいには。

今回は本当に……本当に凄く怖かった。

何か一つでも違っていたら……誰か一人でも欠けていたら、きっと最悪の結果を迎えていたから。

敵側の思惑に嵌った場合《とき》の未来を想像し、私は身震いする。

『彼らの筋書きだと、私は実行犯なのよね……』と考える中、宮廷魔導師団や近衛《このえ》騎士団が学園内へ足を踏み入れた。

かと思えば、怒濤《どとう》の勢いで残党を処理していく。

「状況を把握するのが早いな」

「かなり前から、外で待機していたからね」

「なるほど。それでこんなに手際がいいんですね」

敵と味方を正確に分類し、対処していく彼らの姿に、私は目を見張る。

結界が解除された時に備えて、きっと色々準備してきたのだろう……と悟った。

それにしたって、この無双っぷりは凄《すさ》まじいが……。

『敵を一人倒すのに十秒も掛かってないんだけど……』と戸惑いつつ、私は一つ息を吐く。

「とりあえず、あとのことは彼らに任せて、私達は自衛に専念しましょう。下手に動くと、却《かえ》って邪魔になってしまいますから」

『協力要請を受けた場合はもちろん、手を貸しますけど』と述べ、私は扉へ足を向けた。

『一旦、風紀委員会室へ戻ろう』と促し、グレイソン殿下に改めて護衛をお願いする。

ここで待機しててもいいけど、ディーナ様達のことが心配だから。

別々に行動する意味がなくなった以上、合流するべきだわ。そっちの方が安全だし。
『最後まで気を抜かずにやり遂げよう』と自分に言い聞かせ、私はそっと踵《きびす》を返した。

そして――――風紀委員会室に戻り、自衛に務めること十五分……事態は無事収拾された。

と言っても、敵への事情聴取や共犯者の特定はまだだが……。

とりあえず暴れ回っている人間を全員捕え、被害者達《たち》を保護出来たという状況。

フリューゲル学園の正門前に集められた私は、生還を泣いて喜ぶ被害者達の姿に目を細める。

――――と、ここで視界の端にレオナルド皇太子殿下の横顔が映った。

皇室から来た者達に対してあれこれ指示を出し、後処理に動く彼は黒幕説を否定するように堂々と振る舞う。

そのおかげか、周囲の人々は誰一人として例の噂《うわさ》を口にせず……『殿下は黒幕じゃない』と信じていた。

暴行を加えられた痕もあることから、勇猛果敢に敵へ立ち向かった戦士として見られているみたい。

少なくとも、悪い印象を持っている人は居なかった。

『これでまた人気が上がりそうね』と考えつつ、私は小さく肩を竦《すく》める。

『ピンチをチャンスに変える天才ね』と感心していると、不意に腕を引っ張られた。

「シャーロット、大丈夫!?　怪我《けが》はない!?　敵に襲われなかった!?」

矢継ぎ早に質問を投げかけ、不安そうに瞳を揺らすのは——宮廷魔導師団のトップである、エルヴィン様だった。

焦ったような表情で私の顔や肩に触れる彼は、『痛いところはない!?』と何度も尋ねてくる。

いつもの意気揚々とした雰囲気は、どこにもない……。

林間合宿の騒動でも、ここまで取り乱すことはなかったのに……一体、どうしたのかしら？

『心配してくれたにしても、これは……』と疑問に思いつつ、私はシトリンの瞳を見つめ返した。

「落ち着いてください、エルヴィン様。私は大丈夫ですから」

「本当に!?　どこも怪我してない!?」

「は、はい……」

伯母様のせいで頭を怪我したけど……まあ、今は治っているし、わざわざ言わなくてもいいでしょう。

——と判断し、私は曖昧に微笑《ほほえ》んだ。

嘘《うそ》をついてしまった罪悪感に耐える中、エルヴィン様は肩の力を抜き、ホッと息を吐く。

「なら、良かった……！　敵が神秘の森から、魔物を大量に転移させたって聞いたからさ！　本当に焦ったよ！」

『心臓が止まるかと思った！』と言い、エルヴィン様は表情を和らげた。

シトリンの瞳に安堵《あんど》を滲《にじ》ませる彼の前で、私はパチパチと瞬《まばた》きを繰り返す。

えっ？　あれって、魔物だったんだ……道理で、手強《てごわ》いと思った。

『魔法を使える理由にも合点がいった』と一人納得していると——人混みの中から、副師団長のキース様が現れる。

そして、エルヴィン様の姿を視界に捉《とら》えるなり、首根っこを摑《つか》んだ。

「てめぇ……！　こんなところで、油を売っている場合か！　さっさと行くぞ！」

「えー!?　ちょっとくらい、いいじゃーん！　シャーロットとこうやって、会うのは久しぶりなんだしー！」

「うるせぇ！　まずは仕事だ！」

エルヴィン様の要求を跳ね除《の》け、キース様はクルリと身を翻す。

『近衛《このえ》騎士団に手柄を持っていかれる！』と殺気立つ彼を他所《よそ》に、エルヴィン様はこちらに手を振った。

『またね』と笑顔で挨拶し、キース様に引き摺《ず》られるまま人混みの中へ入っていく。

自分で歩こうとせず、されるがままのエルヴィン様を見送り、私は一つ息を吐いた。

いつもの調子に戻ったようで良かったわ。

さっきまで、泣きそうな顔をしていたから。

すっかり元気になったエルヴィン様の姿を見て、私は密《ひそ》かに胸を撫《な》で下ろす。

結局、何故《なぜ》あんなに過剰反応したのかは分からずじまいだが、わざわざ問い質《ただ》すようなことでもないのでスルーした。

『それより、早く事情聴取をして休みたい』と願いつつ、グレイソン殿下やジョシュア殿下のことを思い出す。

王族ということもあり、先に事情聴取を受けている彼らは結界で仕切られた簡易空間の中に居た。

『あと、どのくらいで終わるだろうか』と考える中、ふと視線を感じる。

『なんだろう?』と思いながら、そちらへ目を向けると――――伯母夫婦の姿が見えた。

正門前に集まった野次馬に紛れ、こちらを見つめる二人は慌てて踵《きびす》を返す。

『犯人は現場に戻る』って、本当だったのね。推理小説限定の話だと、思っていたわ。

もしかして、計画の成否を確認しに来たのかしら?

外からだと、全く分からないものね。

計画通りの時間に結界を解除されたか、どうかくらいのことしか。

などと思っていると、野次馬の中から両親が出てくる――――伯母夫婦を引き摺《ず》って。

恐らく、父と母に他意はない。

学園が襲われたと連絡を受けてやって来たら、知り合いが居たので一緒に連れてきた……程度の認識だろう。

伯母の働いた悪事を知らないのだから。

『天然こそ最強ね』と苦笑いする中、両親は近衛騎士団に話を通して学園内へ足を踏み入れる。

無論、伯母夫婦も一緒にだ。

「お父様、お母様」

キョロキョロと辺りを見回す両親に声を掛け、私は手を振る。

すると、両親はパッと表情を明るくした。

「無事だったのね、シャーロット！　本当に良かったわ！」

「林間合宿に続いて、文化祭も騒動に見舞われるなんて災難だったな！」

両親はこちらに駆け寄ってくるなり、歓喜と安堵に満ちた表情を浮かべる。

その後ろで青ざめている伯母夫婦のことなど、知らずに。

『この様子だと、伯父様もグルみたいね』と推察しつつ、私はスッと目を細めた。

せっかく現場から逃げたのに戻ってくるから、こうなるのよ。

まあ、そのまま逃亡したとしても必ず見つけ出すけど。

文化祭の件に関わっている以上、見逃すことは出来ないわ。

身内だからといって、甘い顔を見せる気のない私は『ここで絶対に捕らえる』と胸に誓う。

――――が、幾つか本人達に聞きたいことがあったので少しばかり猶予を作ることにした。

まあ、最終的には宮廷魔導師団や近衛騎士団の方に身柄を引き渡すが……。

「四人とも、駆けつけて下さってありがとうございます。ここでは、他の方のご迷惑になりますし、場所を移しましょう」

そう言って、私は人気《ひとけ》のない方角を指さす。

ここから見える範囲で尚且《なおか》つ静かな場所を選び、私は『さあ、行きましょう』と促した。

ニコニコと笑って頷《うなず》く両親と困り顔のまま固まる伯母夫婦を引き連れ、目的地へ誘導する。

木陰に入り、皆と顔を突き合わせると、私は後ろで手を組んだ。

「私、実はこの騒動が起きる前に頭から血を流して気絶したんです」

「えっ？　何で……!?」

「だ、大丈夫なのか……!?」

何の脈絡もなく怪我のことを報告する私に、両親は面食らう。

心配そうにこちらを見つめ、額や後頭部に触りまくった。

対する伯母夫婦は、無言で冷や汗を垂れ流しているが……。

「ええ、傷はもう大丈夫です。とある方にきちんと治してもらったので、ご心配なく」

『元気いっぱいです』と言い、私は柔らかい笑みを浮かべた。

ホッとしたように胸を撫で下ろす両親と微妙な反応を示す伯母夫婦に対し、私はこう言葉を続ける。

「ただ、私に傷を負わせた方にはしっかり責任を取って頂かなければと思いまして……」

「それはそうよね！」

「事が事だけに、謝罪だけでは済まさないからな！」

『親として直談判《じかだんぱん》してやる！』と意気込む父と母の姿に、私はなんだか申し訳ない気持ちになった。

やはり、二人を巻き込むのは不味《まず》いんじゃないかと尻込み……少しだけ判断を迷う。

――が、しかし……放っておいても、いつか知る事実なのできちんと自分の口から伝えたかった。

ギュッと手を握り締める私は覚悟を決めて、伯母に目を向ける。

「――ですって、伯母様」

『今のやり取り、聞いてましたよね？』と問い、私はニッコリと微笑んだ。

言外に『犯人は伯母だ』と主張した私に、両親は言葉を失う。

『嘘だろう……？』とでも言うように伯母を凝視し、ただただ固まるだけ……。

ショックを隠し切れない様子の二人は、哀れなほど震えていて……今にも泣きそうだった。

こうなることは事前に分かっていたけど……いざ、現実になると心に来るわね。

でも、お父様とお母様にはしっかり見届けてもらわなければならない――家族として。

「先程の宣言通り、伯母様にはきちんと責任を取って頂きます。人に致命傷と言っても過言ではない怪我を負わせておきながら、今後も平和に過ごせると思わないでくださいね」

「っ……！」

『処罰は免れない』と語る私に、伯母はクシャリと顔を歪《ゆが》める。

ストロベリークォーツの瞳に苛立《いらだ》ちを滲ませ、皮膚に爪が食い込むほど強く手を握り締めた。

あっ……ダメね、これ――全く反省していない。

今の伯母様はただ、追い詰められた事実に腹を立てているだけ。

謂《い》わば、子供の癇癪《かんしゃく》みたいなもの。

『更生は期待出来なそう』と判断し、私は内心溜《た》め息《いき》を零《こぼ》す。

それなりに長く深く関わってきた人物の本性を垣間見《かいまみ》て、複雑な心境に陥った。

『自分は結局、相手の何を見ていたのだろう？』と思案しながら、言葉を続ける。

「文化祭の騒動を引き起こした者達と関わりがあるのは、分かっています。なので――自首してくれませんか？　自ら罪を認め、捜査に協力すれば命までは取られない筈《はず》です」

最後の温情として、私は選択肢を与えた。

自らの罪を告発して反省の日々を送るか、問答無用で引っ捕らえられて牢屋《ろうや》に放り込まれるか。

どちらにせよ、罪から逃れることは出来ないので普通の人なら前者を選ぶだろう。

だが、しかし――

「嫌に決まっているでしょう！」

――相手は姪《めい》の頭を平気で攻撃出来る人物……迷わず、逃亡を……いや、後者を選んだ。

『行くわよ！』と言って伯父の手を取り、伯母はこの場から離れようとする。

まあ、そんなの許す筈もないが……。

「それが伯母様の答えなら、仕方ありませんね。多少手荒になってしまいますが――貴方《あなた》を拘束させて頂きます」

『最後の温情を跳ね除けられてはしょうがない』と、後ろ手で密かに作成していた魔法陣を発動した。

魔力の節約という意味も込めて魔術を使用したが、この判断に狂いはなかった。

細かいコントロールが効くおかげで、伯母を狙い撃ちして拘束出来たから。

見事草花で手足を縛られた彼女の姿に、私はスッと目を細める。

本来であれば、伯父様も拘束するべきなんだろうけど、こっちはまだ部外者である可能性を捨て切れないのよね。

ただ、伯母様の悪事は知っているみたいだから、全く関係のない第三者という線はなさそうだけど。

まあ、なんにせよ――――伯母様を置いて、逃げることはないでしょう。

だって、伯父様は伯母様のことを愛しているから。

決して口には出さないけど、態度に滲み出ている。

金の亡者たる伯父様が、美にこだわる伯母様の散財を許しているところとかね。

もし、愛してなければ『そんなものに金を使うのはやめろ』と非難していた筈よ。

『だから、無理して拘束する必要はない』と考え、伯母に寄り添う伯父をじっと見つめる。

相変わらず、何を考えているのかさっぱり分からない表情と態度だったが、伯母の身を案じているのは何となく伝わった。

それなのに、伯母様と来たら……。

「み、身内なんだから見逃してよ！」

『捕まりたくない！』と駄々を捏《こ》ね、喚《わめ》き散らす。

顔を真っ赤にしながら身を捩《よじ》る伯母は、どうにかして拘束を解こうと必死だった。

そこら辺の雑草を利用しているとはいえ、魔法で強化しているから何をしても無駄なのに。

『普通の雑草みたいにすぐ抜けたり、千切れたりしないわよ』と呆《あき》れる中、伯母は突然目を見開いて固まる。

――ある一点を凝視しながら。

「嗚呼《ああ》！　ちょうどいいところに、いらっしゃいましたね！　助けてください！」

パッと弾《はじ》けるような笑みを見せる伯母は――少し離れた場所から、こちらを見つめる青髪の美少女に声を掛けた。

だが、しかし……相手は怯《おび》えたような、困ったような表情を浮かべて動かない。

それに痺《しび》れを切らしたのか、伯母は僅かに身を乗り出した。

「私達を見逃すよう、説得してください！　優れた妹のせいで苦労している貴方なら、私の気持ちが分かるでしょう！」

『同じ境遇に居るんですから！』と言い、伯母は――我が姉スカーレットに助けを求める。

すると、姉の様子が一気におかしくなった。

息を切らしたように短い呼吸を繰り返し、強く胸元を握り締める。

まるで、何かを堪《こら》えるように……。

「お、お姉様……？　大丈夫ですか？」

私が心配になって声を掛けると、姉はこちらに目を向けた。

かと思えば、言霊術で火炎魔法を展開する。

全く意味の分からない状況に目を白黒させる中、姉は顕現させた炎の矢を――こちらに向けた。

えっ？　私……？　というか、これ――当たったら、普通に死ぬよね？

今まで部屋に石を投げ込まれたり、わざとぶつかられそうになったりしたことはあったが、命を狙われることはなかった。

姉なりにちゃんと、そこは一線を引いていた気がする。

なのに、何故今になってこのような行動に出るのか……さっぱり分からなかった。

「そうです！　そのまま、優れた妹を消してしまいましょう！　幸せになるためには、必要なことなんですから！」

「っ……！」

苦しそうに顔を歪める姉は、伯母に煽《あお》られるまま炎の矢を発射する。

迫り来る脅威を前に身構えると――――姉は思い切り唇を噛《か》んだ。

かと思えば、何かを薙《な》ぎ払うように手を動かし、炎の矢を消す。

「わた、しは……たとえ、どんなに苦しい思いをしようと妹を傷つけない！　貴方の言いなりには、絶対にならない！」

口端から流れる血を手で拭い、姉は吠《ほ》えるようにして伯母を怒鳴りつけた。

痛みのせいか、それとも感情が昂《たかぶ》り過ぎたせいか……姉は目尻に涙を浮かべる。

でも、先程のような錯乱した様子はなく、比較的落ち着いていた。

と言っても、まだ苦しそうだが……。

「よろしいのですか!?　このままだと、不幸になりますよ!?　周りの者達に妹と比べられ、馬鹿にされて……！」

「構わないわ！　だって、自分より優れた妹が居ることは恥でも不幸でもないもの！　むしろ、誇るべきことよ……！」

『周りの反応なんて、どうでもいい！』と吐き捨て、姉は伯母の説得を跳ね除ける。

凛《りん》とした面持ちで前を見据える姉は、強い意志と覚悟を見せた。

かと思えば、『うっ……！』と呻《うめ》き声《ごえ》を上げる。

「「スカーレット《スカーレットお姉様》！」」

青白い顔で俯《うつむ》く姉を見て、居ても立ってもいられなくなった私と両親は慌てて駆け寄る。

――――が、しかし……

「近づかないで……！」

姉は悲鳴にも近い声色で私達を……いや、私を拒絶した。

自分自身を抱き締めるようにして蹲《うずくま》り、再び唇を噛み締める。

ポタポタと零れ落ちる血も気にせずに。

しかも、今度は喉元まで掻《か》き毟《むし》り、『フー……フー……』と荒い息を繰り返した。

見るからに様子のおかしい姉を前に、私と両親は顔を見合わせる。

そして、どちらからともなく頷き合うと、姉に視線を戻した。

「スカーレット、一体何があったの!?　私達はどうすればいい!?」

「何故、そんなに苦しんでいるんだ!?　原因を教えてくれ！」

「もしかして、伯母様に何かされたんですか!?」

平気で人に致命傷を負わせられる人だ、お姉様にも危害を加えているかもしれない……！

伯母の人間性に危機感を覚える私は、草花で拘束された当人を視界に捉《とら》える。

『何故、思い通りにならないのか！』と苛立つ彼女を前に、私は物騒なことを考えた。

――――この人を拷問して、聞き出せばいいんじゃないか？　と。

魔力の残量に少しばかり不安があるけど、たった一人の姉を助けるためなら、どんな無茶もするわ！

『この手が血に染まっても構わない』と決意し、私は手のひらを突き出す。

と同時に、伯父が伯母を庇《かば》うように前へ出た。

「現在、彼女は――――『アンロック』と呼ばれる黒魔法に苦しめられています。これは指定した感情を解放・増幅する類の魔法です。今回は妹君に対する劣等感を解放・増幅させました」

こちらの不穏な空気を感じ取ったのか、伯父は自ら口を割った。

ここで敢《あ》えて駆け引きなどせず、情報を提供したのが実に彼らしい。

敵意と害意を見せた相手に交渉なんて、神経を逆撫でするだけと判断したのだろう。

まあ、全くもってその通りなのだが……。

もし、情報提供の見返りを求められていたら確実に理性が効かなくなっていた。

「……治すにはどうすればいいんですか？」

「扁桃体《へんとうたい》を正常に戻せば、恐らく何とかなるかと」

『ちょっと……！』と咎《とが》めるように呼び掛ける伯母を無視し、伯父はこちらの疑問に答える。

なんとも潔い対応に、私は少しばかり気を良くした。

と言っても、心を許した訳ではないが……。

「扁桃体……？　精神関係のものじゃなくて？」

「はい。『アンロック』は精神に直接作用している訳ではなくて、扁桃体を通して作用しているものなので」

『魔法というより麻薬に近いものです』と説明し、伯父はじっとこちらの反応を窺《うかが》う。

どことなく表情を強《こわ》ばらせる彼の前で、私はチラリと姉に視線を向けた。

既に負の感情でグチャグチャになって、周りの声など聞こえていない様子の彼女を目にし、唇を引き結ぶ。

『こんなになるまでお姉様を追い詰めるなんて……』と憤りを覚えながら。

「最後に一つお尋ねします――この魔法をお姉様に掛けたのは、伯母様ですね？」

「……はい。ですが、僕も魔法の使用に賛成したので同罪です」

伯母一人に罪を背負わせぬよう、伯父は敢えて自分に不利なことまで話した。

そこに迷いや躊躇《ためら》いはなく……ただただ純愛を貫いている。

『そんなに好きなら、何故止めてくれなかったのか』と思いつつ、私は指先から魔力の糸を出した。

扁桃体を正常に戻すための魔法陣を素早く作成し、何度も何度も確認する。

もし万が一、誤りがあって姉を更に苦しめる羽目になったら、嫌だから。

お姉様には、いついかなる時も健やかで居て欲しい。

――――と心より願う私は、出来上がった魔法陣を姉の頭上に展開した。

足元でも良かったのだが、それだと魔法陣を目にしてしまうため。

伯父の言った通り、私に対する劣等感を爆発させる魔法なら、紫色を見ただけで絶叫する恐れがあった。

これ以上、苦しめないよう細心の注意を払いつつ、魔法陣にじわじわと魔力を注いでいく。

紫色のソレはやがて輝き――――姉の体を柔らかい光で包み込んだ。

かと思えば、パッと弾けるように消える。

とりあえず、これで扁桃体は正常に戻ったと思うけど……無事、心は落ち着いたかしら？

治ったという確信が持てず、声を掛けられずにいると、姉が顔を上げた。

自身の両手を見つめ、暫《しば》し沈黙する彼女は恐る恐る……本当に恐る恐る私の方を向く。

そして、大きく目を見開いた。

「シャーロット、これは……」

困惑の滲む声色で問い掛け、姉はパチパチと瞬きを繰り返す。

どうやら、治療は上手《うま》くいったようだ。

すっかり正気を取り戻した姉の前で、私は『良かった』と胸を撫で下ろす。

「もう大丈夫ですよ、お姉様。伯母様に掛けられた魔法は、無効化しましたから」

端的に状況を説明し、姉の傍《そば》まで行くと、私はそっと腰を下ろした。

自分と同じタンザナイトの瞳を見つめ、姉の手を優しく包み込む。

安堵と歓喜のあまり頬を緩める私に反して、姉はポロポロと大粒の涙を流した。

「貴方はどうして、いつもいつも……！　私、酷《ひど》いことばかりしたのに……！　このお人好《ひとよ》し……！」

ギュッと手を握り返し、姉は『私のことなんて、放っておけば良かったのに！』と叫ぶ。

先程とはまた違う意味で感情を爆発させる彼女に、私はスッと目を細めた。

「たった一人の姉を助けたい、と思うのはおかしいことですか？」

「そういう訳じゃないけど、でも……！　私とシャーロットは、普通の姉妹関係じゃないでしょう！」

「確かにそうですね。でも、血の繋《つな》がった姉と妹であることに変わりはません」

『助ける理由はそれだけで充分だ』と主張し、私は柔らかく微笑む。

弾む心を抑えながら、私は涙で濡《ぬ》れた姉の頬を優しく撫でた。

「それに凄《すご》く嬉《うれ》しかったんです。お姉様が私のような妹を持てたのは恥でも不幸でもない、と……むしろ誇るべきことだ、と言ってくださって」

先程伯母に反論してくれた姉の言葉を思い浮かべ、私は温かい気持ちでいっぱいになる。

「私も、お姉様がお姉様で良かった」

「！」

動揺のあまり涙が引っ込む姉に対し、私は更に言葉を続けた。

「スカーレット・ローザ・メイヤーズは、私の自慢の姉です」

「っ～……！」

クシャリと顔を歪める姉は再び泣き出し、嗚咽《おえつ》を漏らす。

「だから、もう……！　本当に……馬鹿！　私に何をされたのか、覚えてないの!?」

「覚えています。でも、それはもう終わったことです」

体育祭で姉を負かした時点で、心の整理は出来ていた。

だから、今更謝って欲しいとか、反省して欲しいとかは思っていない。

別に有耶無耶《うやむや》にする訳じゃないが、終わったことを再び掘り返す必要性がなかったのだ。

様々な葛藤を乗り越えて前へ進んでいる私は、自分で言うのもなんだが、実に淡々としていた。

そんな私を見て、姉は驚いたように……そして、ちょっとショックを受けたように固まる。

タンザナイトの瞳にどことなく哀愁を漂わせ、俯きがちにこちらを見つめた。

「勝手に終わらせないでよ……このままじゃ、謝ることすら出来ないじゃない」

「!?」

『あの頑固で意地っ張りなお姉様が謝罪を……!?』と驚愕《きょうがく》する私に対し、姉は僅かに口を尖《とが》らせる。

拗《す》ねたような……でも、何かを決したような様子で顔を上げ、一度深呼吸した。

かと思えば、一旦手を離して居住まいを正す。

真《ま》っ直《す》ぐこちらを見つめるタンザナイトの瞳は凜としており、真剣味が伝わってきた。

「シャーロット、今までずっと貴方を虐《しいた》げてきて本当に……本当にごめんなさい。私は『優れた妹を持つと幸せになれない』という考えに取り憑《つ》かれて、貴方の気持ちや負担を全く考えてなかった」

罪悪感や後悔の滲んだ声色で、姉は謝罪を切り出す。

そして、自責の念に押し潰されるかのように深々と頭を下げた。

◇◆◇◆

《スカーレット side》

――時は遡《さかのぼ》り、母が妹を出産して間もない頃。

お祝いに駆けつけた親戚一同からプレゼントや手紙を貰《もら》い、メイヤーズ子爵家はもうお祭り騒ぎだった。

『名前は何にしよう』とか、『将来どんな子に育つかな』とか様々な話題で盛り上がる中、私はバルコニーで伯母と対面する。

他の親戚達と違い、彼女は度々会いに来てくれたため、人見知りもせず言葉を交わせた。

そんな時、ふと――ゆりかごの中で眠る妹の姿を目にする。

「赤ちゃんって、ずっと寝てるのね」

『朝も昼も夜も寝てるの』と言い、私は既に見慣れてしまった妹の寝顔を眺めた。

血が繋がっているという実感すらないため、未知の生物を見ているような気分である。

『ちっちゃくて、しわしわ』という認識しか持たない私を他所に、伯母は僅かに顔色を変えた。

視線は赤子の妹に向いている筈なのに、全く違うものを見据えているよう……。

どうしたんだろう？　具合、悪いのかな？

子供ながらに異変を感じ取り、私はちょっと心配になる。

いつもの優しい伯母に戻って欲しくて、声を掛けようとすると、彼女が先に口を開いた。

「確かに今は寝ているだけの……人畜無害な生き物ですね。でも、今後もそうとは限りませんよ。自我を持ち、才能を開花させ、優秀に育った場合……妹が姉を超えた場合、姉は不幸になります」

「えっ……？」

唐突に告げられた妹の危険性を、私はどう受け止めればいいのか分からなかった。

『不幸』という単語にただただ怯え、ギュッと胸元を握り締める。

『妹の誕生は嬉しいことじゃないの？』と戸惑う私を前に、伯母はそっと跪《ひざまず》いた。

かと思えば、私の両肩に手を置き、真っ直ぐ目を見つめる。

「優れた妹を持つこと……それは姉の破滅を意味します。なので、どうぞお気をつけください──幸せになりたいのならば」

妙に感情の籠《こ》もった声で不穏なセリフを吐き、伯母は肩を握る手に力を込めた。

鬼気迫る何かを感じる言動に、私は『嘘を言っている訳じゃない』と確信する。

と同時に、とても恐ろしくなった。

まだ幼く、寝ることと食べることしか知らない妹がいつか、姉の私を不幸のどん底に陥れるかもしれないなんて……考えたこともなかったから。

もしも、この子が優秀に育ったらと思うと、気が気じゃなかった。

お願いだから、私より優れた人間にならないで。幸せになりたいの。

伯母の言葉を真に受ける私は自分の将来を憂い、真剣に願う。

だが、しかし――――その願いは僅か数年で、簡単に砕け散る。

何故なら私と同様、講義を受けるようになったシャーロットが天才の片鱗《へんりん》を見せるようになったから。

講師達はすっかりシャーロットに夢中で、私のことなど目に入っていない様子。

このままでは、妹に周囲の関心と好意を奪われ……不幸になってしまうかもしれない。

っ……！　ダメ……！　そんなの絶対に認めない！

伯母に幾度となく『優れた妹がいると、姉は幸せになれない』と言われ続けてきた私は、危機感を覚える。

足元から何かが這《は》い上がってくるような錯覚に陥りながら、私はシャーロットを裏庭に呼び出した。

周囲の関心も好意も意に介さず、平然としている妹を前に、私は顔を歪める。

あからさまに浮かれているのも腹立たしいが、ここまで澄ましていると逆に反感を持ってしまった。

周囲の反応や将来のことで悩んでいる自分が小さく思えて、惨めになるから。

「シャーロット。貴方、最近調子に乗っているでしょう？」

「調子に乗っているとは、どういう意味でしょうか？　スカーレットお姉様」

歳《とし》の割にハッキリとした受け答えをするシャーロットは、真っ直ぐにこちらを見つめ返す。

僅かな動揺も見せない彼女の様子に、私は眉を寄せた。

そして、扇を手のひらにパンッと勢いよく打ち付ける。

「あの、お姉様。手のひらが赤くなって……」

「そんなことは今どうでもいいの！」

大きな声で怒鳴りつけ、私はシャーロットの口を噤《つぐ》ませた。

感情の赴くままに足を動かし、彼女のもとへ詰め寄る。

「シャーロット、貴方講師たちに天才だと持て囃《はや》されているそうじゃない？　しかも、姉の私より優秀だって……！」

「え？　あ、えっと……それは……」

「言い訳なんて聞きたくないわ！」

シャーロットの弁解をわざと遮り、私は思い切り顔を顰《しか》める。

タンザナイトの瞳に言い様のない怒りを滲ませ、シャーロットを睨《にら》みつけた。

「シャーロット、いい？　よく聞きなさい。妹は姉を立てる存在なの。姉より目立ったり、優秀になることは許されない。だから――」

私はそこで一度言葉を切ると、扇の先端をポンッとシャーロットの胸元に当てた。

「――私の引き立て役になりなさい、シャーロット」

疑問形ですらない命令口調で、自分の意志の強さを示す。

これだけは絶対に譲れない領域だから。

甘い対応など、出来なかった。

『必ず了承させなければ』と使命感に駆られる中、シャーロットは暫《しばら》く沈黙する。

決断を躊躇うように俯くと、『はぁ……』と小さな溜め息を零した。

かと思えば、覚悟を決めたように顔を上げる。

「分かりました。スカーレットお姉様の望む通りに致します。貴方の引き立て役に徹しましょう」

凛とした面持ちでこちらを見据えるシャーロットは、私の欲しい言葉を……平凡を演じる確約をくれた。

『早速明日から実行します』と宣言する彼女の前で、私は心底ホッとする。

これで最悪の結末は避けられる、と。

姉の引き立て役を強要することに、多少なりとも罪悪感はあるわ。

でも……それでも、私は幸せになりたいの。

まるで呪いのようにこびり付く伯母の言葉を思い返し、私は自分の行いを正当化する。

――とはいえ、こんな事態を望んでいた訳じゃなかった。

目の前で繰り広げられる光景を前に、私は瞬きを繰り返す。

何故なら、講師陣がシャーロットを完全に見下していたから。

「妹君には、ガッカリです」

「姉君はこんなに優秀なのに」

「本当に血の繋がった姉妹なんですかね？」

歴史担当のレックス先生を筆頭に、講師陣はシャーロットに嫌味を零した。

天才の片鱗を見せた最初の頃と違い、ここ数ヶ月は平凡な成績しか取っていないため、見限ったのだろう。

私の命令で真の実力を隠している、なんて夢にも思わず。

言いつけ通り姉の引き立て役に徹するシャーロットと嘘に踊らされる講師陣を前に、私は震える。

だって、本来その対応を受けていたのは自分だから。

私はただ、シャーロットにソレを押し付けただけ。

そう考えると、とても他人事《ひとごと》とは思えなくて……シャーロットを庇うように一歩前へ踏み出す。

「そ、そんなことを言ったら可哀想《かわいそう》よ」

震える声で講師陣を制止し、私は『それより、早く行きましょう』と促す。

廊下の先にある自分の部屋を指さし、『時間が勿体《もったい》ない』と主張した。

講義に意欲的な態度を見せる私に対し、講師陣は好反応を示す。

『そうですね』と私の意見に賛同し、彼らはシャーロットの横を通り過ぎた。

その後ろをついていきながら、私はジクジクと痛む胸を押さえる。

シャーロットが本来受けるべき評価を、賛辞を、待遇を横取りしているようで心苦しい……。

でも、『お互い、本来の立場に戻ろう』と……『姉の引き立て役をやめてもいい』と言い出すことはどうしても出来なかった。

不幸になるのが怖くて……。

最低で情けない自分を自覚する私は、『だから、せめてシャーロットの味方をしよう』と決意する。

こちらとしては、姉の引き立て役に徹してくれるだけで充分だったから。

それ以上のことを求めるつもりなど、全くなかった。差別や虐待など、以《もっ》ての外《ほか》である。

――そう思っていたのに……私は何故、こんなにスッキリしているのだろう？

講師陣の悪意ある対応が始まってから、一ヶ月……私の心情にも変化が現れた。

もはや習慣化してきたシャーロットへの嫌味や講義放棄を前に、言い様のない快感を覚える。

絶対に開いてはならない扉を……切れてはいけない理性の糸を……仕舞っておかなければならない感情を――

「シャーロットったら、本当にダメね」

――私は今日、解放した。

講師陣に囲まれているシャーロットに、私は愉悦と嘲笑を浮かべる。

ショックを受けたように俯く彼女の前で、私は歓喜に震えた。

自分より優秀な筈の妹が惨めで情けない姿を晒《さら》すと、とても気分がいいから。

何より、自分が精神的優位に立てたようで凄く安心する。

「くれぐれも、先生方に恥を晒さないようにしてちょうだいね。メイヤーズ子爵家の人間はこの程度だと思われたら、困るから」

思ったよりスラスラ出る非難の言葉に、私自身も驚いた。

でも、一度言い出すと止まらなくて……。

「全く……どうして、私の妹はこんなに無能なのかしらね。姉として、恥ずかしいわ」

自身の頬に手を添え、私はやれやれと首を横に振る。

悪いことをしている自覚はあった。

でも、周りの大人たちがそれを良しとしているのだから……自分もやっていい、と思った。

思考停止と言わざるを得ない判断を下し、私は欲望のままシャーロットを罵《ののし》った。

少なからず罪悪感はあるものの、それを帳消しにするほどの快感が押し寄せてきて……どうでもよくなる。

何か大事なものが失われていく感覚を覚えながら、私は最低最悪の人間に……いや、姉に成り下がった。

◇◆◇◆

自分の汚い本音も包み隠さず、話し終えた姉は過去を悔やむように……己を責めるように唇を噛み締める。

『アンロック』に苦しめられた際に出来た傷がまだ癒えてないため、うっすら血が滲んでいた。

でも、本人はそんなの気にしていないのか、言葉を続ける。

「でも、シャーロットの怒りや優しさに触れてようやく現実を見るようになったの」

自身の胸元に両手を添え、姉はそっと目を伏せた。

「妹より劣っている姉という事実が露呈しても、私は不幸になってなかった。確かに周囲から、『妹より劣っているなんて』と馬鹿にされるのは辛《つら》いけど……でも――私の幸せは愛する人の役に立つことだから」

『妹より優れているかどうかなんて関係なかった』と語り、姉は柔らかい笑みを浮かべる。

きっと、大好きなレオナルド皇太子殿下のことを思い出し、幸せな気持ちになっているのだろう。

そういうところは、本当に素直……というか、単純だから。

『良くも悪くも、姉は殿下に出会ってから変わったな』と考える中、彼女はふとこちらを見つめる。

確固たる意志が窺えるタンザナイトの瞳は、澄んだ心を表していた。

「『優れた妹がいると、姉は幸せになれない』という考えは……過去の自分は、間違っていたわ」

全面的に非を認める姉は、『本当にごめんなさい』と再度謝罪する。

伯母の洗脳や講師陣の対応を言い訳に使わず、自分の責任として現実と向き合う姉に、私は感嘆した。

と同時に、過去の自分を呪う。

どうして、お姉様の葛藤に気づいてあげられなかったのだろう?

私は誰よりも傍に居た筈なのに……。

思考停止していたのは、きっと私も同じ……馬鹿正直に姉の引き立て役を引き受けたり、講師陣の悪意を受け止めたりせず、行動を起こせば良かった。

そうすれば、こんな悲しい結果にならなかったかもしれない……。

『せめて、周りの大人に助けを求めていたら……』と後悔し、私は顔を歪める。

事勿《ことなか》れ主義の自分を本気で恨む中――先程まで呆然《ぼうぜん》と姉の話を聞いていた両親が怒り出した。

「娘達になんてことをしてくれたの!?」

「これは身内だからと言って、許せる問題じゃないぞ！」

珍しく声を荒らげる両親は、普段の穏やかさが嘘のようにいきり立つ。

もし、感情を可視化出来るなら二人の周囲は今頃憤怒の炎で溢《あふ》れていたことだろう。

こんなに怒っている両親は、初めて見たかもしれない……。

基本、何をしても笑って許してくれる人達だから。

両親の勢いに思わず圧倒され、私はパチパチと瞬きを繰り返した。

後悔も懺悔《ざんげ》もどこかへ吹き飛び、固まっていると、母が思い切り伯母を睨みつける。

どれだけ怒鳴っても素知らぬ顔でスルーするため反省の色が見えず、腹を立てているのだろう。

お父様が不穏な空気を感じ取り、冷静になる程度には怒っているわね……。

『これって、結構不味いパターン……？』と冷や汗を流しつつ、私は母の動向を見守る。

本来であれば、止めるべきなんだろうが……何故だか、手を出してはいけない気がした。

これでもかというほど生存本能を刺激される中――――業《ごう》を煮やした母が伯母に詰め寄る。

そして、力いっぱい伯母の頬を叩《たた》いた。

「「「！！？」」」

パチンより、バシンという効果音が似合いそうな一撃に、我々は目を見開いて固まる。

目の前で一体何が起きたのか分からず……声も出なかった。

『暴力とは無縁そうな母が……』と戸惑う私達を他所に、伯母が逸《いち》早く正気を取り戻す。

ご自慢の顔を叩かれたせいか、伯母は物凄い形相で母を睨みつけていた。

草花に拘束された手足を動かし、少しでも母に近づこうと必死である。

突如勃発した姉妹喧嘩《げんか》にハラハラする私達を他所に、伯母は感情のタガが外れたように叫び始めた。

「貴方なんて、大嫌いよ！　いつも、のほほんとしているだけなのに私より皆にチヤホヤされて！　私が陰でなんて言われていたか知ってる？　妹の引き立て役、よ！」

先程まで無視を決め込んでいた人間とは思えないほど饒舌《じょうぜつ》になり、負の感情をぶつけてくる。

そんな伯母を前に、母は――――一歩も引かなかった。

「だからって、子供達に当たることないでしょう！　最低の行いだわ！」

『大人がやっていいことじゃない！』と強く非難し、母はストロベリークォーツの瞳を見つめ返す。

間髪を容《い》れずに正論を叩きつけられたからか、伯母は怯《ひる》んだ。

思わずといった様子で表情を強ばらせ、後ろに仰《の》け反《ぞ》る。

――と、ここで母がいきなり自身の頬を叩いた。それも、両手で勢いよく。

突然の自傷行為に唖然《あぜん》とする我々を前に、母は思い詰めたような表情を浮かべた。

「でも、本当に許せないのは……自分自身。私は子供達の苦しみにも、お姉様の葛藤にも気づけなかった……」

悔しそうに……そして、とても苦しそうに自分を責める母はそっと伯母に近づく。

手足を拘束しているとはいえ、危害を加えられる可能性は0じゃないのに。

「ヴィクトリアお姉様。私はお姉様より、優れていると思ったことなんて一度もないわ。だって、お姉様はいつも綺麗で努力家だもの」

「っ……！　いつも綺麗《きれい》って、当てつけのつもり!?」

外見のことでいつも比べられていたからか、伯母は『嫌味だ！』と叫んだ。

不快感や嫌悪感を前面に出す彼女に対し、母は首を横に振る。

「いいえ、違うわ。私は事実を言ったまでよ。だって――お姉様は、だらしない姿を人に見せたことがないじゃない。いつも、ちゃんと綺麗にしていて……私、何年もお姉様と一緒に過ごしたのに寝顔すら見たことないわ」

ちょっと寂しそうに微笑む母は、タンザナイトの瞳に哀愁を漂わせた。

『家族としてはきちんと素顔を見せて欲しかったけど……』と言い、小さく肩を竦める。

尊敬と寂寥《せきりょう》を見せる母の前で、伯母は一瞬固まり……脱力した。

自分の努力をきちんと見てくれている人が、こんなにも近くに居て驚いているのかもしれない。

「私……何をやっているんだろう？　本当に馬鹿みたい……」

一番見返したい筈の相手に認められていることに気づき、伯母は一筋の涙を流した。

己の愚かしさを痛感して泣きじゃくる彼女に、母はそっと寄り添う。

そして、伯母と同じように涙を流した。

「もっと早く色んなことを話すべきだったわ……言わなくても伝わっているなんて、傲慢だった」

『私も悪かった』と反省の弁を述べ、母はキュッと唇に力を入れる。

壊れてしまった姉妹の形を嘆くように……。

修復不可能だと分かっているからこそ、姉と妹で居られる残り僅かな時間を噛み締めているのだろう。

――――その後、騒ぎを聞きつけたレオナルド皇太子殿下に事情を説明し、私達は伯母夫婦の身柄を引き渡した。

最終章　束の間の平穏

I have been acting as a foil to my sister, but I am quitting today.

文化祭の騒動から、早一ヶ月――私はオズワルド皇帝陛下より呼び出しを受けた。

用件も目的も理解した上でソレに応じ、私は皇城を訪れる。

林間合宿の時と言い、今回と言い……トラブル絡みで呼び出されているため、変に気を張っている自分が居た。

『たまには平和な用件で呼び出されたいものだ』と思いつつ、案内された客室で待機する。

金で彩られたソファに腰掛け、私は新調してもらった紺のドレスを見下ろした。

今回はタウンハウスで働いている侍女達《たち》にバッチリ御粧《おめか》ししてもらったため、髪の毛も少しだけ巻いている。

通常であれば、フリューゲル学園から皇城に直行しているため有り得ないが……今は休校しているから。

当然だけど、文化祭もあのあと中止になったのよね。

被害規模が凄《すさ》まじいというのもあったけど、それ以上に共犯者の存在を割り出さなければならなかったため。

敵がまだ潜り込んでいるかもしれない状況で、文化祭を続けるのは無理があった。

まあ――伯母夫婦を筆頭に、何人かの関係者が事情聴取に応じてくれたおかげで捜査は大分進展しているみたいだけど。

エルヴィン様やキース様から教えてもらった情報を思い浮かべ、私は少しだけホッとする。

順調に捜査が進んでいることもそうだが、伯母夫婦の変化を感じ取れたから。

『自暴自棄になってしまったら、どうしよう？』と心配していたため、反省して償おうとする姿勢を見られて安心した。

それでこそ、嘆願書を提出した甲斐《かい》があるというもの。

伯母夫婦の行いは多分一生許せないけど、でも……不幸になって欲しいとは思っていない。

私達の知らないところで幸せになることを願っているわ。

もう伯母夫婦と関わる気のない私は、そっと眉尻を下げる。

『寂しくない』と言えば嘘《うそ》になるが、あそこまでのことをした二人をもう一度受け入れられる自信はなかった。

何より、中途半端な対応はお互いのためにならない。

だから、同情を押し殺して厳しく接する必要があった。

心に空いた穴を誤魔化《ごまか》すようにギュッと胸元を握り締める中、部屋の扉を三回ノックされる。

どうやら、時間のようだ。

軽く返事して席を立った私は、扉の前で待つ侍女のもとへ歩み寄る。

そして、促されるまま客室を出ると、謁見の間へ向かった。

「私が案内出来るのは、ここまでとなります」

謁見の間まであと数メートル……というところで立ち止まった侍女は、恭しく頭《こうべ》を垂れる。

『どうぞ』と先を促す彼女に、私は礼を言ってから前へ進んだ。

緊張のあまり早くなる鼓動を宥《なだ》めながら、謁見の間の両脇に立つ衛兵達へ声を掛ける。

これまでと同様、既に話は回っているようで名前を名乗ると、直《す》ぐに『お待ちしておりました』と歓迎してくれた。

『話が早くて助かる』と安堵《あんど》する中、衛兵二人は観音開きの扉に手を掛ける。

「シャーロット・ルーナ・メイヤーズ子爵令嬢のご入場です！」

拡声魔法も使って声高らかに私の登場を知らせると、二人の衛兵は一思いに扉を開け放った。

以前と変わらぬ煌《きら》びやかな室内を前に、私はゆっくりと歩き出す。

そのまま玉座まで続くレッドカーペットの上を進み、サッと跪《ひざまず》いた。

「────面を上げよ。楽にしてくれて、構わない」

既に聞き慣れてしまったセリフと威厳のある声に促され、私はゆっくりと顔を上げる。

すると、そこには────金色《こんじき》の椅子に腰掛ける、オズワルド・ローレンツ・ドラコニアの姿があった。

「もう分かっておると思うが、堅苦しい挨拶は不要だ。早速、本題に入ろう」

『謁見の作法など面倒なだけだ』と一蹴するオズワルド皇帝陛下は、傍《そば》に立つ文官の小言を聞き流す。

相変わらずとも言うべき彼の対応に、私は苦笑を零《こぼ》した。

と同時に、少しだけ肩の力を抜く。

文化祭の騒動で皇室も大分ダメージを負っているから、かなり参っているのでは……？　と心配していたけど、杞憂《きゆう》だったみたいね。

思ったより、元気そうで良かったわ。

至っていつも通りのオズワルド皇帝陛下を見て、私は安堵した。

『帝国の未来は明るい』と胸を撫《な》で下ろす中、彼は文官から筒状の資料を受け取る。

「まず、シャーロット嬢の親戚にあたるヴィクトリア及びベンジャミンの処遇について話しておこう」

そう前置きすると、オズワルド皇帝陛下は丸められた資料を広げた。

「後日正式に発表するが、文化祭の騒動に加担したヴィクトリア及びベンジャミンは────国外追放処分とする」

「!!」

「本来であれば死刑になってもおかしくない罪だが、本人達が積極的に事情聴取を受けてくれたこと……そして、何より────メイヤーズ子爵家の者達から、次々と嘆願書を提出されたことにより減刑した」

『シャーロット嬢への暴行を除けば、大したことはやってないからな』と補足し、顔を上げる。

広げた資料を文官に手渡すオズワルド皇帝陛下は、こちらの反応を窺《うかが》った。

『本当にこれで良かったのか？』と、問いたいのだろう。

はぁ……死刑にならなくて良かった……けど！　両親や姉も嘆願書を提出していたのね……!?

てっきり、私だけかと思っていたわ……！

だって、私とスカーレットお姉様の仲を引き裂いた原因は伯母様にあるから……！

『伯父様もそれを黙認していた訳だし！』と考え、私は困惑する。

――――が、直ぐに理解した。

両親も姉も自分と同じ考えだったのだろう、と。

一緒に幸せになりたいとは思えないが、どこかで幸せになってほしい……そんな想《おも》いを抱いていたに違いない。

『さすがは家族……考えることは同じね』と頬を緩めながら、私はエメラルドの瞳を見つめ返した。

「伯母と伯父の処遇に関する報告、誠にありがとうございます。処分内容について、不服は一切ありません。我々の願いを聞き入れ、罪人達に温情を掛けて下さったこと……メイヤーズ子爵家を代表して、お礼申し上げます」

深々と頭を下げ、感謝の意を表す私はついつい笑顔になる。

伯母夫婦の未来はまだ続いていくのかと思うと、嬉《うれ》しくて。

お母様とお父様に聞いてからになるけど、餞別《せんべつ》として幾らか渡したいわね。

恐らく、伯父様は商会を手放すことになるでしょうから。

当面の生活費くらいは、補填してあげたい。

まあ、伯父様ほどの商人なら直ぐに生活を立て直せそうだけど。

『でも、こういうのは気持ちだから』と自分に言い聞かせる中、オズワルド皇帝陛下は小さく肩を竦《すく》めた。

「余は皇帝として、公平な判断を下したに過ぎない。礼は不要だ」

『感謝されるようなことはやっていない』と主張する彼に対し、私はそっと眉尻を下げる。

「ですが……」

「それを言うなら――シャーロット嬢こそ、礼を言われる立場だろう。魔物の集団を片付け、結界の解除までやってのけたのだから」

文化祭の騒動で見せた活躍を引き合いに出し、オズワルド皇帝陛下はスッと目を細めた。

『林間合宿に続き、また助けられてしまったな』と述べ、居住まいを正す。

皇帝に相応《ふさわ》しい威厳を放つ彼は、玉座に腰掛けたまま身を乗り出した。

「此度《こたび》の活躍を聞いて、余は――シャーロット嬢に爵位を授けようと思っている」

大変名誉で素晴らしい褒美を提案するオズワルド皇帝陛下に、私は目を見開く。

と同時に、どうやって穏便に断るか考えた。

自分で言うのもなんだが、私は結構世間知らずなので権力を持つのは早いと思ったのだ。

『過ぎた力は身を滅ぼす』と危機感を抱きながら、私は言葉を紡ぐ。

「身に余る光栄です。ですが、褒美はどうかメイヤーズ子爵家にお願いします。私がこうやって活躍出来たのは、育ててくれた両親のおかげですので」

「ほう？　シャーロット嬢個人ではなく、家の繁栄を願うか。よかろう。では、メイヤーズ子爵家を陞爵《しょうしゃく》し、伯爵位とする」

思ったより、すんなりこちらの要求を受け入れたオズワルド皇帝陛下は、文官に指示を出した。

『ありがとうございます』と礼を言う私に一つ頷《うなず》き、彼は両手を組む。

そして、こちらに視線を戻した。

「他に何か欲しいものや、やって欲しいことはあるか？」

『出来る限り、叶《かな》えるぞ』と述べるオズワルド皇帝陛下に、私は少し考えてからこう答える。

「では、召喚術の使用を認めて頂けませんか？　実は林間合宿の際、不死鳥《フェニックス》様と炎の精霊王様を強制送還してしまって……一言謝りたいんです」

実はずっと二人のことが気掛かりだった。

でも、法律で未成年の召喚術の使用は制限されているため、なかなか行動を起こせず……。

林間合宿の褒美として召喚術の使用を求める手もあったが、召喚術の無断使用が話題になっていたため断念せざるを得なかった。

そんな時に召喚術を使用すれば、変な憶測や反感を買うかもしれなかったため。

最悪、成人してから謝罪しようと思っていたけど……早いに越したことはないものね。

それに二人とも、心配してくれているだろうし。

『放置するのは忍びない……』と思い、ダメ元で頼んでみた。

『やっぱり、難しいかな……？』と不安がる私を前に、オズワルド皇帝陛下は暫《しば》し黙り込む。

決断を迷うように眉を顰《ひそ》め、顎に手を当てる彼は文官と一言二言会話を交わした。

かと思えば、こちらに向き直る。

「分かった。宮廷魔導師団の監視下で行うと約束するなら、許可しよう」

「ありがとうございます……！　必ず宮廷魔導師団の監視下で行いますわ！」

明るい声で直ぐさま返事する私は、ついつい笑みを零してしまう。

見知った顔だけとはいえ、公式の場なのだからもっと気を引き締めないといけないのに。

『やった！』と子供のようにはしゃぐ私を前に、オズワルド皇帝陛下は穏やかに微笑《ほほえ》む。

その我が子を見るような眼差《まなざ》しは、太陽のように温かかった。

『陛下もそんな表情《かお》をするのか』と驚く中、彼は文官から紙を受け取り、そこに何か書き込む。

「今から、宮廷魔導師団本部に行ってみるといい」

出来上がった書類に指印を押し、文官に手渡したオズワルド皇帝陛下はサッとハンカチで手を拭った。

『案内役として、この者を遣わす』と言い、今までずっと補佐してくれた文官に目を向ける。

オズワルド皇帝陛下の作成した命令状を手に持つ彼は、こちらに向かってお辞儀した。

「えっ？　でも、今は林間合宿や文化祭の騒動の捜査で忙しいのでは……？」

「何も今すぐ召喚術を使ってこいとは、言っておらぬ。ただ、顔を見せてやってほしいだけだ。召喚術の使用については、自分達で日程を決めたまえ」

『余が口を挟むと、ほぼ命令になってしまうからな』と、オズワルド皇帝陛下は肩を竦める。

立場上、提案すらも命令と受け取られてしまうため、宮廷魔導師団の都合を無視することにならないか不安なのだろう。

なら、『本人達に判断を委ねた方がいい』と考えたのかもしれない。

自分で言うのもなんだが、私と宮廷魔導師団の仲はそれなりに良好だから。

「早とちりしてしまい、申し訳ございません。そういうことなら、是非お願いします」

エルヴィン様とキース様の様子も気になっていた私は、オズワルド皇帝陛下の気遣いを有り難く受け入れた。

『皆、元気にしているだろうか』と心配する中、謁見は終わりを迎える。

そして、文官の案内で宮廷魔導師団本部に向かった私はエルヴィン様やキース様と顔を合わせた。

二人とも、かなり窶《やつ》れているわね……特に苦労性のキース様。

以前と比べて明らかに痩せたし、目の下の隈《くま》も酷《ひど》いわ。

かなり根を詰めて、作業したのね。

『本当にお疲れ様です……』と心の中で労《ねぎら》いながら、私は文官から受け取った巻物を見下ろす。

こんな時に召喚術の件を相談していいのか、一瞬迷ったものの……別に今すぐやってほしい訳じゃないため、伝えるだけ伝えてみようと判断した。

「えっと……急に押し掛けてきてしまい、申し訳ございません」

「シャーロットなら、別にいいよー。気にしないでー」

「エルの言う通りだ。遠慮するな」

まずは謝罪から入った私に、エルヴィン様とキース様は『僕達《俺達》の仲でしょ《だろ》』と言ってのける。

迷惑なんて微塵《みじん》も思っていない様子の彼らは、『それより、何かあったのか？』と気にかけてくれた。

心配されるべきは、むしろ疲労困憊《ひろうこんぱい》状態の彼らだというのに。

『魔力回路の件ですっかり過保護になってしまったな』と思いつつ、私は本題を切り出す。

「林間合宿の騒動の際、私が不死鳥《フェニックス》様と炎の精霊王様を召喚したのは、エルヴィン様とキース様もご存じですよね？」

林間合宿の騒動の調査を担当している宮廷魔導師団の2トップに、私は一応確認を取る。

すると、二人は案の定首を縦に振った。

「実はあの時……祈願術で浄化を行おうとする私を、不死鳥《フェニックス》様と炎の精霊王様は止めてくれたのです。でも、私はそれを無視して……お二人を強制送還しました」

『魔力切れでもミスでもなく、確かな意志を持って退けた』と語り、私はそっと眉尻を下げる。

まだ脳裏にこびり付いている、二人の姿を思い出して……。

『シャーロット！』と叫ぶ声も、こちらに伸ばした手も、悲痛に染まった顔も……一日たりとも、忘れたことはなかった。

「単なる自己満足かもしれませんが、お二人を再度召喚して一言謝りたいのです」

まあ、応じてくれるかどうかは分からないけど……でも、召喚術を使うことによって『私は無事だ』と二人に伝えたかった。

「もちろん、『今すぐに』という訳ではありません。宮廷魔導師団の都合がつく時で構いませんので、召喚術を使わせて頂けませんか？」

『一応、オズワルド皇帝陛下からの許可は頂いています』と言い、手に持った巻物を差し出す。

私情で申し訳ないと思いながらも、色良い返事を期待した。

『日程は後日調整でもいいから、一先《ひとま》ず了承が欲しい』と考える中、エルヴィン様とキース様は顔を見合わせる。

「最近、捜査ばっかりで詰まんなかったし、たまには宮廷魔導師団っぽいことしたいよねー」

「だな。息抜きにちょうどいい。皇帝から許可を貰《もら》っているなら、誰も文句は言わねぇーだろうし」

『合法的にサボれるぞ』と茶化すように言うキース様に、エルヴィン様はパッと表情を明るくした。

一番の難関であるキース様から同意を頂き、喜んでいるのだろう。

彼さえ納得させれば、あとはどうにでもなるから。

疲労困憊状態の人間とは思えないくらい、ニッコニコのエルヴィン様は嬉々《きき》として巻物を受け取る。

「んじゃ、そうと決まれば――――早速実行だー！」

「いや、待て。まだシャーロット嬢の都合は、聞いてないだろ」

「あっ、私はいつでも大丈夫です。むしろ、こんなに早く対応して頂けて有り難い限りです」

『休校なので、時間は余っていますし』と説明し、私は柔らかく微笑んだ。

『ありがとうございます』と礼を言う私に対し、エルヴィン様とキース様は肩を竦める。

あくまで『これはただの息抜き』と主張する彼らは、あっけからんとした様子で歩き出した。

恐らく、前回と同様場所を移すつもりなのだろう。

『本当に優しい人達だな』と頬を緩めつつ、私は彼らの後に続く。

そして、エルヴィン様の研究室に辿《たど》り着くと、グルリと室内を見回した。

あら？　あれから、また爆破でもしたのかしら？　随分と綺麗《きれい》ね。

以前と違う点と言えば、壁紙の色くらい？

『性懲りもなく、また危険な実験をしているのか』と呆《あき》れる中、エルヴィン様は指先から魔力の糸を出す。

「んじゃ、先に結界を張っちゃうねー！　前回は伝説クラスの召喚者が大勢居たから、無意識に漏れ出た彼らの力で結界を破壊されちゃったけど、今回は二体だけだから大丈夫だと思う！」

そう言って、エルヴィン様は椅子一つない部屋の中央に立ち、複数の魔法陣を構築して行った。

魔法陣同士が反発しないよう調整する彼を他所《よそ》に、私とキース様は壁際に移動する。

結界魔法を展開する際、邪魔にならないように。

「相変わらず、凄《すご》いですね。あれだけの魔法陣を完全に中和するなんて……前回より、魔法陣の数も多いですし」

「大掛かりな魔法を使うのは久々だから、張り切ってんだろ。最近は捜査ばっかりで、魔法を使う場面なんて早々なかったからな」

『ぶっちゃけ、魔道具を使う場面の方が多かった』と語り、キース様は小さく肩を竦めた。

かと思えば、チラリとこちらに視線を向ける。

「結界完成までもう少し掛かるだろうし、文化祭の騒動の途中経過でも聞くか？」

「えっ？　よろしいんですか？」

「ああ。シャーロット嬢は事件の関係者だし、騒動の収拾に尽力してくれたからな。知る権利くらい、あるだろ」

あっけからんとした様子で情報共有を申し出るキース様に、私は目を剝《む》いた。

今回は林間合宿以上の大事になっているため、軽い気持ちで聞いていいのか少し迷うが……無知なままでいるのは、正直とても怖い。

何故《なぜ》なら、文化祭の騒動では確かな意志を持って私個人に危害を加えてきたから。

成り行きでそうなってしまった林間合宿とは、訳が違う。

今後のためにも、出来るだけ情報は欲しいところ……。

「そういうことなら、是非お願いします」

ルビーの瞳を真っ直ぐに見つめ返し、私は表情を引き締めた。

緊張のあまりギュッと胸元を握り締める私の前で、キース様は『おう』と軽く返事する。

――――が、しかし……顔色はどこか深刻そうだった。

隠し切れない暗い感情を表し、嘆息する彼はふと天井を見上げる。

「まず、今回の騒動を引き起こした黒幕についてだが――――パーソンズ公爵の可能性が非常に高い。というか、ほぼ公爵で決まりだな」

硬い声色で最初の爆弾を投下するキース様に、私は『へっ……？』と間抜けな返事しか出来なかった。

だって、まさか帝国の大貴族が黒幕なんて……思いもしなかったから。

パーソンズ公爵って……クラリッサ様のお父様よね!?

ということは、クラリッサ様も共犯……!?

もし、そうなら今までの意味深な発言や行動に説明がつくけど……でも！　本当に……!?

「俺達がパーソンズ公爵を疑っている理由は、主に二つ。他国の権力者達に文化祭の騒動を利用して、取り引きを持ち掛けたこと。そして、皇室を裏切った騎士の大半が公爵派閥の推薦で入った人間であること」

指を二本立てて説明するキース様は、眉間に皺《しわ》を寄せる。

「後者は偶然である線も残っているが、前者はもう悪意しかないよな……ってことで、俺達は公爵を黒幕だと睨《にら》んでいる」

『これで真っ白はないだろ』と述べるキース様に対し、私はそっと眉尻を下げた。

「そうですか……では、あの……クラリッサ様は？」

「文化祭の騒動以降、ずっと行方不明だ。多分、実家の方に逃げてんじゃねぇーか？　他国まで巻き込んだ以上、一番安全なのはそこしかねぇーだろうし」

『一応、捜索はしているが……』と口にするキース様は、成果をあまり期待していないようだった。

恐らく、無駄足になる可能性の方が高いと踏んでいるのだろう。

でも、逃亡場所を絞れるのは結構有り難かった。

まあ、他国を巻き込んだリスクを考えると非常に小さなメリットだが……。

『不幸中の幸い』という言葉すら、使えないくらいに。

「やはり、外交に支障を来していますよね……」

「まあな。でも、シャーロット嬢やソレーユ王国の王子達のおかげで死人は出なかったから、まだ大丈夫みたいだぜ。皇帝や皇太子も積極的に動いているし、何とかなるだろ」

外交を打ち切られる心配など微塵もしてないのか、キース様は思ったより平然としている。

『心配なのはむしろ外より内だな』と述べる彼の前で、私は何の気なしに顎を撫でた。

「そうまでして、パーソンズ公爵は一体何をしたかったのでしょう？」

『帝国の不利益は巡り巡って自分達に押し寄せてくるのに』と言い、私は首を傾《かし》げる。

自分の首を絞めるような行動に疑問を抱いていると、キース様が悩ましげに眉を顰めた。

かと思えば、ゆっくりと口を開く。

「これは皇帝と皇太子の見解だが、パーソンズ公爵は恐らく────反乱を起こして、国を乗っ取りたかったんじゃないかって話だ」

「！！？」

『反乱』という物騒な単語に、私は言葉を失った。

脳内でキース様の言葉を反芻《はんすう》しながら固まり、まじまじと彼の顔を見つめる。

『もしや、私の聞き間違いか……？』と思ったものの、彼の様子を見る限りその線はなさそうだ。

じゃあ、本当に反乱を……？　一体、何のために……？　今の帝国に不満でもあるのかしら……？

オズワルド皇帝陛下の統治が完璧とまでは言わないけど、国の未来をよく考えて行動してくれている。

少なくとも、暴君ではない。

実際、帝国はかなり平和だし……林間合宿や文化祭の騒動を除けば。

『わざわざ反乱を起こす意味が分からない』と、私は頭を悩ませる。

理解不能すぎて、思わず目が点になるものの……レオナルド皇太子殿下を黒幕に仕立てあげようとした理由や、他国の権力者達を人質に取った目的には合点がいった。

『全ては反乱を起こす大義名分を作るため……』と納得しつつ、私は身震いする。

そんなことを考えている勢力に嵌《は》められそうになったのかと思うと、恐ろしくて……。

『途中経過を教えてもらって正解だった』と危機感を抱く中、キース様は壁に寄り掛かる。

「あと、死亡したルーベン・シェケル・ギャレットについてだが……」

「えっ!?　ルーベン先生って、お亡くなりになったんですか!?」

『初耳なんですが……!?』と驚愕《きょうがく》する私に、キース様は僅かに目を剝いた。

「あぁ、そういえば話してなかったな」

『うっかりしていた』とボヤくキース様は、ガシガシと頭を搔《か》く。

「実はあいつ、文化祭の騒動中に自決したんだよ。ナイジェル……いや──皇帝直属の部隊

『リュミエール』の隊長と戦闘している時にな」

わざわざナイジェル先生の呼称を改めたキース様に、私は戸惑いを覚えた。

「リュミ……？　えっ？」

パチパチと瞬《まばた》きを繰り返し、私は頭の上に見えない『？』マークを浮かべる。

『今、なんて言った？』と混乱する私を前に、キース様は懇切丁寧に説明してくれた。

ナイジェル先生の正体と、教師に扮《ふん》した理由について。

滝のように流れ込んでくる情報量の多さに、私は目眩《めまい》を覚えつつも何とか納得する。

「な、なるほど……それで、あんなに強かったんですね。美しさに固執していたのも、敵を油断させるための演技……」

「いや、残念ながらあれは素だ」

食い気味にこちらの見解を否定するキース様は、どこか遠い目をした。

かと思えば、一つ息を吐く。

ナイジェル先生はエルヴィン様と同じくらい癖の強い人物なので、彼のことを思い出すだけで疲れるのだろう。

なんとも言えない脱力感に襲われるキース様に同情の眼差しを向けていると、彼がふと目を閉じる。

そして、数秒ほど沈黙すると、ゆっくり目を開いた。

「で、話は戻るが、林間合宿と文化祭の騒動の主犯はルーベン・シェケル・ギャレットだ」

話の軌道修正に入ったキース様は、気を取り直して色々と語る。

ルーベン先生が学園内部を徐々に腐らせていった元凶であること、伯母夫婦を使って私に危害を加えたこと、レオナルド皇太子殿下を気絶させて雑に扱ったことなど……他にもたくさん。

胸糞《むなくそ》と言わざるを得ない話も多々あり、私は終始顔色を曇らせていた。

ルーベン先生が林間合宿や文化祭の騒動に関与しているのは何となく気づいていたけど、まさかここまで酷いことをしているとは……。

どんな事情があったにせよ、人の命を軽く扱う行為は許せない。

フツフツと沸き上がってくる怒りに耐えるように、私は強く手を握り締める。

人を人とも思わない異常者が身近に居た現実を、どう受け止めればいいのか分からなかった。

恨み言の一つでも吐いてやりたいのに、本人はもうこの世に居ないんだものね……。

怒りの行き場を失い、キュッと唇に力を入れた私はどうにかして心の整理をつけようとする。

『八つ当たりなんて、絶対にダメだ』と思い立ち、怒りを抑えていると——突然足元に五つの魔法陣が展開された。

桃色に輝くソレらは互いに重なり合い、正常にリンクする。

「よーし、準備完了！　という訳で、発動するよー！」

結界の構築に集中していたのか、こちらの話など耳に入らなかったようでエルヴィン様は元気いっぱいだった。

太陽を彷彿《ほうふつ》とさせるほどの明るさに唖然《あぜん》としていると、彼は高濃度且つ大量の魔力を魔法陣に流す。

そして、一思いに発動した。

一際強い光を放つ五つの魔法陣は、桃色がかった薄い膜を作り出し、壁や天井にピタリと貼り付ける。

と同時に、眩《まばゆ》い光は消滅した。

「はい、かんせーい！　これなら、不死鳥《フェニックス》と炎の精霊王の攻撃にも耐えられるよ！　三発程度は！」

誇らしげに胸を張り、笑顔でこちらを振り返るエルヴィン様は『見て見て、僕の自信作！』と叫ぶ。

ピョンピョンと飛び跳ねながら私達の方へやってくると、期待に満ちた目を向けてきた。

きっと、褒《ほ》めて欲しいのだろう。

「あっ、はい……凄いですね。伝説クラスの召喚者の攻撃に耐えられるような結界を作れる人は、なかなか居ませんから」

「そ、そうだな。エルは天才だ」

『結界の構築を頑張ってくれたんだから』と思い、私とキース様は一先ず褒め言葉を口にした。

無論、心からの賛辞である。

多少エルヴィン様の勢いに呑《の》まれた感はあるが……お世辞を言った訳ではない。

「でしょー！　僕ってば、本当に天才！　だから、もう少し研究費用を上げてくれても……」

「それとこれとは話が別だ、馬鹿野郎！　ここ一ヶ月で何回、備品と部屋を壊したか言ってみろ！」

『あんまり調子に乗んな！』と一蹴するキース様は、すっかりいつも通りに戻っていた。

先程までの暗い雰囲気が嘘のように賑《にぎ》やか……というか、騒々しくなり私の鼓膜を刺激する。

でも、そのおかげで怒りはどこかへ行ってしまった。

きっと、エルヴィン様に他意はないんだろうけど、場の空気を変えてくれて助かったわ。

怒りで、どうにかなってしまいそうだったから。

良くも悪くもマイペースで人に流されない性格のエルヴィン様に、私は心の中でお礼を言う。

――――と、ここでエルヴィン様とキース様のじゃれ合い（？）に決着がついた。

結果はエルヴィン様の敗北……予算アップは見送られたようだ。

『まあ、予想通りの結末ね』と苦笑いする中、エルヴィン様にそっと手を引かれる。

「じゃあ、そろそろ不死鳥《フェニックス》と炎の精霊王の召喚を行おう！」

『結界も無事張れたことだし！』と言い、エルヴィン様は私を部屋の中央まで案内した。

かと思えば、召喚用魔法陣の構築を今か今かと待ち侘《わ》びている。

特に急《せ》かすような発言はないものの、このキラキラ輝いた目を見ていると、『早くしなくては』と焦る。

まあ、冷静さを失うほどではないが……。

両の手のひらを上に向けた私は、スルリと指先から魔力の糸を出した。

今回は林間合宿の時と同様、個別召喚になるため不死鳥《フェニックス》と炎の精霊王それぞれ専用の魔法陣が必要になる。

だから、二種類用意しなければならなかった。

神聖文字や精霊文字を魔力の糸で描きながら、私は前回の記憶を呼び起こす。

二回目ということもあり、構築は非常にスムーズで直ぐに終わった。

あとはコレらに魔力を注ぎ、発動するだけ……たったそれだけのことなのに、凄く緊張する。

召喚に応じてくれなかった時のことや怒って暴走した時のことを考え、私は少し躊躇《ためら》う。

でも、こちらから行動を起こさない限り、彼らの気持ちを確かめることさえ出来ないため、意を決して発動準備に入った。

まずは、二つの魔法陣にそれぞれ魔力を注ぎ込んでいく。

そして、規定量に達したタイミングでエルヴィン様とキース様に一声掛け、召喚術を発動させた。

――――と、ここで召喚用の魔法陣は直視出来ないほどの強い輝きを放つ。

仮に二人とも、召喚出来たとして……最初になんて声を掛ければいいのかしら？

『あの時はごめんなさい』？　それとも、無難に挨拶から？

などと悩んでいると、召喚用の魔法陣から――――見覚えのある手足が出てきた。

既視感を覚える光景に目を剝く中、燃える翼と日に焼けた肌をそれぞれ持つ二人が現れる。

以前と変わらぬ姿の不死鳥《フェニックス》と炎の精霊王を前に、私は――――言葉よりも先に涙が出た。

まさか、本当に応じてくれるとは思ってなかったから……正直、半信半疑だったというか、ほぼ賭けみたいなものだった。

感極まって泣きじゃくる私は、嗚咽《おえつ》を漏らしながらも言葉を紡ぐ。

「不死鳥《フェニックス》様、炎の精霊王様……本当に、本当にごめんなさい！」

予《あらかじ》め考えておいた謝罪の言葉など頭から抜け落ち、私は子供のように許しを乞うことしか出来なかった。

「お二人はせっかく私のことを心配して、引き止めてくれたのに……！　それを無視して、強制送還してしまって……！」

『ごめんなさい！』と繰り返す私は、不死鳥《フェニックス》と炎の精霊王にそっと近づく。

暴走した召喚者に殺される可能性だって、あるのに……。

実に無防備で危険な行いだが、何となく――二人はそんなことをしないと思っていた。

涙のせいで視界が歪《ゆが》み、二人の反応を確認出来ずにいると、不意に頭を撫でられる。

「おう。これからは、気をつけてくれよ」

聞き覚えのある声は柔らかく、そしてとても穏やかだった。

思ったよりすんなり許しを得られたことに、私は驚きながら手で涙を拭う。

視界がクリアになったところで顔を上げると――どこか呆れたように笑う炎の精霊王と目が合った。

「とりあえず、無事で良かった。ひょっとしたら死んでいるかもなって、心配していたんだ――不死鳥《フェニックス》は、特に」

「なっ!?　妾《わらわ》は心配などしておらん！　ただ、どこぞでくたばっておるかもなと噂《うわさ》していただけじゃ！」

突然話を振られた不死鳥《フェニックス》は、『デタラメ言うな！』と騒ぎ立てる。

興奮しているからか、不死鳥《フェニックス》の周囲の温度が一気に上がった。

体に纏《まと》っている炎も勢いを増し、動揺を顕著に表している。

「け、契約者でもない人間がどうなろうと知ったことでは……」

「強制送還されてから今に至るまで、『シャーロットが死んだらどうしよう？』って泣いていたのはどこの誰だよ？」

「うぐ……！」

「もう認めちまえよ。変な意地を張ったって、どうしようもないだろ。前みたいにならなかっただけ、マシじゃねぇーか」

「っ……！」

炎の精霊王の説得に心揺れる不死鳥《フェニックス》は、プルプルと体を震わせる。

何かを堪《こら》えるように俯《うつむ》く不死鳥《フェニックス》の前で、私はコテリと首を傾げた。

『前みたいに』って、どういう意味だろう？　と疑問に思いながら。

そんな私の心情を察知したのか、炎の精霊王が苦笑いしながら口を開く。

「実はあいつ、昔契約者をぶち殺されているんだよ。それがトラウマになっているみたいで、情緒不安定なんだ。人化出来ないのも、そのせい」

僅かに声を潜めて話す炎の精霊王は、そっと眉尻を下げた。

「昔はもっと素直で、人懐っこかったんだけどな……今は傷つくのが怖くて、わざと高圧的な態度を取って壁を作っているんだ」

『不器用なやつなんだよ』と、炎の精霊王は不死鳥《フェニックス》の言動をフォローする。

『誤解しないでやってくれ』と主張し、一つ息を吐いた。

「『なら、人間と関わらなければいい話』って、思うだろ？　でもな、あいつ――人間のこと、大好きなんだ。だから、懲りもせず人前に姿を現す……本当に馬鹿だよな」

『また傷つくかもしれないのに……』と言い、炎の精霊王は肩を竦める。

でも、言動に反して不死鳥《フェニックス》を見る目はとても優しかった。

これまでずっと、悲しみに暮れる不死鳥《フェニックス》様を支えて来たんだろうな。

などと思いつつ、私は不死鳥《フェニックス》の前に立つ。

と同時に、頭を下げた。

「不死鳥《フェニックス》様、本当にごめんなさい。それから、あの時必死になって止めていただいて、ありがとうございました。おかげで、多少冷静になれたところはあります」

『助かりました』と述べる私に、不死鳥《フェニックス》は僅かに目を見開く。

その拍子に、ポロリと涙が溢《あふ》れた。

マグマみたいに熱く、ドロドロとした液体のソレは床に落ちる。

一瞬、部屋が溶ける心配をするものの……エルヴィン様の張った結界のおかげで無事だった。

『よし！』と思わずガッツポーズするエルヴィン様を他所に、不死鳥《フェニックス》は口を開く。

「ほ、本当に……本当に！　心配したんじゃからな……！　もうこのような無茶はするでないぞ

「……！」

「はい。以後気をつけます」

穏やかに微笑みながら頷くと、不死鳥《フェニックス》は『なら、構わん！』と許してくれた。

態度は相変わらず素っ気ないというか、高圧的だが、別に気にならない。

むしろ、少しだけ愛《いと》おしく感じた。

不死鳥《フェニックス》なりに精一杯、歩み寄ってくれているのが分かるから。

とりあえず、二人と仲直り出来て良かったわ。

正直、暴力沙汰や絶縁になってもおかしくないと思っていたから。

何とか丸く収まった現状に安堵と歓喜を覚えながら、私は僅かに表情を和らげた。

間章

不幸は続く《アイザックside》

I have been acting as a foil to my sister, but I am quitting today.

――同時刻、皇城のある一室にて。

フリューゲル学園の休校と外交問題の解決に伴い、僕はレオのもとを訪れていた。

表向きの理由はあくまで仕事の補佐だが、本音は幼馴染《おさなじ》みの動向を気にしてのこと。

レオなら、人の手を借りなくても一人で何でも出来るからね。

ずっと傍《そば》で見てきたからこそ分かる幼馴染みの力量に、僕は感嘆の息を漏らす。

と同時に、資料の山をそっと持ち上げた。

「レオ、傷はもう大丈夫？」

「もうすっかり治っているよ。全く、何回言えば気が済むんだい？」

『もはや、口癖になっているよ』と冗談交じりに言い、レオは肩を竦《すく》める。

文化祭の騒動が起きたその日のうちに治療を受け、完治しているため『いい加減しつこい』と思っているのだろう。

でも、これぱっかりは許して欲しい。

だって、レオがあんな怪我《けが》を負うことなんて一度もなかったから……。

『もう大丈夫だ』と頭では分かっていても、心配してしまうのだ。

「じゃあ、もう怪我しないでよ」

「善処するとしよう」

決して確約はしないレオに対し、僕は溜《た》め息《いき》を零《こぼ》す。

『必要経費だと思ったらまたやるな、これ……』と呆《あき》れながら。

自愛という言葉を知らない幼馴染みに辟易《へきえき》しつつ、僕は資料の山を執務机にドカッと置いた。

――――と、ここで突然部屋の扉を開け放たれる。

「た、大変です……！」

ノックもなしに部屋へ転がり込んできたのは、皇后付きの侍女だった。

オーロラ皇后陛下の象徴たる銀色を身に纏《まと》っていることから、彼女はかなり上の階級と推測される。

そんな人物が無作法を働くほど、取り乱す事態……緊急の案件であることは、ほぼ間違いないだろう。

「何があったの？」

『はぁはぁ』と息を切らしている侍女に駆け寄り、僕は声を掛ける。

一応、刺客の可能性を考えて用心はしているが……とても演技には見えなかった。

「こ、皇女様の――――容態が急変しました！」

侍女は唸《うな》るようにして声を絞り出し、何とか要件を口にした。

と同時に、レオが席を立つ。

勢い余って転倒した椅子を他所《よそ》に、彼はこちらへ駆け寄ってきた。

「直《す》ぐに案内して」

「は、はい！」

いつものレオなら、まず相手のことを気遣うだろうに……そんな余裕はなさそうだ。

まあ、それは僕も同じだが……。

ステファニーの身に一体、何が……？　まさか、死んだりなんて……しないよね!?

グッと強く手を握り締める僕は、今にも不安で押し潰されそうになる。

最悪の結末ばかり脳裏に浮かんで震えていると、レオに軽く肩を叩《たた》かれた。

『落ち着け』とでも言うように。

実の妹の危機を知らされ、レオだって辛《つら》い筈《はず》なのに……僕は何をやっているんだろう？

しっかりしなきゃ。

『支える立場の僕が支えてもらって、どうする』と叱咤《しった》し、己を奮い立たせた。

そして、レオにお礼を言うと、侍女の案内でステファニーのもとへ向かう。

逸《はや》る気持ちを抑えながら部屋の扉を開けると、そこには既に両陛下があった。

ベッドの傍に集まり、ステファニーの寝顔を眺める彼らは珍しく感情を露《あら》わにしている。

それほどまでに悪い状態なんだろう。

こんなにグッタリしているステファニーを見るのは、初めてだ……。

これまではただ眠っていただけで、苦しんでいる様子なんて一切なかったのに……。

脂汗をかきながら荒々しく呼吸するステファニーの姿に、僕は嫌な予感を覚える。

でも、『きっと大丈夫だ』と思いたくて……祈るような気持ちで、宮廷医を見た。

この場に居る者達《たち》の注目を一身に浴びる宮廷医は、慎重に慎重に手を動かす。

『診断に間違いがあってはならないから』と同じ作業を繰り返し、やがて項垂《うなだ》れた。

まるで、現実に絶望するかのように。

「……皆様、落ち着いて聞いてください」

意を決したように口を開く宮廷医は、ゆっくりとこちらを振り返る。

その表情は酷《ひど》く強《こわ》ばっており、我々の不安を加速させた。

「原因は依然として、よく分かりませんが……ステファニー皇女殿下の容態はかなり悪くなっています――――そろそろ、覚悟を固められた方がよいかと」

言外に危篤状態だと主張した宮廷医に、僕達は奈落の底へ突き落とされたような衝撃を受ける。

絶望という感情が心を支配する中、真っ先に動いたのはオズワルド皇帝陛下だった。

「帝国に居る全ての医者を集めろ！　それから、サイラスを呼べ！　開発途中でもいいから、ポーションをありったけ持ってこさせるんだ！」

まだ硬直している臣下達に指示を飛ばし、オズワルド皇帝陛下はステファニーの手をそっと握る。

『絶対に死なせないからな』とでも言うように。

必死に涙を堪《こら》え、平静であろうとする彼を前に、臣下達は慌てて動き出す。

『各所に連絡を！』『馬車はまだか！』と口々に言いながら、部屋を行ったり来たりしていた。

忙しそうな彼らを他所に、僕とレオは顔を見合わせる。

「ついに恐れていた事態になったね……」

声を震わせながらも出来るだけ冷静に話そうとする僕に対し、レオは小さく頷《うなず》いた。

かと思えば、そっと目を伏せる。

「このままでは、悲願を達成することは難しいだろうね」

僕達の悲願、それは――レオの妹であり、僕の元婚約者であるステファニーを助けること。

僕達はそのためだけに、お金も時間も人脈も犠牲にしてきた。

また三人で笑い合って暮らす日を夢見て。

「ステファニーには、どういう訳か治癒魔法が効かない……だから、医者を呼んでも無駄だ。可能性があるとすれば――」

そこで一度言葉を切ったレオは、未《いま》だに眠り続けるステファニーを真っ直ぐ見つめる。

「――サイラス・エルド・ラッセルの生み出したポーション……もしくは精霊草と世界樹の葉っぱを組み合わせて作った、幻の万能薬のみ」

ステファニーが床に伏せってからあらゆる資料を読み漁《あさ》り、見出《みいだ》した二つの治療方法。

前者はまだ改良中なので、きちんと効くかどうか分からない。

また、後者はほとんど御伽噺《おとぎばなし》のような話のため、試す段階にまで到達出来ない可能性があった。

『万能薬の材料調達が難点なんだよね……』と思いつつ、僕はレオの横顔を眺める。

「レオ、これからどうする？」

「まずは、サイラス先生のポーションを試そう。それで、無理だったら……」

その先のことは敢《あ》えて言わず、口を噤《つぐ》んだ。

恐らく、言いたくなかったのだろう。

口にしてしまったら、現実になりそうで……。

『ポーションで完治するのが一番いい展開だからね』と共感する中、レオはチラリと扉の方を振り返る。

と同時に、サイラス先生が姿を現した。

ポーションを大量に載せたワゴンを押して、こちらへやってくる彼は『やあ、お待たせ』と呑気《のんき》に笑う。

この緊迫した状況に似合わない能天気さに、僕は少しだけ救われた気がした。

あとがき

『姉の引き立て役に徹してきましたが、今日でやめます4』をお手に取って下さり、誠にありがとうございます。作者のあーもんどです。

文字数に限りがあるため、早速本巻の裏話を……

・今回は完全書き下ろし（そのため、「読者様に楽しんでもらえるかな？」と終始ガクブル）

・文字数の関係で、伯母夫婦の馴《な》れ初《そ》めをカット（恐らく、ＳＳという形でＷｅｂに掲載になる筈《はず》）

・グレイソンの恋がなかなか進展せず、「貴様ー！　鈍感すぎるんじゃーー！」と執筆中に叫ぶ

本巻の裏話は以上になります。少しでも笑っていただけたら幸いです。

ここからは謝辞になります。

仕事を応援してくれるお父様。普段はクールだけど実は優しいお兄様。私に元気をくれる創作仲間様。いつも、ありがとうございます。

本作のキャラクターを表情豊かに描いて下さった、まろ様。的確なアドバイスとあたたかい感想をくださる、担当編集者様をはじめ、本の制作に携わって下さいました全ての方々に感謝致します。

そして、この本をお手に取って下さいましたあなた様。改めまして、ありがとうございました。

漫画 ループエンド
原作 あーもんど キャラクター原案 まろ
2024年1月より連載開始!!
タテ読みフルカラーコミック!!
姉の引き立て役に徹してきましたが、今日でやめます
配信サイト
コミックガルド+／ピッコマ／コミックシーモア／
BOOK☆WALKER／めちゃコミック／LINEマンガ／eBookJapan
※配信書店は追加・変更の場合がございます。※連載スケジュールは配信書店ごとに異なる場合がございます。

作品のご感想、
ファンレターを
お待ちしています

あて先

〒141-0031　東京都品川区西五反田 8-1-5 五反田光和ビル4階
ライトノベル編集部
「あーもんど」先生係／「まろ」先生係

スマホ、PCからWEBアンケートにご協力ください

アンケートにご協力いただいた方には、下記スペシャルコンテンツをプレゼントします。
★本書イラストの「無料壁紙」　★毎月10名様に抽選で「図書カード（1000円分）」

公式HPもしくは左記の二次元バーコードまたはURLよりアクセスしてください。
▶ https://over-lap.co.jp/824007155
※スマートフォンとPCからのアクセスにのみ対応しております。
※サイトへのアクセスや登録時に発生する通信費等はご負担ください。

オーバーラップノベルスf 公式HP ▶ https://over-lap.co.jp/lnv/

姉の引き立て役に徹してきましたが、今日でやめます 4

発行　2024年1月25日　初版第一刷発行
著者　あーもんど
イラスト　まろ
発行者　永田勝治
発行所　株式会社オーバーラップ
〒141-0031
東京都品川区西五反田8-1-5
校正・DTP　株式会社鷗来堂
印刷・製本　大日本印刷株式会社

ISBN　978-4-8240-0715-5 C0093

【オーバーラップ　カスタマーサポート】
電話　03-6219-0850
受付時間　10時～18時（土日祝日をのぞく）

OVERLAP NOVELS f
コミックガルドにて
コミカライズ!
売られた先では
大歓迎!?&大活躍!!
Fuyutsuki Koki
冬月光輝
illust. 昌未
完璧すぎて可愛げがないと
婚約破棄された聖女は
隣国に売られる
聖女であるフィリアは「完璧すぎて可愛げがない」と
第二王子・ユリウスに婚約破棄されてしまう。
さらには、お金と資源を対価に隣国へ新しい聖女として差し出されることに。
悲惨な扱いも覚悟していたフィリアだったが、そこでは予想外に歓迎されて――!?

異世界の知識で薬を作って、
街の人々のお悩み解決!!
OVERLAP NOVELS f
侯爵家の次女は姿を隠す
Marquise's daughter becomes a pharmacist and lives the slow life
1
家族に忘れられた元令嬢は、薬師となってスローライフを謳歌する
[著]中村 猫 [ill.]コユコム
侯爵家に生まれたセレスティーナは前世の記憶を持っている特別な子だったが、両親に存在を忘れられていた。薬学の知識を活かして、困っている人たちをこの世界にない薬で助けていく!! 家族から忘れられていた元令嬢が少しずつ幸せになっていく物語。

OVERLAP NOVELS f
二度と家には帰りません！
I'll Never Go Back to Bygone Days!
Author みりぐらむ
Illustration ゆき哉
国王の弟に見出された令嬢のシンデレラストーリー！
WEB発の人気作！
母と双子の妹に虐げられていた令嬢のチェルシーは、12歳の誕生日にスキルを鑑定してもらう。その結果はなんと新種のスキルで!?
珍しいスキルだからと、鑑定士のグレンと研究所に向かうことになったチェルシーを待っていたのは、お姫様のような生活だった！

雨川透子
ILLUST. 八美☆わん
過去の人生で得たスキルを思いっきり発揮します！
コミックガルドにて
コミカライズ連載中！
ループ7回目の
悪役令嬢は、
元敵国で自由気ままな
花嫁生活を満喫する
20歳で命を落としては婚約破棄の瞬間に
ループしてしまう公爵令嬢リーシェ。
７回目の人生は、過去の人生でリーシェを殺した皇太子アルノルトの
元へ嫁ぐことになってしまい……!?
長生きごろごろ生活のため、
過去人生の職業スキルを発揮して生き延びます！
OVERLAP NOVELS f

転生先が
～前世最強魔女は快適生活を送りたい～
気弱すぎる
伯爵夫人だった
Ageha Sakura
桜あげは
ill. TCB
OVERLAP NOVELS f
コミックガルドにてコミカライズ連載中
気弱からの大逆転!? 前世チートで理不尽全てを
ぶっ飛ばします!!
使用人に虐げられるほど気弱な伯爵夫人ラムは、頭を打ったことで前世の記憶を思い出す。なんと、ラムの前世は伝説級の魔法使いだった! 記憶とともに魔法の力も取り戻したラムは、快適生活のためさっそく行動を始めるのだが――――?

めでたく婚約破棄が成立したので、自由気ままに生きようと思います
慰謝料でのんびりカフェを開きます！
Riko Toma
当麻リコ
ill. 茲助
OVERLAP NOVELS f

暁の魔女レイシーは
自由に生きたい
雨傘ヒョウゴ
illust 京一
～魔王討伐を
終えたので、のんびり
お店を開きます～
★★★
「小説家になろう」発、
第7回WEB小説大賞
『金賞』
受賞!
OVERLAP NOVELS f
臆病な最強魔女の「何でも屋」ライフスタート!
魔王討伐の報酬として「自由に生きたい」と願ったレイシー。願いは叶えられ、国からの解放と田舎に屋敷を得た。そんな田舎は困りごとも多いようで、役に立ちたいと考えたレイシーは『何でも屋』を開店！ けれど彼女が行うこと、生み出すものは規格外で……？

ドロップアウトからの
再就職先
は、異世界の
最強騎士団
でした
After the dropout, m
office is the Stronge
in the Another World
東吉乃
illust. 緋いろ
訳ありヴァイオリニスト、魔力回復役になる
「小説家になろう」発
第8回WEB小説大賞
銀賞
受賞!
異世界は音楽で魔力回復!
落第ヴァイオリニストが
騎士団の救世主!?
特技のヴァイオリンで日銭を稼ぐ真澄。バイト帰りに階段を踏み外した彼女は
気づくと異世界に転移していた。さらには、転移先が騎士団の駐屯地で
スパイとして捕まってしまう! 困る真澄に提示されたのは、
容疑が晴れるまで騎士団の「楽士」として働くことで――!?
OVERLAP
NOVELS f

婚約破棄されたので食堂を開いたら
癒やしの力が開花しました
大衆食堂悪役令嬢
東原ミヤコ
illust.
ののまろ
コミックガルドでコミカライズ!!!!!!!
手作りご飯でみんなを癒やします!

雨傘ヒョウゴ
ill.LINO
ウィズレイン王国物語
～虐げられた少女は前世、国を守った竜でした～
コミックガルドにて
コミカライズ!
前世は竜。今世は令嬢!?
友と死にたかった竜は、
共に生きる意味を見つける——。
男爵令嬢エルナはある日、竜として生きた前世の記憶を思い出した。
初代国王である勇者を背に乗って飛び回ったそんな記憶。
しかし、今世は人間。人間としての生を楽しもうと考えていた。
そんな矢先、国の催しで訪れた王城で国王として
生まれ変わった勇者と再会し——？
OVERLAP NOVELS f

第12回オーバーラップ文庫大賞
原稿募集中!
イラスト：じゃいあん
【締め切り】
第1ターン 2024年6月末日
第2ターン 2024年12月末日
各ターンの締め切り後4ヶ月以内に佳作を発表。通期で佳作に選出された作品の中から、「大賞」、「金賞」、「銀賞」を選出します。
その物語は、きっと誰かが好きな物語。
【賞金】
大賞…300万円
(3巻刊行確約+コミカライズ確約)
金賞……100万円
(3巻刊行確約)
銀賞………30万円
(2巻刊行確約)
佳作………10万円
投稿はオンラインで! 結果も評価シートもサイトをチェック!
https://over-lap.co.jp/bunko/award/
〈オーバーラップ文庫大賞オンライン〉
※最新情報および応募詳細については上記サイトをご覧ください。
※紙での応募受付は行っておりません。